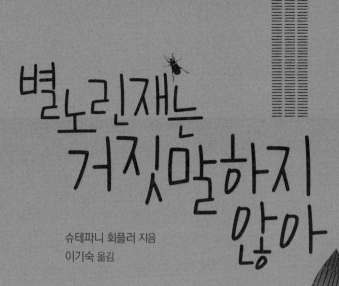

별노린재는 거짓말하지 않아

슈테파니 회플러 지음

이기숙 옮김

씨드북

-기슬리, 그리고 검은지빠귀에게

1

오리는 날고 싶으면
달리다가
결국 발을 구르느라
날아오를 때를 놓치는 걸까?

초등학교에 다닐 때 미샤와 나는 하굣길에 늘 오리 겁주기 놀이를 했다. 봄이 되어 눈이 녹으면 우리는 길가에 쌓인 돌멩이를 집어 들었다. 못생기고 뾰족한 작은 돌을 각자 한 움큼씩 쥐고 살금살금 오리에게 접근했다. 열 걸음 정도만 남기고 오리와 바짝 가까워졌을 때 우리는 큰 소리로 "우와아악!" 고함을 지르며 손에 쥔 탄약을 연못으로 던졌다. 그러면 수면에서 후드득, 타다닥 하며 우박이 떨어지듯 요란한 소리가 났다.

오리는 겁에 질려 꽥꽥거리고 날개를 퍼덕거렸다. 그리고 평소 땅에서 달리던 대로 물 위에서 냅다 뛰다가, 이제는 한계다 싶을 때 결국 위로 솟구쳐 날개를 퍼덕이며 공중으로 날아 사라졌다. 미샤와 나는 뒤에서 그 모습을 바라보았다.

종교 수업 시간, 목사님이 예수가 물 위를 걸은 이야기를 해 주었을 때 미샤가 내게 속삭였다. "그게 뭐 대단한 일이라고? 오리도 물 위를 달리는데." 미샤는 이렇게 한마디 하고 평소와 다름없이 진지하고 조용하게 있었지만 나는 웃음을 참지 못하고 킥킥댔다. 예수가 물 위를 달려가는 모습이 떠올랐기 때문이다. 엉덩이는 뒤로 쭉 뺀 채 날개를 퍼덕이고 주둥이로 꽥꽥 소리를 내며, 그야말로 오리처럼 달리는 광경을 그려 보니 너무나 우스웠다!

예전부터 나는 상상력이 좋았다. 뭔가를 상상할 때면 그 모습이 진짜처럼 눈앞에 떠올랐다. 오리처럼 뛰는 예수도 그중 하나였다. 내가 웃음을 멈추지 못하자 목사님은 잔뜩 화가 난 눈길로 나를 노려보았다. 물론 나한테만 그랬지, 미샤는 무사했다. 목사님은 집중력이 남다른 모범생 미샤가 누구 귀에 대고 못된 말을 속삭일 거라고는 생각하지 않았다. 그때 벌써 미샤는 어떤 질문을 받아도 그에 맞는 적절한 대답을 하는 아이였다. 나는 그때 벌써 과잉 행동과 산만함 때문에 늘 꾸지람을 듣는 아이였고.

다만 그때의 나는 아직 대구對句 놀이를 시작하지 않았었다. 벌어지는 일에 대해 라임을 맞춰 표현하는 놀이 말이다. 내게 라임 맞추기 재능이 있다는 사실을 안 건 조금 더 나중 일이다.

라임을 맞춘다는 건, 말로 하는 음악과 같다. 라임을 만들 때면 머릿속이 강렬한 비트 속으로 빠져들어 마치 뇌가 춤을 추는 것 같다. 나처럼 엉덩이가 가벼운 사람이라면 뇌도 춤을 추는 게 당연한 거다.

말로도 음악을 만들 수 있단 걸 알게 된 후 라임은 내 머릿속에 자연스럽게 스며들었다. '오레오'나 '그럭저럭'처럼 발음이 부드러운 라임은 물론이고, '정치는 도박, 경제는 쪽박' 같은 복잡한 것도 문제없이 구사한다. 나는 '엉거주춤 엉덩이'처럼 같은 글자로 시작하는 낱말을 사용하는 일에도 미친 듯이 열중했다. 이런 걸 두운이라고 한다(이건 당연히 미샤가 알려 준 말이다. 미샤는 무슨 일에서든지 논거를 댄다).

전에 아이들은 모두 내가 말이 많다고만 생각했다. 하지만 라임을 맞출 줄 알고부터는 내가 입을 열기만을 기다린다. 쉴 새 없이 종알거리다 보면, 그냥 말하는 것보다 라임을 맞춰 시적으로 표현하는 게 훨씬 좋다는 생각이 든다.

몇몇 아이들은 내가 슬램*을 한다고 말한다. 내가 만드는 라임을 랩이라고 부르는 아이들도 있다. 미샤는 그걸 '니츠(내 이름이다)의 대구'라고 부른다. 본격적으로 이야기를 시작하기 전에, 이 이야기는 '니츠와 미샤의 공동 대구'라는 점을 참고로 밝혀 둔다. 이 이야기를 완성하기까지 미샤와 내가 함께 많은 대구를 나눠 왔으니까.

대구는 내가 이 놀라운 이야기를 기록할 수 있게 된 이유이기도 하

• 포에트리 슬램(Poetry Slam)의 줄임말. 자신이 쓴 자유시를 역동적으로 읽어 내려가는 낭독 대회, 또는 퍼포먼스를 의미한다.

다. 이건 내 이야기라기보다는 미샤의 이야기고, 미샤는 누가 자기 가족에 관해 너무 난처할 정도로 창피한 이야기를 할 때는 그걸 듣기 좋은 소리로 연결하려고 한다.

미샤가 말한다.

"이야기해 봐. 나는 괜찮으니까, 이야기해. 하지만 듣기 좋은 소리여야 해, 니츠!"

미샤는 나를 항상 니츠라고 부른다. 그래서 다른 아이들도 모두 나를 그렇게 부른다. 나로서는 다행이다. 왜냐하면 원래 내 이름은 '니탸난다'인데, 아빠가 인도를 여행할 때 무슨 말도 안 되는 영감을 주었다는 구루의 이름을 따서 그렇게 지었기 때문이다. 당시 아빠는 엄마와 함께 인도의 뿌리를 탐구하고 싶어 했다. 그러나 엄마는 아빠와 달리 인도에서 영감이라고는 털끝만큼도 받지 못했다. 엄마는 부모님이 인도 사람이지만 독일에서 자랐고, 인도를 좋아하는 마음은 아빠의 절반에도 미치지 못한다. 그래서 아빠는 나한테만 겨우 인도식 이름을 붙여 주었지 내 형인 올레에게는 그렇게 하지 못했다. 만약 내 천성이 조용하고 느긋한 인도 구루와 정반대라는 걸 아빠가 알았다면 분명히 그 이름을 포기했을 거다. 내 특징 중에서 인도식 이름과 어울리는 유일한 건 늘 9밀리미터 길이로 자르고 다니는 새까만 머리칼이다. 미샤는 그걸 보고 불교 승려의 머리나 두더지 털 같다고 한다.

미샤와 내가 단짝이 된 건 신기한 일이다. 미샤는 한없이 진중한 반면 나는 꼴사납게 한시도 가만히 앉아 있지를 못하는 아이였으니까. 그래도 우리는 완벽하게 들어맞는 두 개의 퍼즐 조각처럼 죽이 잘 맞았다.

그날, 화가 난 목사님을 진정시킨 것도 당연히 미샤였다. 아마 간결하고 영리한 문장으로 예수를 표현한 덕분이었을 것이다. 미샤가 사람을 진정시킬 때는 많은 것이 필요하지 않다. 진지한 얼굴과 몇 마디 사려 깊은 말이면 충분하다. 그날 하굣길에도 우리는 오리들을 겁주었다. 물론 깃털 하나도 다치게 하지 않았다. 미샤에게는 그게 중요했다. 오리들은 물 위를 달려 도망쳤고 나는 예수 생각이 나서 또 킥킥대며 웃었다.

"그런데 있잖아."

미샤가 갑자기 입을 열었다.

"오리가 줄달음질을 치는 건 놀라서가 아니라 재미있어서야! 꽥꽥거리는 건 사실은 기쁨의 함성이지!"

자신이 동물에 대해 뭔가를 안다고 생각할 때면 늘 그러듯이 미샤의 눈이 반짝거렸다. 동물은 미샤가 가장 흥미를 보이는 대상이었다. 나는 오리 뒤꽁무니를 바라보며 미샤의 말이 맞는다고 생각했다. 방금까지만 해도 오리가 겁에 질려 도망친다고 무조건 확신했으면서도 갑자기 미샤의 설명이 훨씬 그럴듯하게 들렸다. 황급히 달아나는 오리 이야기를 이렇게 구구절절 늘어놓는 이유는, 미샤에 대해 몇 가지 중요한 사실을 알리고 싶어서다.

미샤로 말하자면 무척 똑똑한 아이다. 아마 나보다 400배는 아는 게 많을 거다. 끊임없는 독서가 그 비결인데, 모르는 게 나와도 흠잡을 데

없는 논리로 그걸 모두 설명한다. 게다가 외모까지 똑똑해 보인다. 그렇다고 공붓벌레 같은 스타일은 아니다. 이마를 덮는 구불구불한 머리 모양, 정직하고 진실한 눈빛, 늘 흰 셔츠를 입고 다니는 모습이 무심한 듯 여유 있게 똑똑해 보인다. 미샤는 셔츠만 고집하는 독특한 패션 철학을 가지고 있다. 2년 전부터는 늘 남성용 흰색 셔츠에, 소매는 걷어 올리고 다닌다. 키가 꽤 커서 그렇게 해도 촌스럽지 않다. 오히려 진중하고 우아해 보이기까지 한다. 웬만해서는 독설을 아끼지 않는, 심술궂은 펠릭스마저 단박에 이 생각에 동의했을 정도다.

또, 미샤는 말을 아낄 줄 안다. 미샤는 똑똑함을 과시하는 법이 없다. 알고 있는 지식은 관심 없다는 투로 지나가듯이 언급한다. 바보 같은 질문도 타박하지 않고 모든 걸 설명해 준다. 그리고 그 답변은 항상 옳다. 심술궂은 펠릭스가 미샤를 시기하는 것도 당연하다. 하지만 그런 아이는 펠릭스 한 명뿐이다. 다른 아이들은 전부 미샤를 좋아한다. 그리고 모두 미샤를 신뢰한다. 언제나. 나도 마찬가지다.

그렇다. 나는 미샤의 모든 것을 절대적으로 믿었다. 진단서 사건이 터지기 전까지는. 처음으로 가 본 미샤의 집에서 몰랐던 사실을 알게 되기 전까지는. 하지만 잠깐, 처음부터 시작하자. 수영복 이야기부터. 그간 일어난 터무니없고, 놀랍고, 위험한 모든 일은 사실 미샤의 수영복 이야기에서 비롯되었으니 말이다.

약 석 달 전, 담임인 바슬러 선생님이 이제부터는 수요일에 체육 수업 대신 수영을 할 거라고 공지했다. 남자아이들은 대부분 신이 나서 환호했다. 먼지 나는 체육관보다는 수영장에서 어슬렁거리다 미지근한 물에 뛰어드는 게 당연히 더 재미있을 거라고 생각했으니까. 하지만 나는 환호하지 못했다. 나의 빛나는 상상력 때문이었다. 안절부절못하며 수영장 가장자리에 서 있을 내 모습이 금세 눈앞에 그려졌다. 수영장 물에서는 지독한 화학 약품 냄새가 나고, 엉덩이에 축축하게 달라붙은 수영복은 마치 끈적거리는 캐러멜 껍질 같을 것이다. 하지만 그보다 먼저 떠오른 건 마이닝거 선생님이었다. 우리 형도 마이닝거 선생님에게 수영을 배웠는데, 형이 들려준 이야기가 생각났다. 금세 온몸에 소름이 돋았다.

"언제까지 저렇게 재미있어들 할까?"

심술궂은 펠릭스가 소리쳤다. 온몸에 소름이 돋은 상태에서도 나는 입을 다물고 있을 수 없었다.

"언제까지 우리가 축축한 알몸으로 서 있어야만 할까?"

내가 이런 라임으로 대꾸하자 모두가 웃었다. 바슬러 선생님의 눈이 안경 너머에서 사악하게 번득였다. 선생님은 번쩍이는 대머리에 손을 얹고 작은 원을 그리며 문질렀다. 이건 교실이 소란스러워질 때마다 그의 오른손이 자동으로 수행하는 일종의 자기 진정 행위다. 대머리 문지르기는 우리에게 '냉혈한'이라고 불리는 바슬러 선생님에게 최소한의 인간적인 면모를 안겨 준 유일한 습관이었다.

"한 달? 아니면 무한대?"

내가 계속 깐죽거렸다. '무한대'는 수학 담당인 바슬러 선생님이 나처럼 성가신 촉새를 조용히 시킬 때 쓰는 말버릇이었다.

"일단 3주."

선생님은 내 입을 다물게 하려고 툭 내던지듯 말한 뒤 바지 주머니에 손을 넣었다. 그리고 벌로 내게 문제 풀이를 시켰다. 나는 대책 없이 미샤를 흘끗 쳐다보며 미샤가 여느 때처럼 은밀히 답을 알려 주기를 바랐다. 그러나 평소와 달리 미샤의 정신은 완전히 딴 데 가 있었다. 미샤는 하얀 셔츠 소매가 칼같이 접혀 올라간 한쪽 팔을 책상에 올려놓은 채 왼쪽 엄지손톱을 사납게 물어뜯고 있었다. 어찌나 세게 뜯는지 딱딱한 손톱이 탁 부러지는 소리가 났다. 하는 수 없이 나는 처지를 운명에 맡긴 채 처참할 정도로 틀린 답을 내놓을 수밖에 없었다.

"수영이라니, 진짜 골치 아파."

집에 가는 길에 미샤가 중얼거렸다. 이상했다. 미샤는 학교 수업에 대해 불평한 적이 없었다. 수학, 독일어, 영어, 음악은 물론이고 생물과 체육은 특히 더 좋아했다. 미샤는 모든 것에 관심이 있을 뿐 아니라 재능도 있었다. 내가 물었다.

"왜 골치 아픈데?"

미샤와 나는 국도 위의 큰 나무다리 위에 서 있었다. 우리가 '침 뱉는 다리'라고 부르는 곳이었다. 집에 가는 길에 거기 서서 밑으로 지나가는 자동차에 침을 뱉기 때문이다. 미샤는 검은색 차에, 나는 흰색 차에 뱉는다(나머지 색깔 차에는 뱉지 않는다. 그러나 솔직히 말하면 그런 차는 많지 않다).

미샤가 검은색 자동차 보닛에 침을 뱉었다. 미샤는 나보다 세 배는 정확하게 자동차에 침을 맞힌다. 미샤의 고도로 똑똑한 두뇌가 침 뱉는 속도와 자동차 속도 간의 상관관계를 자동으로 계산하는 모양이었다.

"난 수영 수업 못 들어."

미샤는 이렇게 중얼거리고 다음으로 지나가는 검은색 차를 그냥 보 낸 뒤 말했다.

"수영복이 망가졌어."

"망가지다니, 어떻게?"

내가 다리 난간에 기대어 물었다. 4월의 햇살에 따스하게 데워진 난 간에서 벌써 여름을 예고하는 마른나무 향내가 풍겼다.

"구멍이 났어."

미샤가 오른손으로 머리칼을 쓸었다. 이제 난 자동차보다 이편이 더 흥미로워졌다.

"구멍?"

"그래, 구멍."

내가 되묻자 미샤는 좀체 들을 수 없던 조롱 조로, 그러면서도 성우 의 내레이션처럼 무척 사근사근하게 말했다.

"비어 있어서 그 틈이 들여다보이는 걸 구멍이라고 부른답니다, 니츠."

나는 짐짓 놀란 척하며 미샤의 말을 받아쳤다.

"대체 무슨 구멍이죠, 미샤?"

"들쭉날쭉한 큰 구멍."

미샤가 난간에서 눈을 떼지 않은 채 말을 이었다.

"수영복 속에 숨어 있어야 할 것들이 그 구멍으로 다 보여. 쥐 때문인 것 같아. 요즘 들어 우리 집 복도 벽 뒤쪽 어딘가에서 살고 있는데, 기가 막히게 똑똑해."

"너보다도?"

미샤는 웃지 않았다. 그러고는 또 엄지손톱을 물어뜯었다.

"응. 그놈들을 잡기는 틀렸어. 밤에만 구멍에서 나와서 내가 놓은 덫에 있는 베이컨을 꺼내 먹어."

나는 쥐가 미샤와 가족이 잠들 때까지 벽 뒤에 숨어서 돌아다니다 마침내 덫에 있는 베이컨을 움켜잡는 모습을 상상해 보려 했다. 하지만 쉽지 않았다. 나는 고도로 지능적인 쥐를 포함해 거의 모든 걸 상상할 수 있었지만, 그 상상 속엔 미샤의 집이 없었다. 미샤와 아주 오래전부터 알고 지냈는데도 미샤의 집에 가 본 적이 한 번도 없었기 때문이다. 그냥 어쩌다 보니 그럴 기회가 생기지 않았다.

미샤가 안뜰에 쓰레기통이 있는 우중충한 잿빛 임대 아파트에 산다는 건 알고 있었다. 아파트 건물 정문까지 따라간 적은 몇 번 있지만, 함께 들어가려 할 때마다 미샤 아빠가 전화를 걸어 미샤에게 심부름을 시켰다. 미샤가 깜박 열쇠를 집에 두고 와서 우리 집에서 식사를 하기도 했다. 미샤네 아파트 안뜰에서 숨바꼭질을 한 적이 딱 한 번 있긴 하다. 그때 쥐 한 마리가 내 발 위로 지나갔다. 꼬리가 물어뜯긴 그 거대한 쥐를 보고 나는 놀라서 죽을 뻔했다. 내가 미샤의 쥐 이야기를 덜컥 믿어 버린 건 아마 그 쥐 때문이었을 거다.

"구식 덫을 놓아 본 적은 있어?"

이렇게 물으며 나는 소형 단두대의 잔인한 작동 방식을 흉내 냈다. 동물을 절대 고의로 죽이지 못하는 미샤는 역겹다는 듯 눈썹을 치켜올렸다. 나는 즉흥 랩을 시작했다.

"헤이, 쥐. 수영복을 갉아 먹는 늙은 쥐. 나한테 걸리면 좋쥐 않쥐. 미샤한테 잡히는 게 훨씬 낫쥐. 혹시 모르쥐. 운 좋으면 미샤가 먹을 것도 줄쥐!"

미샤가 슬쩍 웃었다. 그래도 왠지 아직은 멍한 표정이었다. 그때 미샤 아빠가 옆을 지나가지 않았다면, 우리가 쥐 문제로 얼마나 더 심각한 이야기를 나누었을지 아무도 모른다.

"아빠!"

미샤가 부르자 미샤 아빠가 인사했다.

미샤네 아빠가 나타나면 대부분의 사람들은 눈알이 튀어나오도록 눈이 휘둥그레진다. 특히 그가 미샤네 아빠라는 걸 알게 되면 더 그렇다. 미샤 아빠는 무대만 없지 꼭 록 스타처럼 생겼다. 몸이 철사처럼 가는데다가 사시사철 꽉 끼는 검은 가죽 바지와 추레한 털 스웨터를 입고 다닌다. 덥수룩한 검은 머리는 여러 가닥으로 갈라져 있고, 귓불에는 일곱 개의 은 귀고리가 달려 있으며, 목둘레에는 목을 조르는 커다란 뱀 문신이 있다. 걸을 때는 뭔가 방해가 되는 것을 걷어차려는 듯이 두 다리를 앞으로 던지며 걷는다.

미샤 아빠는 수천 가지 놀라운 일을 할 줄 안다. 물구나무를 선 채 걷고, 당근을 잘라 작은 예술 작품을 만들고, '실례합니다만 역이 어디에 있나요?'라는 문장을 열네 가지 언어로 말할 줄 안다. 초등학교 학급 파티 때는 우리에게 저글링을 가르쳐 주었다. 미샤네 아빠가 힘들이지 않고 사과를 하나씩 공중으로 던지는 동안 우리가 그걸 따라 하겠다고 서로 치고받고 싸웠던 일이 아직도 기억에 생생하다. 그 후 우리는 모두 서커스를 보러 가려고 했다. 그리고 우리도 그런 아빠를 갖고 싶어 했다.

그러나 미샤 아빠의 특징 중 가장 기막히게 멋진 건 마법 같은 목소리다. 맹수도 잠재울 것 같은 그 목소리는 뭔가 거칠면서도 부드럽다. 미샤의 여동생 아미는 아빠에게 끊임없이 이야기를 해 달라고 소리치며 조른다. 솔직히 왜 그런지 알 것 같다.

"어이구, 니츠, 잘 지내니?"

미샤 아빠가 내게 물었다. 그 목소리가 벌써 마법의 주문처럼 들렸다. 미샤네 아빠가 손을 내밀었다. 나는 그 손을 잡고 흔들었다. 미샤네 아빠는 평소와 다름없이, 곧 긴 여행을 떠나는 사람처럼 미샤를 꼭 껴안았다. 미샤도 평소와 다름없이 소리 죽여 말했다.

"아빠, 하지 마요!"

미샤 아빠는 오른쪽 입꼬리와 왼쪽 귀 뒤에 그려진 뱀 머리가 일자가 될 만큼 삐딱하게 씩 웃고는 미샤를 놓아주었다.

"내가 어디 좀 가야 해. 아미 데리러 가 줄 수 있니?"

"네."

미샤는 한숨을 쉬고 능숙한 전신 비틀기로 아빠의 두 번째 포옹에서 빠져나왔다.

"좋았어! 잘 가라, 니츠."

미샤 아빠는 이렇게 외치고 갈기 같은 머리카락을 휘날리며 건들건들 떠나갔다.

"잘 가, 니츠!"

미샤도 갑자기 소리치더니 몸을 돌려 지나가는 검은색 자동차 앞 유리에 정확하게 침을 뱉은 뒤 황급히 달려갔다.

"잘 가, 미샤!"

나는 미샤의 뒤에 대고 소리친 뒤 마찬가지로 움직이기 시작했다. 쥐 이야기가 연막작전으로 꾸며 낸 사연이라는 건 훨씬 나중에 알았다. 미샤는 수영복 이야기를 더는 하고 싶어 하지 않았다. 왜 새 수영복을 사지 않느냐고 물어볼 틈도 주지 않았다. 쥐 이야기만 나오지 않았어도 나는 분명히 그걸 질문했을 것이다. 다리 위에 서 있을 때, 나는 미샤가 다른 아이들처럼 그냥 새 수영복을 사면 된다고 생각했던 것 같다. 수영복을 사는 게 힘든 사람이 있다는 걸 그때는 알지 못했다. 하지만 당시의 나는 미샤의 집에 가 본 적이 없었다. 그 터무니없는 이상한 아파트에. 여하튼 지금 생각해 보면 그 순간 나는 아는 게 아무것도 없었다.

모퉁이에 있는 가게에서 그레고르가 여느 때처럼 납작빵을 들고 흔들었다. 그러더니 나를 불러 곧 앞으로 고꾸라질 것처럼 거대한 머리를 가게 창구 밖으로 쑥 내밀었다.

"배고프니?"

"아, 네!"

나는 신이 나서 대답한 뒤 길을 건너가 그레고르의 손에 들린 납작빵을 낚아챘다.

그레고르는 독일에서 가장 작은 케밥 가게를 가지고 있다. 직접 주장하는 바로는 그렇다. 실제로 가게가 한심할 정도로 작긴 하다. 그마저도 옆에 있는 노란 꽃 덤불에 가려 잘 보이지 않는다. 그러나 케밥은 기가 막히게 맛이 좋다. 그 4월의 어느 월요일, 그레고르 덕분에 나는 쥐가 갉아 먹었다는 미샤의 수영복과 내 수영 공포증을 잠시 잊고 있었다. 고지식한 친구 미샤가 누군가에게, 그것도 하필 냉혈한 바슬러 선생님에게 거짓말했다는 걸 생전 처음 알게 되기 전까지는.

2

거짓말은 사람들을
짜증 나게 해
그러나 개코원숭이가 거짓말을 하면
모두 흥미로워해!

미샤가 개코원숭이 이야기를 시작한 지 1년이 조금 넘었다. 미샤는
물 위를 달리는 오리뿐 아니라 모든 동물에 관심이 많다. 벌거숭이두더
지쥐가 무엇을 먹는지, 암코끼리가 어떤 결정을 내리는지, 제비갈매기가
몇 킬로미터를 나는지, 해마는 왜 수컷이 새끼를 낳는지도 잘 안다. 인
간의 뇌에 지구 생물에 대한 호기심을 담당하는 부위가 있다면, 그 부
위는 원래도 커다란 미샤의 뇌에서도 많은 공간을 차지할 거다. 미샤는
그걸 유전이라고 말하곤 했다. 미샤의 엄마는 생물학자니까. 미샤는 정
글에서 진행되는 엄마의 연구에 대해 끊임없이 이야기했고, 엄마가 편지

로 설명한 연구 내용을 인용했다.

나는 미샤의 엄마를 본 적이 없지만 그분의 최신 발견에 대해 들을 때마다 항상 미샤와 함께 흥분했다. 작년에 나온 것은 새끼 개코원숭이에 관한 연구 결과였는데, 다른 개코원숭이들로부터 공격당하는 척하면서 어미가 자신을 지키도록 만든다는 것이었다.

"개코원숭이는 이빨이 날카로워서 맹수들도 두려워해. 자기 새끼가 위험에 처했다고 생각하면 어미는 다른 개코원숭이들한테 달려들어. 그렇게 하면 다른 녀석들이 서로 치고받고 싸우는 동안 새끼는 편안히 먹이를 훔칠 수 있거든."

개코원숭이들의 소란이 거짓말에서 비롯되었다는 것, 바로 이것이 미샤가 꽂힌 대목이었다. 자기 엄마의 연구 결과를 이야기하면서 미샤가 이토록 흥분하는 것을 전에는 별로 본 적이 없었다.

"개코원숭이는 계획적으로 거짓말을 해. 제 이익을 위해서야!"

"그건 원숭이가 멍하니 구경만 하지 않고 자기 이익을 취한다는 증거야. 인간처럼."

미샤의 말을 내가 쉬운 말로 정리했다. 그러나 미샤는 거짓말에 대해 나와 진지하게 토론하려 했다. 그때가 우리의 의견이 맞지 않았던 몇 안 되는 순간 중 하나였다. 인간은 제 이익을 위해, 그리고 게으름 때문에 거짓말을 한다는 것이 내 이론이었다. 또는 무슨 일을 저질렀다는 걸 인정하지 않으려고, 아니면 개코원숭이처럼 그렇게 하지 않으면 얻지 못하는 것을 얻으려고 거짓말을 한다. 그러나 미샤는 인간이 달리 방법이 없을 때도 자포자기의 심정으로 거짓말을 한다고 말했다. 징역형, 폭력, 굶주림, 죽음 같은 고약한 일을 당하지 않기 위해서라고 했다. 그리고 덧붙였다.

"어쨌든 나는 비상 상황에서만 거짓말을 해. 정말 다른 방법이 전혀 없을 때만."

"단 '내가' 거짓말을 해도 되는 상황이라면."

내가 이렇게 말하고 웃었지만 미샤는 진지한 표정을 풀지 않았다. 마치 맹세라도 할 태세였다.

"나는 극한의 비상 상황에서만 거짓말을 해."

미샤가 다시 말했다. 그 말투가 너무 날카로워 의아할 정도였다. 그때의 대화를 내가 정확히 기억하는 건 아마 이 때문일 것이다. 하지만 나는 미샤가 정말 자기 원칙을 지켰다고 믿는다.

미샤는 꽉 막힌 아이가 아니어서, 나는 언제든지 미샤의 숙제를 베낄 수 있다. 다만 미샤는 그러지 않는다. 미샤의 정직함은 전설이다. 단거리 달리기 기록도 속이지 않는다. 석 달 전 그날 미샤가 담임 선생님에게 거짓말을 했을 때, 그건 혁명이나 다름없었다.

미샤는 교실 앞에서 바슬러 선생님을 기다렸다가 말했다.

"선생님, 잠시 드릴 말씀이 있는데요."

미샤의 말투는 정말 중요한 할 말이 있을 거라는 생각이 들게 한다.

"그래?"

바슬러 선생님은 마지못해 걸음을 멈춘 뒤 가죽 가방을 내려놓고, 코에 걸친 안경을 밀어 올리며 초조한 듯 얼른 말해 보라는 손짓을 했다. 벌써 수업 시간에 늦었기 때문이다.

미샤는 우리가 아주 예전부터 레나, 리브, 레오니라고 부르는 세 명의 금발 여학생이 지나갈 때까지 기다리며 두 발을 번갈아 들었다 놨다 했다. 호기심 어린 얼굴로 어깨너머 흘깃 돌아보던 금발 삼총사가 마침내 교실 안으로 사라졌다. 그들의 호기심은 이해할 만했다. 냉혈한 바슬러와 자발적으로 필요 이상 이야기하는 아이는 없었다. 물론 평소에는 미샤도 그러지 않았다.

"조금 난처한 일인데요……."

미샤가 우물거리다가 주변을 둘러보고는 손을 활짝 펴서 짙은 금발의 곱슬머리를 아주 천천히 쓸어 넘겼다.

"수영 수업 때문이에요. 제가 참석을 못 하게 됐어요."

"아하, 왜?"

바슬러 선생님이 겨우 조바심을 억누르며 물었다.

"생리하니?"

그러곤 무덤덤하게 나지막한 소리로 킥킥댔다. 재미있기보다 교활히게 들리는 웃음이었다. 안경 너머의 갈색 눈이 악의로 번득였다.

미샤는 어색하게 웃으며 고개를 저었다. 구불구불한 머리칼이 얼굴 위로 흘러내렸다.

"제가 염소鹽素 알레르기가 있어요."

미샤는 선생님을 쳐다보지 않고 말한 뒤 머리를 쓸어 넘겼다.

"피부에 붉은 반점이 생겨요. 특히 팔과 귀에요. 엄청나게 가렵다가 나중에는 터져서 진물이 나와요……."

갑자기 적극적으로 거짓말하는 미샤를 나는 놀라서 바라보았다. 미샤의 귓바퀴가 위쪽만 발갛게 물들었다. 선생님도 이상하다는 듯 쳐다보았지만 그것도 잠깐이었다.

"그럼 진단서가 필요해."

선생님은 퉁명스럽게 말한 뒤 고개를 까딱하고 교실로 들어가 곧장 아침 일상대로 사악한 눈빛을 뿜었다.

"알겠습니다."

미샤는 힘없이 중얼거리며 선생님의 뒤를 따랐고 나도 미샤를 따라 교실로 들어갔다.

교실에서 미샤는 남들 일에 끼어들기 좋아하는 금발 삼총사의 주의 깊은 눈빛을 무시하고, 다 낡은 배낭을 평소처럼 책상 밑으로 조심스레 밀어 넣었다.

반면에 나는 자기들 일에나 신경 쓰라는 뜻으로 삼총사를 향해 입을 벌려 활짝 웃고 눈알을 굴리며 내 최대 장기인 광대 표정을 지어 보였다. 그러다 내 시선이 칠판 옆, 학급 규칙이 적힌 포스터에 가서 멈췄다. 이런 문장이 쓰여 있었다. '우리는 서로 상처 주지 않게 행동할 것이다.' 그 뒤엔 매년 멋진 문구로 적어 놓지만 아무도 관심 없는 그저 그런 규칙들이 나열되어 있었다. '우리는 서로를 존경심으로 대한다. 우리는 서로의 말을 경청한다. 우리는 교실에 있는 물건을 조심스럽게 다룬다.' 그리고 맨 아래에 이런 글이 있었다. '우리는 서로에게 거짓말을 하지 않는다.'

미샤의 거짓말 덕분에 따분한 규칙이 적힌 시시한 포스터가 갑자기 의미를 찾았다. '우리는 서로 상처 주지 않게 행동할 것이다.' 그렇다면 미샤가 알레르기 거짓말로 누구에게 상처를 주었을까? 바슬러 선생님 은 분명 아니다! 전설적으로 정직한 미샤가 눈 하나 깜짝하지 않고 거 짓말을 한 건 당연히 정상이 아니라고 생각했지만, 동시에 나는 진실을 알고 있었기에 속으로 감격에 겨워 웃었다. 미샤의 집에 있는 쥐와 수영 복에 난 구멍. 미샤는 나를 믿기 때문에 오직 나에게만 속사정을 말해 준 것이다. 그 순간에는 그렇게 생각했다. 그래서 나는 미샤의 거짓말이 조금도 마음에 걸리지 않았다.

수학 시간 내내 미샤는 꼿꼿하게 앉아 입꼬리가 완전히 가루 범벅이 될 때까지 연필 끝에 달린 청보라색 고무지우개를 씹어 댔다. 꼭 입에 블루베리 셔벗 가루가 붙은 것 같았다.

"조심해! 지저분한 고무엔 독성이 있을 수도 있어!"

내가 미샤에게 속삭이자 미샤는 힘없이 웃고는 계속 지우개를 씹었 다. 나는 손가락으로 무릎을 리듬감 있게 두드리며 몸을 조금씩 까닥거 리기 시작했다. 의자가 고통스러운 듯 삐걱거렸다.

"니탸난다!"

바슬러 선생님이 씩씩대며 소리쳤다.

나는 잠시 멈추었다가 다시 무릎을 두드렸다. 미샤가 책상 밑으로 손을 넣어 내 손 위에 얹더니 위험에서 구해 주기 위해 내 손가락을 꽉 잡았다. 미샤는 그렇게 해도 내게서 불평을 듣지 않는 유일한 아이였다. 그리고 나를 틈틈이 얌전하게 만드는 유일한 아이였다. 미샤는 여느 때처럼 진지하게 내 얼굴을 잠깐 쳐다보고는 고개를 끄덕였다. 그러고는 다시 몸을 돌려 연필에 달린 고무지우개를 잘근잘근 씹기 시작했다.

미샤가 평소와 다르다는 걸 나 외에는 아무도 알아채지 못한 것 같았다. 별난 조피가 가끔 지우개 씹는 미샤를 쳐다보았지만, 별 의미는 없는 행동이었다.

조피는 지난 몇 달간 검은색 옷만 입고 다녔다. 그때부터 머리도 검게 물들였고 눈 주변에도 검은 칠을 해서 늘 오래도록 잠을 못 잔 사람처럼 보였다. 그런 모습으로 다니고부터 계속 검은 잉크로 스케치북에 그림을 그린 탓에 손가락까지 항상 까맸다. 선생님들은 조피의 그런 행동을 포기한 듯 더 이상 화를 내지 않았다.

조피는 상당히 영민한 아이였고 그림을 그리면서 항상 뭔가를 생각하곤 했다. 아마 오늘의 초상화 주인공이 미샤인 모양이었다.

"바슬러 선생님이 네가 말한 그 비상 상황이었던 거야?"

학교가 끝난 뒤 운동장을 걸으며 내가 물었다. 미샤는 무슨 말인지 모르겠다는 듯이 나를 보았다.

"비상 상황에서만 거짓말을 한다고 했잖아!"

내가 재미있다는 듯이 구체적으로 설명했지만 미샤는 즉시 대답하지 않았다. 대신에 걸음을 멈추고 몇 사람이 지나갈 때까지 기다렸다. 분홍색 커플 룩을 입은 5학년 여학생 두 명이 킥킥거리며 지나갔고, 교장 선생님은 발걸음을 뗄 때마다 우산을 창처럼 바닥에 내리꽂으며 빠른 걸음으로 지나갔다. 금발 삼총사는 귓속말을 소곤거리며 천천히 걸어갔다. 우리 옆을 지날 때는 미샤가 아침에 바슬러 선생님과 나눈 대화에 대해 설명이 듣고 싶다는 듯 미샤를 훑어보았다. 미샤는 그들을 무시하고 운동장 가장자리의 자작나무에 시선을 고정시켰다. 자작나무에서는 연두색 잎끝이 모습을 드러내는 중이었고, 나무 높은 곳 어딘가에선 딱따구리 한 마리가 집을 짓고 있었다.

"그럼 멀쩡한 수영복이 없다고 얘기했어야 한단 말이야? 다른 사람도 아닌 바슬러 선생님한테?"

"그게 아니라, 거짓말에 능숙하지 않은 네가 그렇게 거짓말을 잘해서 놀랐을 뿐이야."

바슬러 선생님은 미샤에게 수영복이 없다는 말을 듣고 학생들 앞에서 불쾌한 농담을 할 만한 위인이라는 걸 나는 당연히 알고 있었다. 내 말에 미샤가 나를 날카롭게 쏘아보았다. 그의 귓바퀴가 빨갛게 변한 게 그날이 두 번째였다.

"알아챘을까?"

"거짓말이란 거? 글쎄."

나는 미샤가 안절부절못하는 걸 그대로 보고만 있었다. 그런 일은 좀처럼 없었기에 평정심을 잃은 미샤의 모습을 내가 즐기다시피 했다는 걸 인정한다. 나는 말을 이었다.

"눈치채지는 못했을 거야. 그래도 넌 지금 진짜 진단서가 필요해. 사실을 실토할 생각이 아니라면."

"야, 똘똘이! 야, 수다쟁이!"

심술궂은 펠릭스가 모퉁이를 돌면서 우리의 대화를 끊어 놓았다. 또 새 재킷을 입고 있었는데, 이번에는 겨자색이었다. 펠릭스는 끊임없이 새 옷을 입고 다녔다.

"따분한 오후에 뭐 할지 계획 중이냐?"

펠릭스는 이렇게 깐죽거린 다음 우리 보라는 듯이 입고 있는 재킷의 여기저기를 부자연스럽게 매만졌다.

"입 다물어, 이 심퉁아!"

내가 연극 조로 과장해서 말했다. 펠릭스는 음흉하게 웃고는 슬그머니 가 버렸다. 미샤도 다시 걷기 시작했으나 곧 멈춰 섰다.

"니츠."

미샤가 이상하게 눈을 깜박이며 말했다.

"내가, 그러니까……."

뭔가 할 얘기가 있는 것 같았다. 뭔가 중요한 얘기가. 하지만 미샤는 이렇게만 말했다.

"그 일은 너만 알고 있어 줄 수 있어?"

"구멍 난 수영복 얘기? 아니면 예상치 못한 너의 거짓말 재능?"

나는 특별히 다정하게 물었다.

"가능하면, 둘 다."

미샤가 부탁했다.

"인도인의 명예를 걸고 약속할게. 그걸 누설하는 날에는 내 혀가 떨어져 나갈 거야!"

나는 우리가 초등학생 시절 비밀을 공유할 때처럼 맹세했다('인도인'은 내 핏줄의 절반을 은근하게 드러내는 표현이다). 그런데 이번에는 기분이 묘했다. 미샤의 태도에 어딘가 의뭉스러운 데가 있었기 때문이다. 그리고 이 약속이 이번엔 뭔가 특별한 의미를 지니는 것 같았기 때문이다. 미샤는 내 맹세에 아무런 토를 달지 않았다.

"고마워. 아미 데리러 같이 갈래?"

미샤는 짧게 말했다.

아미는 벌써 학교 앞에서 기다리고 있었다. 늘 기다리던 모습 그대로였다. 아미는 나보다도 더 가만히 앉아 있지를 못한다. 가만히 '서' 있지도 못한다. 산만한 당나귀처럼 팔과 다리를 사방으로 끊임없이 휘두른다. 기분이 좋으면 때와 장소를 가리지 않고 연달아 네 번 뒤로 공중제비를 넘는다.

아미는 책가방을 나뭇가지에 건 뒤 신발을 벗었다. 그리고 4월의 빗물이 길바닥에 남긴 큰 웅덩이에서 맨발로 깡충깡충 뛰었다. 양 갈래로 가늘게 땋은 갈색 머리가 어깨에서 덩달아 들썩거렸다. 웅덩이 물이 정신없이 튀면서 아미의 얼굴에 진흙 주근깨를 남겼다.

"아, 또 오빠야."

아미가 미샤를 향해 외치며 엉덩이를 쿵쿵 밟았다. 나한테는 평소처럼 킥킥 웃으며 왼손을 내밀었다.

"안녕, 니츠 오빠!"

"안녕, 아미."

나는 진지한 표정으로 말하면서 아미 손에 입 맞추는 시늉을 했다.

"으윽!"

아미가 역시 평소처럼 소리를 지르며 손을 뺐다. 미샤는 아미의 분홍색 책가방을 나뭇가지에서 내렸다.

"아미, 이제 신발 다시 신자, 응?"

미샤가 말했다. 아미는 말을 듣지 않고 신발 끈을 한데 묶어 어깨에 걸쳤다. 그리고 뒤에서 맨발로 터벅터벅 걸으며 일부러 미샤의 바짓가랑이에 흙탕물을 튀겼다.

"숙제 있어?"

"없는 거나 마찬가지야."

미샤가 습관처럼 묻자 아미도 습관처럼 대답하고 눈알을 굴렸다.

아미는 아기 때부터 두 팔을 휘두르고 눈을 굴렸던 것 같다. 내가 미샤를 어떻게 알게 되었는지 지금도 기억난다. 우리 둘 다 초등학교 1학년 때였는데 미샤는 아미를 유아차에 태우고 놀이터에 나와 있었다. 무척 희한하다고 생각했다. 부모님 없이 아기를 데리고 나온 아이는 아무도 없었으니까. 그런데 그 아기가 두 팔과 다리를 마구 휘저었다. 그 바람에 유아차가 동전을 넣으면 흔들거리는 옛날 자동차 놀이기구처럼 흔들렸다.

미샤는 그때 벌써 나보다 머리 하나 정도 키가 컸다. 자기 몸에 비해 너무 큰 연두색 재킷을 입고, 차분하게 모래를 걸러 골라낸 개미를 이따금 아미의 손바닥에 놓아주었다. 개미가 아미의 팔 위를 기어가면 아미는 좋아서 비명을 질렀다.

두 희한한 아이를 무슨 마법의 영역이 둘러싸고 있는 것 같았다. 아무도 감히 그 아이들 곁에 가지 못했다. 오직 나만 연두색 재킷을 입은 남자아이를 흥미롭게 여기고 두 아이가 있는 모래밭으로 다가갔다.

미샤는 그때 벌써 동물에 대해 모르는 것이 없었다. 그리고 다른 아이들과 다르게 예의가 발랐다. 미샤는 자신의 부삽 두 개 중 하나를 내게 내밀었다. 그 위에 녹색과 금색으로 영롱하게 빛나는 딱정벌레가 앉아 있었다. "장미풍뎅이야." 미샤가 진지한 표정으로 말했다. 우리 아빠는 벤치에 앉아 신문을 읽고, 놀이터에서 놀기엔 벌써 커 버린 우리 형은 정글짐에서 턱걸이를 연습하고 있었다. 그동안 미샤와 나는 모래밭에서 장미풍뎅이 제국 30여 개가 들어갈 만한 동굴을 팠다. 그게 미샤와 나의 시작이었다.

훗날 미샤는 아미를 데리고 나온 건 부모님이 두 분 다 일을 하기 때문이라고 말했다. 엄마는 정글에서 연구하는 생물학자고 아빠는……,

글쎄.

미샤 아빠는 끊임없이 뭔가 새로운 일을 시작했다. 그때도 그랬고 지금도 마찬가지다. 주로 산울타리 다듬기나 나무 배달 같은 일을 맡아했는데, 하기 싫어지면 그만두었다. 가끔 모험적인 일을 할 때도 있어서 교회 종을 치거나 단역 배우로 일했고, 몇 주 동안 코끼리 사육장을 청소하거나 병원에서 아픈 아이들을 위해 어릿광대 노릇을 하며 뱀 문신이 있는 목뒤에서 풍선을 꺼내는 마술을 보여 주었다.

"임시 아르바이트야."

한번은 엄마가 미샤 아빠를 놓고 이렇게 말하면서 어깨를 들썩이더니, 뭔가 이상하다고 생각할 때마다 나오는 표정을 지었다.

"그것도 직업이야."

세상의 모든 것과 모든 사람을 예외 없이 존중해야 한다고 믿는 아빠가 말했다('나는 나대로 살고, 너는 너대로 살고'가 아빠가 가장 좋아하는 대구다. 아빠는 나처럼 대구를 좋아한다). 엄마는 조금 업신여기는 투로 말을 받았다.

"각자 취향이 있는 거니까."

어쨌든 미샤는 자기 아빠가 하는 일에 대해서 말할 때는 엄마 직업을 말할 때의 반만큼도 좋아하지 않는다.

아미가 옆에 있으면 미샤는 평소보다 더 진지해진다. 말수가 적어지고, 침 뱉는 다리를 건널 때는 침을 뱉기는커녕 좌우도 살피지 않고 서둘러 걷는다. 자신이 아빠고 아미와 나 두 사람이 자식이라도 되는 것처럼.

"이제 진단서는 어디서 받을 거야?"

내가 아까 하던 이야기를 다시 꺼냈다.

"진단서가 뭐야?"

아미가 쥐어짜는 소리로 물으며 한데 묶은 운동화를 프로펠러처럼 머리 위에서 빙빙 돌렸다. 아미는 물건을 마구 던지는 걸 좋아한다. 그 중에서도 엄청난 속도로 던지는 걸 가장 좋아한다.

"몰라. 별거 아냐."

미샤가 대답했다. 평소와 달리 이상하게 무뚝뚝한 말투였다.

"근데 아빠는 어디 있어?"

아미는 신발을 돌리다가 신발 끈을 놓았다. 운동화 프로펠러가 전속력으로 내 머리 위를 지나 가장 가까이 있는 관목으로 날아갔다. 나는 가까스로 몸을 피했다.

"새 일을 시작했어. 거리 청소나 뭐 그런 거."

미샤가 건성으로 대답했다. 미샤는 아미도 나도 쳐다보지 않았다. 미샤의 검은 두 눈썹 중간에 여태 본 적 없는 희한한 세로 주름이 잡혔다. '수영복 때문에 스트레스가 심한가 보다' 하고 생각했던 게 아직 기억난다. 그런데 이상했던 건, 미샤는 좀처럼 스트레스를 받지 않는 아이였다.

나는 미샤의 이마 주름을 나중에서야 떠올리고 미샤가 어쩌면 그때 이미 아빠의 새 일자리에 대해 뭔가를 알고 있었을지도 모른다고 생각했다. 나중에 알았지만, 우리 셋이 다리 맞은편에 있는 **빽빽한 가시덤**

불에서 정신없이 아미의 운동화를 꺼내는 동안, 우리 셋이 덤불에 팔이 긁혀 상처가 나는 동안, 미샤 아빠가 했던 건 거리 청소가 아니었다. 미샤는 아빠가 사기를 치고 있다는 걸 아마 알고 있었던 것 같다. 나는 훨씬 나중에 가서야 이 사실을 알았다. 그리고 그 사실을 이해하기도 전에 내 친구 미샤에 관한 뜻밖의 진실이 나를 평온한 일상에서 끌어 냈다.

3

나무늘보가 매달려 있어
저 높은 나무나 가지에 대롱대롱 매달린 나무늘보는
기괴하게도 거꾸로 매달려 있는 제 모습을
신기해하면서 방해받지 않고 잘 살지
머리를 밑으로, 정수리를 아래로, 바닥으로는 뛰지 않아
거꾸로 뒤집힌 세상은 두둥실 떠 있는 것처럼 멋지니까!

시간이 느릿느릿, 그러나 어김없이 흘러가면서 첫 수영 수업이 가까워졌다. 월요일 아침, 미샤의 기분은 전에 없이 엉망이었다.

"대체 수영을 왜 한다는 거야? 물고기는 당연히 헤엄을 치지. 그러라고 지느러미가 있으니까! 갈매기도 그래. 몸에 기름층이 있어서 헤엄칠 때 고무보트처럼 편안하게 물 위를 떠다니잖아."

미샤는 그렇게 화를 내면서도 중요한 사실들을 계속 알려 주었다.

"여기 어디에 지느러미가 보여? 어디에 기름층이 보여?"

미샤가 내 얼굴 앞에서 두 손을 휘두르며 물었다. 그 말이 랩의 도입부처럼 들리기도 했고, 엉망이 된 미샤의 기분도 풀어 줄 겸 나는 서 있는 자리에서 가볍게 뛰며 랩을 했다.

"여기 기름층이 보여? 기름층이 보여? 아니, 기름층이 안 보여. 기름은 네 얼굴에 고여!"

그러나 오늘은 '니츠의 대구'로도 미샤를 웃게 하지 못했다.

"아직도 수영복 새로 안 샀어? 하나 빌려줄까?"

내 말에 미샤가 씩 웃었다. 미샤는 나보다 키만 머리 하나 정도 큰 게 아니었다. 나는 가늘고 길쭉한 다리에 발이 작은 반면, 미샤는 허벅지가 성인 남자처럼 근육질이고 발은 거대했다. 미샤가 내 수영복에 몸을 욱여넣을 수 있을 거라고는 상상할 수 없었다. 더구나 미샤가 선생님에게 알레르기가 있다고 거짓말을 해 버린 마당에 이젠 그렇게 하기에도 너무 늦었다.

미샤는 수요일 아침 내내 내 옆자리에서 뚱한 얼굴로 앉아 있었다. 금발 삼총사가 우리를 걱정스럽게 바라보았다. 교실의 '편안한 분위기' 조성에 늘 책임감을 느끼는 삼총사에게 말이 없는 미샤는 근심의 원흉이었다.

"손가락이 떨어져 나갔어, 똘똘이?"

남들 기분 따위는 안중에도 없는 심술궂은 펠릭스가 속삭였다.

"닥쳐, 멍청아!"

늘 그랬듯이 내가 빠르고 낮은 소리로 씩씩거리며 대꾸했다. 미샤는 대답할 마음이 없었다.

"잠을 잘 못 자서 그래."

나는 삼총사가 걱정하지 않도록 미샤를 가리키며 낮게 말했다. 레오니가 잘 알았다는 듯이 미소 지었고 펠릭스는 계속 바보처럼 얼굴을 찌푸렸다. 내가 리듬에 맞춰 공책을 두드리자 바슬러 선생님은 분필이 공중에 뜰 정도로 책상을 쾅 내리쳤다. 미샤는 고개도 들지 않았다.

다음 날 아침 미샤는 엉망이었던 기분에서 말끔히 벗어났다. 우리가 아침마다 만나는 케밥 가게의 닫힌 문 앞 모퉁이에서, 미샤는 환한 표정으로 내게 접힌 종이 한 장을 내밀었다.

"진단서야!"

"어디서 났어?"

"'정글 의사'가 해 준 거야!"

미샤가 큰 비밀이라도 되는 것처럼 말하고는 내가 그 사실을 전혀 모른다는 듯이 속사포로 말을 쏟아 내기 시작했다.

"우리 엄마가 생물학자야. 정글에 있으면 가끔 이상한 병에 걸려. 그럼 독일로 돌아오는데, 엄마를 낫게 해 줄 의사가 당연히 필요하지."

너무 거침없이 떠들어 대는 통에 미샤는 내가 자기를 황당한 표정으로 바라보는 것도 알지 못했다. 미샤는 자신이 가차 없이 쏟아 내는 이야기처럼 발걸음에도 미친 듯이 속력을 내기 시작했다. 내가 미샤를 따라가려고 애쓰던 와중에 갑자기 미샤가 걸음을 멈추고 말했다.

"그리고 우리는 그 의사를 '정글 의사'라고 불러! 짜잔!"
미샤는 진단서를 펼쳐 보여 주었다.

　　미샤 괴체는 염소로 소독한 수영장 물의 성분에 대해 현재까지 알려
　　지지 않은 피부 알레르기 반응을 보이므로, 당분간 수영 수업을 면제
　　받아야 함. 몇 주 후 추가 검사가 예정되어 있으며 여기서 상기 알레
　　르기 반응의 원인이 정확히 밝혀질 것임.

밑에는 삐뚤빼뚤한 서명이 적혀 있었는데 그 모양이 마치 어린아이가
볼펜을 쥐고 쓴 것 같았다.
"진짜 괴발개발이지?"
미샤가 웃으며 말했다. 수영 문제가 일단 해결되었다는 안도감에 미샤
의 얼굴이 투광 조명을 받은 야간 축구장처럼 환하게 빛났다. 진단서 상
단 오른쪽 구석에 '횔덜린 가 33'이라고 병원 주소가 적혀 있었다.
"일반의 및 열대 질환 진료."
이걸 읽고 나는 '그럼 그렇지' 하는 마음으로 고개를 끄덕이며 미샤
에게 진단서를 돌려주었다. 미샤가 명랑하게 덧붙였다.
"설사와 그 밖의 불쾌한 체액 전문가라는 뜻이야."
"아니면 구멍 뚫린 수영복 착용 시의 알레르기 전문가? 이런 건 의사
가 그냥 서명해 주는 거야? 아니면 네가 팔에 빨간 점이라도 그려 넣은
거야?"

내가 살짝 비꼬자 미샤는 또 조금 멍한 표정으로 웃더니 이렇게만 말했다.

"긴츠부르크는 정말 아무 문제 없는 사람이야."

"긴츠부르크?"

"프랑크 긴츠부르크. 정글 의사."

미샤가 힘주어 다시 한번 말했다.

이튿날 미샤는 생전 처음 수업에 빠진 것도 괜찮았던 모양이다. 펠릭스가 똘똘이는 수영을 못하는 거냐, 아니면 물이 천재에게 해로운 거냐며 심술궂게 물어도 묵묵히 참아 냈다.

"너, 참 안됐다!"

리브가 위로하려는 듯 말했다. 염소 알레르기 소문이 벌써 퍼진 뒤였다. 미샤는 너무 대놓고 웃지 않으려고 조심해야 했다. 그리고 90분 동안 난간 뒤에 서서 함께 수영하지 못하는 걸 안타까워하는 척했다.

나는 물에 들어가 잠수하자마자 수영복 바지가 공기로 가득 차는 게 재미있었다. 엉덩이가 부풀어 올라 금방 터질 것 같은 모양새였다. 하지만 물에서 나오는 순간 바지가 몸에 축축하게 달라붙으면서 나는 정글 의사의 진단서 덕분에 이런 고통을 피해 간 미샤를 저주했다. 나는 뭍에서는 날렵해도 물에서는 서툴렀다. 몸통이 망가진 물고기처럼 무기력하게 물을 가르며 나아갔고, 간간이 펠릭스에게 갈비뼈를 찔려야 했다. 혐오스러울 만큼 꽉 끼는 수영복을 입은 마이닝거 선생님은 '왕년에' 영국 해협을 헤엄쳐 건넌 자신과 달리 우리 모두가 얼마나 한심한 약골

인지를 상기시켰다. 나는 기진맥진한 채 이따금 미샤를 보고 손을 흔들었다.

"너도 수업 빼먹고 싶은 모양이지?"

마이닝거 선생님이 어깨를 세게 치는 바람에 물에 빠질 뻔한 나는 선생님이 목욕하다가 다리가 부러지는 상상을 하며 위안을 삼을 수밖에 없었다.

미샤는 운동장에서 나를 기다리고 있었다. 내가 다른 남자애들과 함께 밖으로 나오자 자작나무에 돌풍이 불었다. 연두색 줄기 끝이 미지근한 봄바람에 춤을 추었다. 다른 아이들을 먼저 보내고 나는 미샤와 함께 벤치에 앉았다.

"어때, 재미있었어?"

미샤가 물었다. 나는 말없이 권투하듯 미샤의 팔뚝을 쳤다.

"꿋꿋하게 잘 버텼네. 그리고 너 하늘색 수영복이 아주 잘 어울려, 니츠!"

미샤가 달래듯 말했다. 누구를 놀릴 때조차 왠지 모르게 호감을 주는 것이 역시 미샤다웠다.

"전에도 말했지만, 너한테 얼마든지 수영복을 빌려줄 수 있어. 그러고 나면…… 나한테도 구멍 난 수영복이 생기겠지!"

내가 중얼거리자 이번엔 미샤가 주먹으로 내 어깨를 쳤다. 미샤는 나보다 힘이 훨씬 셌기 때문에 맞은 곳이 아팠다.

여자애들이 수영장 밖으로 나왔다. 맨 앞에 있는 삼총사의 금발이 젖어 있었다. 다른 아이들과 거리를 두고 맨 뒤에서 겨드랑이에 스케치북을 낀 별난 조피가 나왔다. 조피의 얼굴은 원래대로 돌아와 있었는데, 눈에 검은 화장을 했을 때보다 하지 않은 모습이 어딘가 더 비정상적으로 보였다.

"너희는 교실에 안 들어가?"

우리가 빤히 쳐다보는 걸 알고 조피가 물었지만 그게 불쾌했는지 아닌지는 전혀 드러나지 않았다. 늘 조금쯤 쉰 듯한 조피의 목소리를 들으니 낯설었다. 조피는 좀처럼 말을 하는 일이 없었기 때문이다.

"곧 영어 시간이 시작돼. 전에 본 시험지 분명히 돌려받을걸."

"들어갈 거야."

미샤가 조피의 말에 간단히 대답하고 배낭을 어깨에 둘러멨다. 조피가 미샤의 배낭을 흘끗 훑어보았다. 그 안에 있는 스케치할 물건이라도 알아본 건지 궁금했다. 미샤의 배낭은 찌그러지고 색도 거의 바래서 꼭 히말라야를 수백 번이나 등산하고 온 것 같았다. 미샤는 스타일이 항상 독특했다.

이번에도 미샤는 시험을 가장 잘 보았다. 늘 그랬듯이 미샤는 자신만의 겸손한 방식으로 기쁨을 드러냈다. 고개를 끄덕이고 나지막하게 "야호!" 중얼거린 뒤 시험지를 숨기고 잠시 혼자 웃었다. 미샤는 정말이지 세상에서 가장 호감 가는 공붓벌레다.

집에 가는 길, 우리는 정말 오랜만에 오리를 겁주러 갔다. 손에 들린 자갈의 감촉이 낯설게 느껴질 정도였다. 하지만 "우와아악!" 소리를 지르고 머리 위에서 주먹을 휘두르다가 펴는 순간은 전과 다름없었고, 오리들이 꽥꽥거리고 날개를 퍼덕이며 물 위를 달려가는 것도 전과 똑같았다.

"바실리스크도마뱀이라고 알아?"

오리가 모두 날아간 뒤 미샤가 물었다.

"아니."

할 필요도 없는 대답이었다. 미샤는 자신이 직접 얘기해 주지 않은 이상한 동물은 내가 잘 모른다는 걸 안다.

"도마뱀의 일종인데, 이 녀석도 물 위를 뛰어다닐 수 있어. 그래서 '예수 그리스도 도마뱀'이라고도 불러."

"그때 종교 시간 목사님 기억나?"

내가 킥킥 웃으며 배낭을 풀밭에 던졌다. 미샤도 제 배낭을 조심스럽게 옆에 놓고 고개를 끄덕이며 웃었다. 나는 미샤가 나와 정확히 똑같은 광경을 떠올리고 있다는 걸 알았다. 머리가 빨간 목사님, 달려가는 오리들, 그리고 키가 머리 두 개만큼 작은 것만 빼면 지금과 똑같았던 우리 두 사람.

맞은편 풀밭에서는 점심시간을 이용해 요가 중인 다섯 명의 수행자가 비틀거리며 물구나무를 서고 있었다. 나는 그들에게 영감을 받아 중간 높이의 철봉에 거꾸로 매달렸다. 미샤도 잠시 주저하더니 가장 높은 철봉에 매달렸다. 우리의 머리가 같은 높이에서 대롱거렸다.

"나무늘보한테는 세상이 어떻게 보일까? 인지한 이미지를 뇌가 자동으로 뒤집어 주려나? 거꾸로 보이는 그대로를 옳다고 믿을까?"

동물학 관련 질문부터 던지는 것이 역시 미샤다웠다. 미샤는 무슨 일을 하건 대뜸 동물부터 떠올렸다. 처음엔 그 동물의 기묘한 특성에 관해 상상의 나래를 펴다가 나중엔 연구로 넘어갔다. 내가 대꾸했다.

"그럼 박쥐는? 박쥐는 날 때 거꾸로 매달렸던 몸을 똑바로 돌리니까 아마 뇌도 같이 회전해야 할걸. 그런 박쥐가 너를 보면 어디가 아래고 어디가 위인지 모를 거야."

"박쥐나 큰박쥐는 날 수 있는 유일한 포유류야. 눈이 아니라 초음파를 이용해서 방향을 잡아."

거꾸로 매달린 채 미샤가 강의했다. 거꾸로 매달려 있으니 미샤의 얼굴이 우스꽝스러워 보였다. 나 역시 거꾸로 매달려 있어서, 아래로 흘러내린 미샤의 구불구불한 머리는 젤을 발라 위쪽으로 고정시킨 것처럼 보였다. 미샤가 갑자기 다른 사람 같았다. 거꾸로 매달린 내 모습도 괴상했을지는 잘 모르겠다. 어쨌든 피가 너무 머리로 쏠린 바람에 차츰 어지러워졌다. 그런데도 나는 라임을 맞춰 말했다.

"실험을 해 봐야 해. 박쥐가 돼 봐야 해. 거꾸로 매달려야 해. 머리는 아래로, 다리는 위로!"

미샤가 씩 웃었다. 미샤의 얼굴이 아까보다 더 우스꽝스러워졌다. 거꾸로 보이는 입꼬리가 웃으려다 중간쯤에서 멈춰 버렸기 때문이다.

"너희 엄마, 지금은 뭘 연구하셔?"

내가 대롱대롱 매달려 있는 미샤에게 물었다. 미샤는 봉을 잡고 양팔 사이로 몸을 넣어 바닥으로 내려왔다. 그리고 철봉 옆 풀밭에 앉아 셔 츠 소매를 매만졌다.

"거미원숭이. 휘감는 꼬리가 있는데 기능이 손과 비슷해. 안쪽에는 일 종의 손바닥 같은 게 있어!"

"휘감는 꼬리라고? 더 오래 매달리려면 그게 필요하겠는데!"

여전히 거꾸로 매달린 채 내가 킥킥 웃었다. 나는 몸을 요란하게 앞뒤 로 흔들며 얼빠진 원숭이 소리를 냈다.

"거꾸로 매달리는 동물에 관한 연구를 한번 의뢰해 봐."

내가 원숭이 목소리로 제안하며 바닥으로 내려왔다. 배에서 잠시 요 란하게 꾸르륵 소리가 났다.

"음……."

미샤가 우물우물 대답하면서 누군가를 바라보았다. 큼지막한 주황색 재킷을 입은 여자가 우리 쪽으로 다가오고 있었다. 꽤 젊어 보였고 키 가 평균보다 컸으며, 짧고 빨간 곱슬머리에 얼굴엔 주근깨가 많았다.

여자는 걸음을 늦추고 미샤에게 환한 미소를 보낸 뒤 무슨 말을 하 려는 듯 입을 열었다. 하지만 미샤는 그저 바라보기만 할 뿐 웃지도, 고 개를 끄덕이지도 않았다. 미샤답지 않게 무례했다. 그 사람이 두렵거나 그 사람이 하게 될 말이 두려운 것 같았다. 아니면 그 사람에게 최면을 걸려는 것 같기도 했다.

여자는 잠시 미샤와 나 사이를 빠르게 번갈아 보더니 입을 다물고 다시 발걸음을 재촉했다. 그 기이한 만남이 지속된 시간은 고작 10초 남짓이었다.

"거꾸로 매달리는 동물 연구라……."

미샤는 이제야 내 말뜻을 이해했다는 듯 말하고는 연못을 따라 요가 수행자들 쪽으로 걸어가는 여자에게서 시선을 거두었다. 수행자들은 모두 팔다리를 쭉 펴고 바닥에 누워 있었다.

"좋은 생각이야. 동고비도 떠오르네."

여자가 가장 가까운 곳에 있는 철쭉 울타리 너머로 사라지자 미샤는 왠지 크게 안도하는 것처럼 보였다.

4

옛날에 앵무새 한 마리가 살았어
앵무새는 잠을 자지 않았어
밤에도 낮에도 쉬지 못했어
가련하고 늙은 앵무새
누가 신발 한 짝을 주었을 때
앵무새는 비로소 안식을 얻었어
앵무새는 즉시 피난처를 찾았고
그 후로 아무도 모르게 신발 속에서 잠을 잤지

형이 나를 핸드볼용품 상점으로 끌고 가지 않았다면 나는 횔덜린 가에 갈 일이 절대로 없었을 거다. 지금도 그 생각을 하면 기분이 조금 이상하다. 왜냐하면 내가 횔덜린 가에 가지 않았다면 정글 의사와 관련된 진실을 알아내지 못했을 테고, 미샤는 나를 결코 자기 집으로 데리고 가지 않앉을 것이기 때문이다. 그랬다면 나는 그 말도 안 되는 황당무계한 일이 일어났을 때도 미샤를 돕지 못했을 거다. 훨씬 일찍 볼 수 있었던 것을 보지 못하고 지나온 몇 년 동안과 다름없이, 아무것도 모른 채 미샤 옆을 걸었을 것이다. 그랬다면 미샤와 아미와 미샤네 아빠가 어떻게 됐을지 누가 알까. 핸드볼용품 상점은 어쩌면 운명과도 같은 곳이었다.

"숙제 있어?"

그날 점심, 형이 물었다. 미샤가 늘 아미에게 묻는 것과 똑같았다. 나는 재미로 아미처럼 대답했다.

"없는 거나 마찬가지야."

그러자 형은 함께 어디를 가겠느냐고 물었다. 나보다 세 살 많은 형 올레는 1년에 두 번꼴로 새 운동을 시작한다. 수영은 벌써 시작했고, 조깅, 등산, 축구, 체조, 아이스하키도 했다. 형은 마음에 드는 운동을 시작할 때마다 용돈으로 새 용품을 구입한다. 그것들은 나중에 옷장 밑에 있는 다른 운동용품과 합류한다. 부모님은 이미 오래전에 형에게 한 가지 운동을 끈기 있게 하라고 설득하는 걸 포기했다. 어차피 형은 스스로를 '슈퍼 운동선수'라고 부르며 자신만만해한다.

형은 새 핸드볼 셔츠 한 장이 필요하다고 했다. 그리고 거만한 운동선수 표정을 지으며 덧붙였다.

"아니면 두 장."

나는 딱히 다른 할 일이 없었다.

나는 전철 타는 걸 미치도록 좋아한다. 창가에 앉아 얼굴을 유리창에 대고 내릴 때까지 그 자세로 간다. 열차가 달릴 때 곁눈질로 바깥을 보면 처음엔 조금 어지럽지만, 몇 초가 지나면 정신없이 스쳐 지나가는 세상에 뇌가 적응하면서 걸을 땐 눈에 들어오지 않던 것들이 보인다. 폐지 공장의 거대한 폐지 더미도 그중 하나인데, 잡다한 색깔의 거대한 건초 꾸러미나 괴상한 외계인 음식처럼 생겼다. 열차 안에서 내 상상력은 공중제비를 넘는다. 나는 문에서 들려오는 리드미컬한 소음도 좋아한다. 귀를 찢는 경고음, 쉭쉭, 덜컹, 그리고 경고 사격 같은 '탕' 소리. 나는 이내 환상적인 연구 캡슐 안에 있는 느낌이 든다. 4월의 그날에는 물론 그렇지 않았다.

"으윽, 거기에 누가 침을 흘렸을지 생각 좀 해 봐."

내가 뺨을 창문에 바싹 붙이자마자 형이 말했다. 형은 운동 집착증 외에 결벽증까지 있다. 샤워를 하루에 두 번 하고, 전철에서는 온갖 틈새에서 자기를 감염시키려는 병균의 존재를 감지한다.

핸드볼용품 상점은 알록달록한 공과 운동복으로 가득했다. 인위적으로 반짝이는 옷들은 마치 입고 다니는 방충망처럼 생겼다. 어떤 티셔츠에는 겨드랑이 아래에 희한한 지퍼가 달려 있었는데 아마 통풍을 위한 기능인 듯했다.

"이건 어때?"

형은 탈의실에서 새 티셔츠를 입고 나올 때마다 물었고, 그때마다 나는 이렇게 반응했다.

"오……."

나는 핸드볼 티셔츠에 그다지 흥미가 없었다. 그래도 형은 아무렇지 않아 했다.

"마우스피스도 필요해!"

"뭐?"

나는 아빠가 밤에 사용하는 이갈이 방지용 물건을 떠올렸다. 그러나 젊은 판매원은 형이 말하는 게 뭔지 당장 알아차렸다.

"먼저 크기를 맞춰 봐야 해요."

판매원은 이렇게 말하고 형에게 알록달록한 고무 덩어리를 건넸다. 형은 질겁한 표정으로 쳐다보았다. 얼마나 많은 사람이 그 물건을 입에 물었을지 금세 상상한 모양이었다. 판매원은 형이 무슨 생각을 하는지 즉시 알아차린 듯 덤덤히 말했다.

"매번 전부 소독해요."

형이 고무 덩어리를 하나씩 입에 넣었을 때 나는 왜 형이 친구가 아닌 나를 데리고 왔는지 알았다. 입에 마우스피스를 물고 있는 형은 엄청나게 큰 치아 교정기를 낀 것 같았다.

"어떻게, 핸드볼은 재미있어요?"

판매원이 툭 불거져 나온 형의 입을 이리저리 누르며 불쾌하게 물었다. 형이 씩씩거렸다. 지금은 그 이상 할 수 있는 게 없었다.

"넌 별로 도움이 안 됐어."

형이 돈을 내며 투덜대는 동안 나는 마우스피스가 그렇게 비싸다는 걸 알고 깜짝 놀랐다.

다시 밖으로 나와 상점 앞에 섰을 때 '횔덜린 광장'이라고 적힌 도로 표지판이 보였다. 나는 그걸 소리 내어 읽은 뒤 형에게 물었다.

"횔덜린 가가 여기에도 있어?"

형은 한심하다는 듯 나를 쳐다보고는 말없이 길모퉁이를 가리켰다. 나는 문득 미샤의 진단서에 있던 주소가 환영처럼 떠올랐다.

"횔덜린 가 33번지에 가서 뭘 좀 보고 싶어. 미샤 엄마가 진료받는 이상한 정글 의사가 거기에 있어. 왠지 궁금해서."

"저 위쪽 정류장으로 가자."

형이 뚱한 표정으로 중얼댔다. 그래도 꽁하게 굴진 않는데, 그런 건 쿨하지 않은 태도라고 생각해서 그랬을 것이다.

횔덜린 가의 집들은 커다란 창문과 에나멜 재질의 구식 문패가 달린 하얀 건물이었다. 33번지도 다른 건물과 다르지 않았다. 1층에는 '앵무새'라는 이름의 카페가 있었고 안에는 유아차가 가득했다. 가운데 유리창 너머에는 엄청나게 커다란 새장 안에 앵무새 두 마리가 있었는데, 불안하게 움직이는 통에 회색 머리에 달린 분홍색 깃이 자꾸만 흔들렸다. 아파트가 자리한 위층에는 샹들리에와 2층 침대가 보이는 것 같았다. 건물 어디에도 병원 문패는 걸려 있지 않았다.

"여기 어디에서 그 정글 의사가 '진료'를 한다는 거야?"

형은 내가 자기보다 더 어리고 멍청하다는 걸 알려 주겠다는 듯 과장을 섞어 고압적으로 물었다. 나는 혹시라도 꼭꼭 숨어 있을지 모르는 병원을 찾아내려고 반대편 길로 건너가 건물을 올려다보았다. 그러나 바보 같은 짓이었다. 대체 누가 자신의 병원을 숨겨 놓겠는가? 나는 다시 형의 옆으로 돌아왔다.

"이상하네."

"또 한시도 가만히 있지 않느라 네가 제대로 못 들었겠지."

형은 이렇게 말하고 걸어갔다. 내가 미샤의 진단서에서 직접 주소를 읽었다고 해명하는 건 무의미해 보였다.

새장 속 앵무새 한 마리가 내게 윙크를 했다. 다른 한 마리는 이별의 표시로 흰색 소시지처럼 생긴 작은 똥을 떨어뜨렸다. 어떤 원시 종족들은 새똥으로 약을 만든다고 했던 미샤의 이야기가 생각났다. 괴물 같은 지식을 가진 미샤. 정글 의사의 진단서를 가진 미샤.

집에 와서야 지도 앱에서 '횔덜린 가 33번지'를 검색해야겠다는 생각이 들었다. 횔덜린 가가 두 군데일 수도 있었다. 다른 횔덜린 가 33번 지에는 무서운 주사기를 들고 다니는 슬픈 정글 의사가 있는데, 환자의 절반은 그를 찾지 못하고 멍하니 있는 건지도 몰랐다.

엄마가 주방에서 나왔다. 설거지할 때마다 사용하는 샛노란 고무장갑을 끼고 있었다. 귀에는 다음 통화를 위해 벌써 이어폰을 꽂았고 줄의 절반을 길고 검은 머리칼에 매듭처럼 묶었다. 아마 설거지를 하면서 비서에게 내일의 업무 지시를 내릴 것이다. 관리직에 있는 엄마는 한 가지 일만 하는 건 참을 수 없을 만큼 비효율적이라고 생각했다. 그래서 자신은 멀티태스킹을 완벽하게 해낸다고 믿었다. 하지만 이따금 뭔가가 잘못될 때도 있었다.

"뭐 하니?"

엄마가 궁금한 듯 내 어깨 너머로 휴대폰을 엿보며 물었다.

"잠깐 학교 일로 뭣 좀 조사해야 해요."

수수께끼 같은 정글 의사나 미샤의 진단서 이야기부터 하고 싶지는 않았다. 엄마는 바지 주머니에서 더듬더듬 휴대폰을 꺼내더니 사라졌다.

나는 지도 앱에서 휠덜린 가 33번지를 확대했다. 검색 결과는 한 개뿐이었다. 앵무새 카페가 나왔고 '현재 영업 중'이라고 적혀 있었다. 병원은 없었다. 그 의사 이름이 뭐였더라? 간츠부르크? 감스부르크? 그렌츠부르크? 생각나는 이름들을 차례로 검색창에 적고 '의사', '병원', '열대 질환' 등과 조합해 보았다. '긴츠부르크'! 드디어 미샤가 말했던 이름이 기억났다. 하지만 검색 결과는 없었다. 그 구역 전체에 긴츠부르크라는 이름의 의사는 없었다. 이상한 열기가 목에서 머리로 빠르게 치솟았다.

기묘한 정글 의사에 관한 기발한 이야기는 잔인한 거짓말이었다. 미샤의 진단서는 위조 서류였다. 거짓말을 하고 싶지 않다던 미샤는, 선생님뿐만 아니라 나까지 속인 것이다.

5

별노린재는 춤을 추지 않아
서로 뒤엉키지 않고 기어올라
각자 다른 목표를 향해 가지
웬만해서는
떨어지지 않아
깊숙이

미샤에게 곧장 전화를 걸어 조심스럽게 물어봤어야 했나 보다. "미샤, 네 진단서 말야, 그 정글 의사가 써 준 게 아닐 수도 있어?" 아니, 단도직입적으로 말하는 게 나았을까. "미샤, 너 나한테 거짓말했어!" 그러나 나는 미샤가 나에게, 나 니츠에게, 단짝에게 거짓말을 했다는 사실에 너무 큰 충격을 받아 그 계획을 미루었다. 대신에 꼼꼼하게 계획부터세웠다.

다음 날 아침 무심한 투로 "미샤, 그 진단서 한 번 더 볼 수 있어?" 말하고 서명을 유심히 살핀 다음 연필을 쥘 수 있는 동물이 존재하는지 물어보는 거다. 그럼 미샤는 "물론이지, 침팬지야" 하며 오래전에 설명했던 내용을 또 설명해 줄 거다. 침팬지는 연필을 인간보다 어설프게 쥔다고, 엄지와 나머지 손가락이 인간처럼 마주 보지 않고 나란히 붙어 있기 때문이라고. 그럼 나는 "그 정글 의사가 진단서 서명을 침팬지에게 시키나 보다" 농담한 뒤 마침내 본론으로 들어가 내가 우연히 휠덜린가에 갔던 일을 언급할 것이다. 미샤는 또 귓바퀴 위쪽이 빨개지면서 내게 자초지종을 설명하겠지. 절대로 거짓말을 하지 않는 가장 친한 친구가 내게 거짓말을 했다면 거기엔 설명이 필요할 테니까. 그다음에는 모든 게 다시 예전과 다름없을 것이다.

다음 날, 그레고르의 케밥 가게 앞에서 미샤를 기다리면서도 나는 이런 상상을 하고 있었다. 아침마다 하던 대로 나는 사람들이 케밥에서 골라내 버린 양파 부스러기를 발끝으로 긁어모았다(그레고르는 점심이면 짓뭉개진 양파를 쓸어 모으는데, 그때마다 양파를 빼 달라고 주문하지 않는 사람들을 욕한다). 주변에 있는 새들이 깨어나 짹짹 노래하고 지저귀기 시작했다. 봄에만 내는 큰 소리였다.

나는 양파 부스러기와 지저귀는 새들 사이에 서서 방정맞게 발을 구르며 미샤에게 난처한 질문을 하려고 기다렸다. 그러나 미샤는 늦었다. 마침내 도착했을 때는 내가 준비한 난처한 질문을 감당할 수 있을 것 같지 않았다. 미샤는 고개를 푹 숙이고, 머리는 빗지도 않고, 얼굴은 백

지장처럼 하얀 모습으로 급하게 다가왔다. 게다가 아미의 손까지 잡고 있었다. 미샤와 달리 아미는 이상해 보이지 않았다. 그러니까, 평소와 다르지는 않았다. 아미는 될 수 있는 대로 여러 색깔의 옷을 다르게 조합해 입으려고 노력한다. 오늘은 빨간 스웨터와 초록색 바지를 입고 주황색 목도리를 둘렀다. 4월 말이라기에는 너무 더운 차림새였다. 목도리는 미샤 것이었다. 자신에게는 그 색깔이 없으니 빌려달라고 미샤를 설득했을 것이다.

"아미를 얼른 학교에 데려다줘야 해. 같이 갈래?"

미샤가 아침 인사 대신 중얼거리더니 내 머리에 혐오스러운 거라도 묻은 것처럼 이상하게 곁눈질을 했다.

"그래야지."

나는 뚱하게 말하고 일단 내 계획을 미루기로 했다.

"안녕, 니츠 오빠."

아미가 명랑하게 말하며 내게 왼손을 내밀었다.

"빨리 가자."

우리가 인사를 끝내기도 전에 미샤가 재촉했다. 아미는 두 팔을 휘두르며 앞장서서 뛰었다. 가늘게 땋은 갈색 머리가 아미의 어깨에서 요란하게 흔들렸다.

"책가방이 너무 무거워."

"또 책을 세 권이나 넣었나 보지."

아미가 불평하자 미샤가 퉁명스럽게 대꾸했다. 아미는 킥킥 웃기만

했다. 이제 겨우 읽기를 배웠지만 아미도 미샤처럼 책에 열광했다.

초등학교 건물은 아직 어두웠다. 미샤가 행정실 초인종을 누르자 한참 후 발소리가 가까워지고 유리문 안쪽에서 검은 곱슬머리 여자가 나타났다.

"아미!"

여자가 놀라서 외쳤다. 아미는 평소에 시간을 칼같이 지키는 아이가 아닌 모양이었다.

"안녕하세요, 테킨 선생님."

아미가 여자에게 왼손을 내밀며 새된 소리로 말했다.

"안녕."

선생님이 아미의 손을 잡았다. 미소 짓는 선생님의 윗입술 위에 초승달이 누운 모양의 작고 재미있는 주름이 잡혔다.

"죄송해요. 아빠가 오늘 아주 일찍 일하러 나가셔서요."

미샤가 작은 소리로 말했다. 선생님은 계속 웃으며 미샤에게 고개를 끄덕이고 아미의 손을 잡았다.

"자, 가자. 다른 아이들이 올 때까지 그림을 그리면 돼."

"아, 네. 제트기요!"

아미가 소리치고는 선생님 손에서 빠져나와 어둑어둑한 복도 안쪽으로 뛰어갔다. 넘치는 아침 에너지를 주체하지 못해 그 자리에서 네 번 뒤로 넘는 공중제비를 하지 않은 게 신기했다.

잠시 뒤 교실 하나에 불이 켜졌다. 아미가 폴짝폴짝 뛰어 들어가 빠르게 창문 쪽으로 달려가더니 창턱으로 기어올랐다. 창문에는 눈은 동그랗게, 코는 포동포동하게 그린 부활절 토끼 그림들이 붙어 있었다. 토끼 두 마리 사이에서 코를 창문에 대고 누르는 아미도 토끼 같았다. 나는 웃음을 참을 수 없었지만, 미샤는 힘없이 손만 들어 보였다.

"망했다. 제시간에 못 맞출 거야."

미샤가 뛰어가면서 신음하듯 말했다. 미샤는 지각하는 걸 싫어했다. 미샤 옆에서 달리면서 내가 물었다.

"너희 아빠가 지금 하는 일이 새벽 길거리 청소야?"

"아마 그럴걸."

미샤는 중얼거린 후 내게서 도망치는 것처럼 보폭을 더 크게 해서 뛰었다. 뛰면서 미샤를 곁눈질로 보는데, 미샤의 모습이 평소와 달랐다. 뭐랄까, 처음 보는 사람 같았다. 넓은 어깨, 달릴 때 옆에서 자연스럽게 앞뒤로 흔들리는 커다란 손과 각진 손톱, 오늘은 멋진 웨이브가 없는 짙은 금발, 맨 위에 작은 굴곡이 있을 뿐 거의 곧게 뻗은 코, 호기심으로 자주 반짝인 탓에 삼총사 중 한 명이 딱 들어맞게도 '하늘빛 회색'이라고 부르는 연회색 눈, 서두를 때면 특히 자주 깜박이는 길고 짙은 속눈썹, 다 닳은 운동화와 오래전에 뜯어져서 묶지 않고 늘 옆으로 밀어 넣는 한쪽 운동화 끈.

나는 우리가 함께 오리 겁주기 놀이를 하고, 그물로 딱정벌레를 잡고, 셀 수 없이 많은 자동차 앞 유리에 침을 뱉어 온 기간이 100년은 된 것처럼 느끼고 있었다. 그렇게 오랜 세월을 가장 가까운 친구로 지냈기 때문에 우리 사이에 뭔가 부족한 게 없는지에 대해서는 생각해 보지 않았다. 그런데 문득 미샤에게도, 나 자신에게도 던지지 않았던 많은 질문이 고개를 들었다. 나는 왜 미샤의 엄마를 모를까? 나는 왜 미샤의 집에 가 보지 않았을까? 정말 쥐가 있었을까? 구멍 난 수영복은? 미샤는 어째서 진단서를 위조했을까? 이제 나 자신에게도 물어야 할 것이 있었다. 미샤는 전에도 자주 거짓말을 했을까? 순간 내가 미샤를 잘 모를지도 모르겠다는 생각이 어렴풋이 들었다. 그럼에도 나는 미샤에게 진단서에 대해 묻지 않았다. 그때까지는. 그래도.

아침 내내 미샤는 걱정스러울 정도로 조용했다. 평소엔 끊임없이 손을 들어 발표하는 아이였다. 곱셈을 하든, 세계 창조에 대해 숙고하든, 미샤는 항상 의미심장한 생각을 떠올렸다. 그런데 정말 대단한 건, 그걸 부끄러워하지 않았다는 것이다. 미샤는 배움에 대한 욕망을 억누르거나 쿨하지 못한 애처럼 보일까 봐 두려워하지 않았다(바로 이것이 미샤가 쿨한 이유다).

그러나 그날 미샤는 토론도 하지 않고 수업에 관심을 보이지도 않았다. 얼굴을 머리칼로 가리고 연필을 씹으며 고개를 숙인 채 책만 보았다. 생물 선생님은 점점 짜증 난 얼굴로 미샤를 바라보았다. 미샤가 고개를 들어 전 세계를 아우르는 동물 지식을 우리와 공유해 주기를 기다렸기 때문이다. 미샤가 벌의 비행경로를 탐구하고 유인원과 원원류原猿類의 차이를 안다는 건 모르는 사람이 없었다. 그러나 미샤는 끝까지 고개를 들지 않았다.

마지막 수업이 끝난 뒤 미샤는 멍한 표정으로 교실에서 비틀대며 나왔다. 운동장에 나오자 갑자기 미샤의 배낭끈이 끊어졌다.

"미치겠네!"

미샤가 다짜고짜 소리를 질렀다. 나뿐만 아니라 옆을 지나던 별난 조피도 움찔했다. 조피는 잠시 걸음을 멈추고 검게 칠한 눈으로 미샤와 끈이 끊어진 배낭을 번갈아 보다가 무슨 말을 하려는 듯 나를 쳐다보았다. 그러더니 오른쪽 눈썹을 치켜올리고 계속 걸어갔다. 나는 조피의 뒷모습을 바라보았다. 찰랑대는 검은색 치마를 입고 끈 달린 반짝이는 검은색 부츠를 신은 조피는 운동장을 가로질렀다. 전에는 본 적 없는, 보폭이 작고 우아한 걸음걸이였다. 조피는 운동장 구덩이에 생긴 물웅덩이 한가운데를 가로질렀다. 반짝이는 물방울이 조피의 다리로 튀어올랐다. 조피는 아미처럼 웅덩이를 좋아하는 게 분명했다.

미샤는 떨리는 손으로 배낭끈을 임시로 단단히 매듭지었다. 나는 참을성 있게 옆에서 기다렸다. 그동안, 전에는 전혀 알아채지 못했던 것이 내 눈에 들어왔다. 미샤의 배낭이 정말 결딴나기 일보 직전이었던 것이다.

"무슨 일 있어?"

조피가 사라진 뒤 내가 마침내 용기를 내어 물었다.

"어?"

"무슨 일 있어? 큰 걱정 있어?"

나는 라임을 맞춰 다시 물었다. 미샤는 뜯어진 신발 끈을 다시 꼼꼼하게 신발 속에 넣은 뒤에도 계속 어정쩡하게 웅크리고 있었다. 나는 미샤에게 뭔가 나쁜 일이 생겼을까 봐 더럭 겁이 났다. 혹시 비밀로 해야 하는 심각한 병에 걸린 게 아닐까. 미샤는 부득이하게 거짓말을 할 수밖에 없었던 거고. 그렇게 생각하자 순식간에 심장이 두 배 빠른 속도로 갈비뼈를 때렸다. 미샤가 천천히 일어났다. 나는 미샤를 조심스럽게 옆에서 바라보았다.

"그냥 피곤해서 그래. 간밤에 한숨도 못 잤어."

미샤가 일어나며 말했다. 미샤의 눈이 퀭해 보였다. 내가 날카롭게 쏘아보았지만 미샤는 내 눈을 피하며 갑자기 딴 데를 보았다.

"나 지금 아미 데리러 가야 해."

"또?"

"아빠가 여행 중이야."

미샤는 시큰둥하게 말하더니 뒤도 돌아보지 않고 계속 걸었다. 나는 미샤를 뒤따르며 물었다.

"출장?"

우스갯소리로 한 말이었지만 약 올리는 것처럼 들렸을 거다. 속에서 뭔가가 나를 잡아끌었다. 미샤를 이대로 보내선 안 된다는 생각이 들었다.

"해외 길거리 청소?"

내가 깐죽거렸다. 미샤는 계속 내 바로 앞에 바짝 붙어서 걸었다. 그렇게 해서 얼굴을 보이지 않게 숨겼다. 나는 살면서 처음으로 미샤의 말을 곧이곧대로 믿지 않고 있었다. 이 믿기 힘든 사실을 아마 미샤도 느꼈을 것이다. 그런데도 미샤는 계속 침묵했다. 문득 나는 미샤가 심통을 부리고 있다는 걸 알았다. 왜 미샤는 고민을 털어놓지 않을까? 그래도 내가 가장 친한 친구인데.

"아, 알겠다."

나는 글자 하나하나를 새로 벼리듯 씩씩거리며 말했다.

"그 '정글 의사'를 만나러 출장 간 거구나? 이름이 뭐였더라. '긴츠부르크' 씨?"

한번 돌기 시작하면 멈출 수 없는 회전 그네처럼, 나는 계속해서 조롱조로 미샤를 몰아붙였다.

"사실 휠덜린 가에는 열대 질환을 치료하는 병원이 없거든!"

미샤가 드디어 걸음을 멈췄다. 미샤의 숨소리가 가빠지는 게 들렸다. 미샤는 내가 저를 한 대 치기라도 한 것처럼 나를 쳐다보았다. 미샤의 눈이 젖은 아스팔트처럼 어두운 회색으로 변했다.

"너 대체 무슨 일이냐고!"

내가 씩씩거렸다. 나는 미샤도 나를 보고 씩씩거리고, 나를 밀치고, 소리를 지르고, 달아날 줄 알았다. 그러나 미샤는 작은 소리로 말했다.

"아, 미치겠네."

그러곤 아주 오래도록 아무 말도 하지 않고 못 박힌 듯 인도에 서 있었다. 맞은편 슈퍼마켓 현수막에 그려진 행복한 대가족이 우리를 보며 비웃는 것 같았다. 지난 며칠 너무나 이상했던 미샤를. 그리고 어안이

벙벙해져 해명을 기다리던 나를. 솜털 한 올까지 긴장한 채 넋이 나간 표정으로 우리의 발을 응시하며 서 있던 나를.

발 모습을 보니 우리는 닮지 않은 형제 같았다. 내가 신은 중간 크기의 낡은 파란색 운동화에는 지저분한 흰색 줄무늬가, 미샤가 신은 크고 낡은 검은색 운동화에는 빛바랜 노란색 줄무늬가 새겨져 있었다. 뜯어진 미샤의 운동화 끈을 보자 문득 미샤가 거기에 걸려 넘어졌던 때가 떠올랐다. 재수 없던 의사는 의아하다는 듯 말했다. "아이고, 희한하게 넘어졌네." 그건 내가 본 걸 보지 못해서 하는 말이었다. 미샤는 자기 지도책이 진창에 떨어지는 게 싫어서 스턴트맨처럼 오른팔 위로 비스듬히 공중제비를 넘었다. 내가 그 자리에 있었다. 대성통곡하는 미샤를 집으로 데려온 것은 나였다. 멀쩡한 지도책을 집으로 가져온 것도 나였다. 미샤에게 무슨 일이 생길 때마다 곁에 있었던 건 나였다. 그리고 지금 나는 미샤의 대답을 들을 자격이 있었다.

인도 모서리에서 별노린재 한 마리가 기어 왔다. 이번 봄 들어 처음 보는 것이었다. 별노린재는 미샤의 오른쪽 신발 앞에서 멈췄다. 유난히 높은 산 앞에서 위를 올려다보며 오르막 경사를 가늠해 보는 사람 같았다. 그러더니 녀석은 우리 신발 위로 기어올라 왔다. 거짓말 하나 안 보태고, 거침없이 신발 한쪽으로 올라왔다가 다른 쪽으로 내려가면서 네 짝의 신발에 전부 기어올랐다. 우리는 가만히 서서 녀석의 그런 모습을 지켜보았다.

그러는 동안 나는 미샤가 별노린재에 관해 뭔가 굉장히 유식한 이야기를 해 주기를 기다렸다. 예컨대 별노린재는 우리 인간을 제외하면 유일하게 야망을 드러내는 종이기 때문에 그냥 지나가지 않고 운동화 위로 기어오르는 거라고. 그러나 미샤는 아무 말도 하지 않았다. 우리 둘 사이가 너무 조용한 탓에 이 놀랍도록 야심 찬 노린재가 운동화 위에서 종종걸음으로 돌아다니는 소리가 들렸대도 나는 놀라지 않았을 것이다.

"간밤에 아빠가 집에 안 들어왔어."

마침내 미샤가 맥없이 말했다.

"휴대폰도 안 받아."

미샤가 별안간 나를 쳐다보았다. 그의 눈에서 나는 지금까지 보지 못했던 것을 보았다. 미샤가 팔이 부러졌을 때도 보지 못했던 것. 바로 두려움이었다. 미샤의 겁먹은 눈을 본 순간 나는 꾸며 낸 정글 의사와 위조한 진단서를 잠시 까맣게 잊고 말았다.

"지금까지 그런 적이 없었어."

무슨 말인지 알아듣지 못할 만큼 작은 소리로 미샤가 덧붙였다. 나는 다시 우리 둘의 발을 내려다보았다. 별노린재는 신발 등정을 마쳤으니 쉬어야 한다는 듯이 신발창 옆에 앉아 꼼짝도 하지 않았다. 빨간 몸 색깔이 잿빛 인도와 대비되어 야단스럽게 빛났다.

"곤충도 야망이 있을까?"

이게 내가 꺼낸 첫마디였다. 뭐라도 말하기 위해서였다. 가능하면 평범한 것을 말하고 싶었다. 미샤의 눈에 있던 두려움이 사라지기를 바랐다. 나는 미샤가 두려움을 느끼는 게 있을 수 없는 일이라고 생각했다.

"뭐?"

미샤가 나를 빤히 바라보았다.

"이 별노린재 말이야……."

내 목소리가 이상하게 거칠고 톤이 높았다. 변성기도 아닌데 변성기 목소리였다. 나는 여전히 미동도 없이 미샤의 발 옆에 있는 별노린재를 가리켰다. 죽은 척을 하는 것 같았다. 나처럼.

"얘는 왜 그냥 지나가지 않고 신발 네 개에 다 기어오른 걸까?"

미샤는 무릎을 꿇고 별노린재를 살펴보다가 중얼거렸다.

"직감이 이끄는 투지…… 라인홀트 메스너 같은 앤가 봐."

"라인홀트 누구?"

"메스너."

미샤가 훅 하고 입김을 불자 별노린재가 달아났다.

"세계 최초로 에베레스트를 혼자 오른 사람이야. 눈앞에 산이 보이니 올라갈 수밖에 없었겠지."

미샤가 일어나 주춤거리며 걸음을 떼었다.

"잘 가, 라인홀트 메스너 노린재!"

나는 달아나는 노린재에게 외친 뒤 미샤에게 말했다.

"아미네 학교에 나도 갈게."

초등학교가 있는 교차로 바로 앞에 왔을 때에야 나는 용기를 내어 물었다.

"그럼 너는 이제 어떻게 할 거야? 너희 아빠 일 말이야."

미샤가 걸음을 멈추고 대답했다.

"기다려야지."

"오늘은 분명히 집에 올까?"

내가 조심스럽게 묻자 미샤가 고개를 끄덕였다.

"니츠."

미샤는 나를 부르고는 한참 동안 바라보았다. 미샤의 긴 속눈썹이 살짝 떨렸다.

"이건 절대 아무한테도 말하면 안 돼, 알았지?"

나는 침을 삼키고 고개를 끄덕였다.

"아미한테도 안 돼. 아미는 아빠가 오늘 아침 일찍 나간 걸로 알고 있어."

"인도인의 명예를 걸고 약속할게."

내가 중얼거렸다. 그러나 사실은 이렇게 말하고 싶었다. '그럼 너희 엄마는? 이건 비상 상황이니까 너희 엄마한테 전화해야 해. 지금 어디에 있든 무슨 상관이야!'

"아무한테도!"

내 생각을 읽기라도 한 듯 미샤가 또 말했다. 나는 방금 미샤에게 이번 주 들어 나만 알고 있겠다는 약속을 두 번 했다는 데 생각이 미쳤다. 물론 두 번째 약속이 수영복에 관한 약속보다 훨씬 심각한 사안이라는 건 잘 알고 있었다.

초등학교는 난장판이었다. 아드레날린이 철철 넘치는 개미처럼 아이들이 이리 뛰고 저리 뛰며 미친 듯이 돌아다녔다. 그 와중에 아미는 한 발로 깡충깡충 뛰면서 두 팔을 휘둘러 재킷 소매를 정리하려 애쓰는 중이었다. 그새 허리에는 미샤의 주황색 목도리를 허리띠로 만들어 묶고 있었다. 우리를 보자 아미는 뒤로 공중제비를 넘느라 하마터면 아이를 데리러 온 학부모 두 명을 인도에서 넘어뜨릴 뻔했다. 이번에도 아미는 맨발이었다. 미샤가 미소를 지었다. 나는 기뻤다. 그것이 그날 미샤의 첫 미소였기 때문이다.

나무다리 아래에 차들이 밀려 서 있었다.

"내가 색깔 있는 차를 해?"

아미가 소리치더니 대답도 기다리지 않고 금세 난간 위로 몸을 숙여 마침 아래에 서 있던 파란색 차 앞 유리에 침을 뱉었다.

"안 돼!"

미샤가 외쳤지만 너무 늦었다. 명중이었다.

"망할 것! 내려와서 닦아!"

운전자가 창밖으로 소리를 질렀다.

"저 사람 대머리에도 뱉어야겠다. 어때?"

아미가 킥킥거리며 제안했다.

"하지 마."

미샤가 아미를 재빨리 난간에서 잡아끌며 말했다. 우리 셋 모두 잽싸게 다리를 건너 인도로 뛰어들어 갔다.

"저녁에 뭐 먹어?"

아미가 묻고 다시 깡충깡충 뛰기 시작했다.

"뭐가 있는지 보고."

미샤가 작은 소리로 대답했다. 나는 미샤 뒤에서 대각선으로 걷고 있었지만, 아까 미샤 눈에 서렸던 두려움이 돌아온 것을 느꼈다.

"나도 너희 집에 갈까?"

불현듯 떠오른 생각이었다. 그동안 미샤는 나를 집에 한 번도 초대하지 않았고, 나 또한 미샤의 집에 초대받겠다는 생각을 해 본 적이 없었다. 그러나 이젠 갑자기 그게 가장 쉬운 일처럼 보였다. 그렇게 하면 미샤네 아빠가 나타나기 전까지 미샤의 관심을 다른 곳으로 돌릴 수 있었다. 미샤 아빠는 나타날 것이다. 부모는 그렇게 하루아침에 이유 없이 사라지지 않는다. 어쩌면 벌써 집에 와 있을지도 모른다. 문을 열고, 아미의 땋은 머리를 잡아당기고, 괜히 미샤를 껴안으려 할 거다. 미샤는 이렇게 말하겠지. "아, 아빠!" 그러면 나는 다시 우리 집으로 돌아갈 거다. 그게 아니라도, 마침내 내 단짝 친구 미샤가 어떻게 사는지는 알게 되겠지.

"나도 가, 말아?"

나는 쾌활하게 한 번 더 물었다. 미샤와 아미가 걸음을 멈추더니 함께 노부인에게 달려들어 핸드백을 빼앗으려는 두 명의 도둑처럼 비장하게 서로를 바라보았다. 마치 자신들의 집은 마법의 성이어서 그곳에 들어가는 건 대단한 일이라는 듯이. 미샤와 아미가 서로를 바라보는 모습이 이상하다고 느꼈던 건 지금도 똑똑히 기억난다. 길 건너편에서는 그레고르가 가게 바깥으로 고개를 내밀고 주먹만 한 토마토 두 개를 휘둘렀다. 나는 눈치껏 손을 흔들었다. 그레고르가 어깨를 으쓱하더니 다시 가게 안쪽으로 머리를 집어넣었다.

"그럴까?"

마침내 아미가 미샤를 보며 물었다.

"그러자."

미샤가 나를 보며 대답했다.

그렇게 나는 내 친구 미샤의 집을 처음으로 방문하게 되었다. 그리고 그곳에서 정말 깜짝 놀랄 일을 겪게 되었다.

6

생쥐는 좋아해, 먹고 남은 빵
생쥐에겐 최고야, 먹고 남은 빵
사람들이 남은 빵을 치워 버리면
생쥐가 찾는 건 베이컨이야

우리는 일렬종대로 인도를 걸었다. 앞에서는 미샤가, 뒤에서는 내가, 중간에서 아미가 걸었다. 그 모습이 정말 기괴했다. 아미는 뛰지도 않고 팔도 휘두르지 않았다. 집중해서 줄을 타는 곡예사처럼 인도 가장자리에서 말없이 한 발을 다른 발 뒤에 놓았다. 아미의 분홍색 책가방에서 머리는 거대하고 몸집은 작은 세 명의 공주가 대단히 중요한 질문이라도 있다는 듯 욕심 많은 퉁방울눈을 하고 나를 쳐다보았다. 그러다 아미가 갑자기 걸음을 멈추는 바람에 나는 세 공주와 부딪쳤다. 아미가 볼썽사납게 비틀거렸다.

"미안."

나는 아미의 손을 잡고 바로 세워 주었다. 아미는 퉁방울눈 공주들에게 전염된 듯 나를 빤히 응시했다. 왠지 기분이 좋지 않았다.

이윽고 우리는 미샤네 집 앞에 멈춰 섰다. 외관은 다 쓴 휴지 심처럼 밋밋한 회색이었고, 발코니에는 시들어 쭈글쭈글해진 덩굴 식물이 오래된 라푼젤의 머리카락처럼 매달려 있었다. 흔하디흔한 임대 아파트 건물이었다. 내가 무의식적으로 커다란 쥐가 있는지 둘러보는 동안 미샤는 한참을 미적거리며 집 열쇠를 찾았다.

나는 그 지루하고 힘든 슬로 모션의 순간에, 미샤가 제 비밀을 지키기 위해 나를 다시 돌려보내려 했었는지 나중에 가서야 궁금해졌다. 나를 데리고 들어가면 모든 게 달라진다는 걸 미샤는 잘 알고 있었다. 나중에 물어봤을 때 미샤는 이렇게 대답했다. "왠지 때가 된 것 같았어." 그날 밤 미샤 아빠가 외박을 하지 않았다면, 내가 정글 의사에 대해 묻지 않았다면, 미샤는 아마 나를 절대로 집에 데려가지 않았을 거라고 했다. 그리고 모든 게 정상인 척하는 것이 지긋지긋해진 지 오래라고 말했다. 사실 미샤네 집은 정상이 아니었으니까.

어느 곳이나 대부분 그렇듯이, 계단실에서 담배 연기와 고양이 오줌 냄새가 났다. 미샤네 연갈색 문 옆에 붙은 작은 종이에는 이렇게 적혀 있었다. 'A & M & M. 괴체.' 나는 잠시 우리 집 문에 붙은 문패를 생각했다. '이곳에 안드레아스, 아얄라, 올레 그리고 니탸난다 렘베르크가 살아요!' 전에 엄마는 우리와 함께 점토로 문패를 만들면서 스스로를 비웃듯이 말했다. "드디어 우리의 인도식 이름을 빛나게 해 주는 걸 갖게 되었어!" 하지만 문패라고도 할 수 없는 여기 이 슬픈 문패에는, 미샤 엄마의 이름이 등장하지 않았다.

나는 그 집에 들어가서야 비로소 알았다. 미샤의 세계가 나의 세계와 완전히 다르다는 것을. 미샤의 세계는 늘 달랐지만 나는 그걸 까맣게 모르고 있었다는 것을. 집을 본 뒤 단번에 깨달았다. 우리가 사는 세계는 완전히 달랐다!

미샤네 집은 작았지만 문제는 그게 아니었다. 문제는 집에 아무것도 없다는 것이었다. 그러니까, 거의 없는 거나 마찬가지였다. 복도에는 구식 유선 전화기가 다 낡은 황토색 양탄자 바닥 한가운데에 외로운 달 정거장처럼 덩그러니 놓여 있었다. 복도에서 다른 공간으로 통하는 문 네 개 중에서 두 개가 열려 있었는데, 그중 한 곳에는 가스레인지와 식탁과 모양이 제각각인 의자 세 개가 있는 게 보였고, 다른 한 곳은 화장실이었다.

그리고 세 번째 문 너머에 거실이 있었다. 그런데 거실이라고 할 만한 가구가 거의 없었다. 창문 아래 구석에는 매트리스 위에 담요와 빛바랜 베개가 있었고, 그 옆에는 신문지 더미와 책 몇 권이 쌓여 있었다. 맞은편 벽에는 커다란 평면 텔레비전이 바닥에 놓여 있었고 그 앞에는 찌그러진 사과 주스 팩이 있었다. 그것 말고는 없었다. 아무것도.

미샤는 바닥이 꺼질세라 배낭을 거실 문 옆에 조심조심 내려놓았다.

아미는 그 옆에 제 공주 책가방을 내려놓고 좌우로 조금씩 밀었다. 그렇게 두 개의 가방을 똑바로 세워 두면 우리를 이 기묘한 상황에서 벗어나게 해 줄 마법이라도 걸릴 거라는 듯이. 나는 두 개의 배낭과 매트리스와 사과 주스 팩을 말없이, 그리고 멍하니 바라보았다. 그렇게 하면 여기에 있는 것들이 무엇을 뜻하는지 이해할 수 있다는 듯이. 그러면서 끔찍하게 충격받은 표정을 짓지 않으려고 안간힘을 썼다.

문이 하나 더 남아 있었다. 거기에 서 있었을 때 바로 이 생각이 들었다. '문이 한 개나 더 있어.'

"그럼 너희 둘은 어디에서 지내?"

이렇게 말하면서 나는 어떻게든 웃으려고 애썼다. 마치 얼굴에 고무 가면이라도 쓴 듯 표정이 일그러지는 느낌이 들었다.

"맞은편."

미샤가 우물거리며 말했다. 아미가 마지막 방문을 밀어서 열어 주었고 나는 방 안을 들여다보았다. 고무 가면 같은 내 미소가 서서히 사라지고 머릿속에서 피가 솟구치는 게 느껴졌다. 그곳이 아미와 미샤의 방이었다. 양탄자 바닥은 집 안 다른 곳과 마찬가지로 황토색이었고 다 낡아 있었다. 바닥에 매트리스가 두 개 있었는데 하나는 왼쪽에, 다른 하나는 벽에 붙어 오른쪽에 놓여 있었다. 어느 게 누구 것인지는 이불보를 보니 확실히 알 수 있었다. 왼쪽 이불에는 높게 쌓인 말괄량이 삐삐가, 오른쪽 것에는 반반하게 펴진 파란색 바탕 위에 흰 구름이 그려져 있었다. 창가에는 작은 책상이 있었고 책상 위 양옆 가장자리엔 가지런하게 쌓아 올린 책과 종이 더미가 놓여 있었다. 그 앞에 의자가 하나 있었다.

벽에는 잡지에서 오려 낸 듯한 동물 그림들이 깔끔하게 줄지어 붙어 있었다. 그 한가운데에 있는 엽서 크기의 사진에서 미샤가 나를 보고 웃고 있었다. 내가 미샤를 처음 만났을 때와 같은 모습이었는데 흰 셔츠는 입지 않았고 치아 틈새가 크게 벌어져 있었다. 옆에 서 있는 긴 갈색 머리 여자는 꼭 아미의 어른 버전 같았다. 그 사람은 팔짱을 낀 채 먼 곳을 바라보고 있었다.

난방기 앞에는 성스러운 지도책 옆에 미샤의 셔츠가 가지런하게 쌓여 있었다. 선반도 없고, 옷장도 없고, 게임기도 없고, 운동용품도 없었다. 그리고 "이곳이 우리의 장엄한 제국이야" 같은 미샤의 재미없는 해설도 없었다. 나는 책과 게임기와 더는 들어갈 자리가 없을 정도로 수많은 물건이 있는 내 방을 생각했다. 속이 메스껍다는 듯 운동용품을 게워 내던 형의 옷장이 눈에 선했다. 우리 집 주방과 그 많은 의자도 떠올랐다. 우리 집을 드나들었던 그 세월 동안 미샤는 거기에 자주 앉아 있었다. 미샤가 우리 집에 처음 왔을 때의 기분도 지금 내가 여기서 느끼는 것과 같았을지 궁금했다.

아미와 미샤와 나 사이에 어마어마하게 큰 정적이 감돌았다. 털이 얼룩덜룩한 곰 인형이 창턱에 앉아 크고 동그란 유리알 눈으로 나를 바라보았다. 지금 내가 무슨 말이라도 해야 한다는 듯 기대 가득한 표정이었다. 하지만 나는 무슨 말을 해야 할지 몰랐다.

"그런데 내가 말이지……."

마침내 내가 미샤의 눈길을 피하며 중얼거렸다.

"오른쪽 첫 번째 문."

미샤가 말했다. 목소리가 비에 젖은 빨래처럼 축축하게 들렸다.

나는 복도로 나와 화장실 문틈으로 몸을 욱여넣고 어깨로 문을 밀어 닫았다. 안에 들어와서야 그때까지 내가 숨을 참고 있었다는 것을 깨닫고 크게 숨을 내쉬었다. 화장실은 너무 작아서 샤워하다가 잘못하면 변기에 주저앉기 십상이었다. 사방에 똑같은 파란색 타일이 붙어 있어서 현기증이 났다. 어쩌면 소변과 곰팡이 냄새 때문인 것 같기도 했다. 요의는 없었지만 달리 방법이 없어서 나는 변기에 걸터앉았다. 바로 옆 바닥에는 미샤의 헤어 젤이 있었다. 튜브에 '진짜 도전을 위한 초강력 젤'이라고 적혀 있었다. '맞아, 도전이야.' 내가 생각했다.

"보면 안 돼, 도망갈래."

내 두뇌는 벌써 라임을 맞춰 이 회피하고 싶은 상황을 미샤와 내가 좋아하는 대구로 만들었다. 그러나 여기에서는 선택의 여지가 없었다.

수도꼭지에서 물이 떨어지고 있었고 세면대 위에는 빨간 플라스틱 테를 두른 작은 거울이 못에 걸려 있었다. 거울로 내 얼굴을 보려면 까치발을 들고 몸을 약간 뻗어야 했다. 아미가 제 모습을 보려면 매번 이 거울을 내려야겠다는 생각은 나중에 들었다. 그때는 그냥 그곳에 서서 여느 때와 달리 꼼짝도 하지 않고 거울에 비친 내 눈을 들여다보았다. 타일의 선명한 파란색에 비하면 내 눈은 비현실적으로 검은색이었다. 수도꼭지에서는 물이 뚝뚝 떨어지고, 내 심장은 방망이질을 하고, 귓속에서는 혈관을 흐르는 피가 폭포수처럼 쏴쏴 소리를 내는 와중에 이런 생각이 들었다. '그래서 그랬구나.' 그래서 미샤는 나를 한 번도 집에 데려오지 않은 거였다! 나는 기계적으로 물을 내렸다. 변기 물이 내 피 흐르는 속도와 경쟁하듯 발작적으로 물을 쏴쏴 쏟아 냈다. 그동안 머릿속에서는 400가지 정도의 질문이 떠올랐다. 하지만 화장실에서 다시 돌아왔을 때, 나는 아무것도 묻지 않았다. 그 대신 이 상황에서 꺼낼 수 있는 가장 바보 같은 말을 꺼냈다.

"수도꼭지에서 물이 새."

아미와 미샤는 내가 화장실로 도망치기 전과 똑같은 모습으로 계속 서 있었다.

"모스 부호야."

아미가 속삭였다.

"응?"

"엄마가 메시지를 보내는 거야. 정글에서. 아빠가 말해 줬어."

아미가 헝클어진 갈래머리를 열심히 매만지며 말하고는 삐딱하게 웃었다.

"정말? 어떻게?"

나는 아미의 기분을 띄워 주려고 고무 가면을 쓴 미소를 다시 풀어놓았다. 아미는 이 거북한 상황을 해소할 수 있는 유일한 사람이었다.

"음, 아빠가 그러는데 엄마가 있는 곳에 정글 거인이 있대."

아미는 왼쪽 갈래머리에 매듭을 지었다. 내가 고개를 끄덕이자 아미의 이야기에 서서히 탄력이 붙었다.

"음, 그건 커다란 나무야. 나무 속이 비었어. 엄마가 그 안에 들어가서 나무껍질을 두드리면 아래에 있는 전화선이 그 소리를 곧바로 우리 집 수도관으로 전달하는 거야."

아미의 등 뒤에서 미샤가 애원하는 눈빛을 보냈다. 집에 들어온 뒤 미샤가 나를 똑바로 쳐다본 첫 순간이었다.

"정말? 대단하다! 무슨 메시지를 보내는데?"

나는 열심히 아미에게 맞장구를 쳤다.

"응, 그러니까, 난 아직 모스 부호를 몰라."

아미가 투덜거리고는 눈을 굴렸다.

"미샤 오빠도 몰라."

살면서 아미의 눈 굴리기가 그토록 반가웠던 적이 없었던 것 같다.

"맞아. 미샤가 모르는 게 딱 하나 있다면 아마 모스 부호일걸. 안타깝지 뭐야. 하지만 괜찮아, 미슈. 모든 연구 결과를 쉽게 받아 볼 수 있겠네!"

내가 미샤를 보고 말했다. 미샤는 내가 본 것 중에서 가장 조심스러운 미소를 지었다. 그 모습이 마치 유리알 같았다.

"그런데 말이야, 그 거실에서 산다는 쥐는 어디에 있어?"

무슨 말을 해야 할지 갑자기 생각나서 내가 물었다. 내가 미샤를 쳐다보자 미샤도 나를 보았다. 유리알 같은 미샤의 미소가 서서히 녹는 게 보였다.

"보여 줄게."

미샤가 말했다. 이번에는 다시 평소의 미샤처럼 차분한 목소리였다.

"난 싫어!"

아미가 비명을 지르며 내 손을 잡더니 나를 뒤에 있는 복도 벽으로 잡아끌었다. 그러고는 비밀 통로 입구처럼 보이는 무릎 높이의 나무 문을 가리키며 말했다.

"쥐구멍 안쪽에 있어. 저 안에서 살아!"

"저게 속이 빈 정글 거인한테 가는 통로가 아닌 게 확실해?"

내가 웃으며 묻자 아미가 열쇠를 돌리며 대답했다.

"말도 안 돼. 이 안에는 먼지랑 쓰레기밖에 없어! 거기에다 쥐도 있어."

나는 몇 분 동안 뒷에 있는 먼지와 쓰레기와 대팻밥과 베이컨을 바라보면서 적어도 쥐덫 이야기는 거짓말이 아니었다는 걸 알았다. 아미의 눈이 다시 반짝이는 것도 기뻤다. 하지만 그와 동시에 내 생각은 걷잡을 수 없이 앞으로 내달렸다. 우리가 오리를 겁주고, 수학을 공부하고, 철봉에 기어오르고, 연못의 물고기를 낚으러 다녔던 그 시간 동안 미샤가, 모르는 게 없는 내 친구 미샤가, 정돈된 곱슬머리와 다림질한 셔츠 차림에 올바른 매너를 가지고 있고 동물에 집착하는 미샤가 내내 이곳에서 살았다는 것, 가구도 없는 이 집에서, 곰팡이와 오줌 냄새가 나는 이 코딱지만 한 집에서 살았다는 게 그냥 믿어지지 않았다.

내 생각의 질주가 갑자기 끝났다. 현관문에서 열쇠가 거칠게 긁혀 대는 소리가 나더니 긴 가죽 바지를 입은 깡마른 사람이 발을 끌며 들어온 것이다.

"오호, 귀한 손님이 오셨군!"

미샤 아빠가 아미를 끌어안으며 말했다. 아미는 신이 나서 꽥 소리를 지르고 뱀 문신이 있는 아빠의 목덜미에 쪽 소리가 나도록 입을 맞췄다. 아빠는 미샤도 끌어안으려고 했다. 하지만 미샤가 험악한 눈빛으로 쳐다보는 바람에 두 팔을 내리고 손을 바지 주머니에 넣으며 나를 보고 윙크했다. 미샤 아빠의 두 눈은 유쾌하게 반짝거렸고 목소리는 떨렸는데, 내가 여기에 있다는 사실에는 조금도 당황해하지 않았다. 미샤 아빠는 등 뒤에서 커다랗고 검은 신발 상자를 꺼냈다.

"롤러스케이트다!"

아미는 꺅 소리를 지르고 아빠의 손에서 상자를 낚아채 순식간에 열어젖힌 뒤 형광 노란색 롤러스케이트 신제품 한 켤레를 꺼냈다. 바로 그때 전화벨이 요란하게 울렸다. 미샤 아빠는 몸을 굽히고 전화를 받았다.

"괴체입니다."

그러고는 몸을 조금 옆으로 돌렸다.

"당연히 있지요, 하이츠만 부인."

미샤 아빠는 부드럽게 말하다가 누가 뒤에서 털 스웨터에 막대기라도 집어넣은 것처럼 허리를 벌떡 세우더니 또 몸을 돌렸다. 그 바람에 우리 눈에 보이는 건 미샤 아빠의 등과 그 위에 늘어진, 불에 탄 지푸라기 같은 검정색 머리카락뿐이었다. 잠시 정적이 흘렀다. 물이 떨어지는 수도꼭지만이 작은 소리를 내며 연주회를 계속할 뿐이었다.

"그럼요! 언제든지 들르세요, 하이츠만 부인. 잘 아시잖아요!"

미샤 아빠가 몸을 더 돌려 우리를 보고 웃었다. 그러면서 전화기 거치대 근처에서 오른발을 까딱까딱 위험하게 움직였다. 미샤의 발이 재빨리 앞으로 튀어나와 거치대를 밀어 버렸다.

"네, 그럼 나중에 봬요, 하이츠만 부인!"

미샤 아빠의 목소리가 떨렸다. 그는 수화기를 바닥에 아무렇게나 내려놓고 날아오르려는 독수리처럼 두 팔을 벌렸다.

"내가 무슨 일을 겪었는지 너희는 믿지 못할걸!"

7

호박벌이 붕붕대며 빙빙 돌지만
윙윙대기는커녕 왱왱대지도 않아
누구에게 인사하기 전에는
두 발로 킁킁 냄새를 맡아

"뭣 좀 먹었니?"

미샤 아빠가 물었다. 아미는 갈래머리가 휘날리도록 고개를 세게 저었다. 정신없이 폴짝폴짝 뛰면서도 아미는 결국 롤러스케이트를 신고야 말았다.

"배고파!"

소리를 지른 아미가 벽을 따라 비틀거리며 롤러스케이트를 탔다. 바퀴에 양탄자가 낀 것이다.

"그렇다면……"

미샤 아빠가 미샤를 주방으로 밀어 넣으며 말했다. 주방은 그 집에서 가장 평범한 공간이었을 거다. 작은 식탁과 의자 세 개, 싱크대 수납장, 수많은 손가락 자국이 매끄러운 흰색 표면에 찍혀 재미있는 무늬를 만들어 낸 냉장고가 있었다. 그 옆에는 1월이면 약국에서 공짜로 얻을 수 있는 꽃 그림 달력이 걸려 있었다. 수선화 그림 밑에는 학명이 적혀 있었는데, 마치 수선화가 수선화긴 하지만 수선화 행세를 하는 가짜인 것처럼 느껴져서 기분이 이상했다.

"감자튀김 사 왔다!"

미샤 아빠는 '특별 세일' 스티커가 붙은 커다란 냉동 감자 한 봉지를 박력 있게 식탁에 던졌다. 그러고는 냉장고를 열더니 먼저 케첩 병을, 그다음엔 마요네즈 병을 공중으로 던지며 두 물건으로 잠시 저글링을 했다.

"건강에 더 좋은 건 없었어요?"

미샤가 투덜거렸다.

"하얀 셔츠 차림의 우리 멋쟁이 아들, 네 비상한 두뇌에 채소가 필요한 거니?"

미샤 아빠가 웃었다. 미샤는 성난 눈길로 아빠를 노려보기만 하고 오븐 쪽으로 걸어갔다. 오븐이 곧 윙윙거리며 바닥을 뒤흔드는 소리를 내기 시작했다.

"우와!"

내 입에서 저절로 감탄이 나왔다.

"꽤 오래된 거야, 이 오븐."

미샤가 온도 조절기를 하염없이 돌리며 설명했다. 감자튀김에 알맞은 온도를 맞추는 게 불가능한 모양이었다.

주방이 너무 작아 문틀에 가서 선 나는 그곳에서 연필로 줄을 그어 놓은 흔적을 보았다. 우리 집 주방 문틀과 비슷하게 그어 놓은 줄마다 옆에 날짜, 그리고 미샤와 아미의 이름이 적혀 있었다.

맨 아래에 그은 줄은 미샤와 내가 처음 알게 된 해에 기록한 것이고, 맨 위의 것은 겨우 두 달 전 것으로 내 정수리에서 약 20센티미터 위에 그어져 있었다.

미샤의 집이라고 하는 이 말도 안 되게 텅 빈 아파트에 우리 집과 똑같은 것이 있는 것을 발견하니 왠지 갑자기 안심이 되었다. 더구나 이 문틀은 나와 미샤가 얼마나 오랫동안 알고 지냈는지를 말해 주는, 말하자면 우리 우정의 타임라인이었다. 세상에서 가장 이상야릇한 이 아파트도 반평생 지속된 우정을 전혀 바꿔 놓지 못했다는 걸 나는 문득 깨달았다.

"4학년 때네. 네가 팔이 부러졌을 때쯤일 거야."

나는 밑에서 두 번째 줄에 적힌 날짜를 가리키며 미샤를 보고 웃었다.

"응. 여름방학 직전."

미샤는 웃지 않았다. 하지만 내 옆으로 와서 섰다. 미샤 고유의 냄새를 맡을 수 있을 만큼 가까운 거리였다. 3분의 1은 땀, 3분의 1은 세제 냄새였다. 마지막을 장식하던 레몬향 헤어 젤 냄새는 오늘 나지 않았다.

"아이고, 희한하게 넘어졌네."

재수 없던 그때 그 의사를 내가 흉내 내자 비로소 미샤가 웃음을 지었다. 아마 미샤도 나와 똑같은 광경을 떠올린 게 틀림없었다. 우리 둘은 무릎이 모래 범벅이 된 채 응급실에 가 있었다. 옆에는 울부짖는 아미를 태운 유아차를 밀면서, 손가락으로는 록 가수 같은 머리칼을 절망적으로 쓸어 넘기는 미샤 아빠가 서 있었다. 의사는 미샤네 아빠를 보고 심장 마비를 일으킬 뻔했다. 미샤는 의사에게 부러진 팔을 내밀고 흐느끼는 와중에도 이렇게 외쳤다. "내가 도롱뇽이라면 이 팔을 다시 자라게 할 수 있을 거예요!"

"다시 잘 붙었지."

미샤가 나직한 소리로 말했다.

"도롱뇽이 아니었는데도."

내가 덧붙였다. 롤러스케이트를 타고 덜거덕거리며 주방에 들어온 아미가 아빠에게 물었다.

"니츠 오빠가 먹을 감자튀김도 있어?"

"물론이지."

미샤 아빠가 수납장에서 접시 네 개를 꺼내며 대답했다.

"스케이트는 잠시 벗고 있자, 응? 그리고 니츠가 앉을 의자를 가져와."

미샤가 동생에게 말했다. 그리고 아미가 주방에서 나간 뒤 정확히 15초 후에 아빠에게 말을 걸었다.

"어디에 있었어요?"

미샤가 씩씩댔다. 미샤의 눈이 어둡게 번득였다. 그 순간 나는 미샤가 나의 절반만큼도 자기 아빠를 멋있다고 여기지 않는다는 걸 단번에 알아챘다.

"정말 미안하다, 미샤. 중간에 무슨 일이 생겼어. 어젯밤에."

미샤 아빠는 미샤의 팔이 부러졌던 날 병원에서처럼 두 손으로 머리를 훑어 넘기며 말했다. 감자튀김에서 떨어져 나온 소금 몇 톨이 작은 다이아몬드처럼 검은 머리카락에 붙어 있었다. 미샤 아빠는 미샤에게 한 걸음 다가가 양쪽 어깨를 잡았다.

"그리고 자동차 배터리가 나갔어."

이제는 속삭이다시피 하는 목소리였다. 그 목소리가 이야기꾼처럼 부드럽고 신비로운 동시에 따끈한 꿀 우유처럼 편안하게 들렸다. 동시에 나는 미샤의 몸에 있던 무엇인가가 풀려 나가는 것을 보았다. 몸속에서 팽팽하게 당겨져 있던 고무줄을 누가 끊어 버리기라도 한 것 같았다. 미샤가 울기 시작할 거라는 생각까지 들었다. 그러나 미샤 아빠는 그저 미샤의 어깨를 안고 양손 검지로 미샤의 위팔을 가볍게 쓸어내렸다.

미샤와 미샤 아빠는 나를 완전히 잊은 모양이었다. 두 사람만이 누려야 할 그 순간에 내가 거기에 서서 방해를 하고 있는 것 같아 문득 곤혹스러웠다. 나는 수선화 그림을 바라보았고, 창밖으로 금이 잔뜩 간 건물 담벼락을 내다보았다. 내 발은 난처함에 어쩔 줄 몰라 미세하게 리듬을 탔고, 내 시선은 네모난 작은 상자에 가서 머물렀다. 거기에는 '비상금'이라는 단어가 미샤의 필체로 또박또박 적혀 있었다. 미샤가 내 시선을 알아채고 한 걸음 뒤로 물러섰다.

"학교 준비물이나 책 같은 거 살 때 쓰려고."

미샤가 있는 그대로 말했다. 미샤 아빠는 금세 과장된 몸짓으로 바지 주머니를 뒤적이더니 쾌활하게 동전 두 개를 꺼내 '비상금' 상자에 넣었다. 아미가 의자를 가지고 뛰어 들어와 날쌔게 상자를 붙잡고 흔들었다. 애처로울 정도로 딸랑거리는 소리가 났다. 나는 미샤의 이상한 주방에 앉아 손가락으로 감자튀김을 집어 먹으며 믿을 수 없는 이야기를 들었다. 미샤 아빠는 일터에서 일어난 황당한 일에 대해 들려주었다. 그는 이야기를 할 줄 아는 사람이었다. 대단했다!

"우리가 습격을 당했어."

감자튀김 하나를 집어 먹은 뒤 미샤 아빠가 말했다.

"어느 미친놈이 우리 청소차에 막무가내로 올라탄 거야. 너도 알지, 아마?"

"주황색 작은 자동차 말이죠?"

내가 고개를 끄덕이며 대답했다.

"보기 싫은 험악한 녹색 눈에 얼굴까지 끌어 올린 올리브색 외투를 입고 더러운 신발을 신은 놈이었어."

미샤 아빠는 이제 아미를 보며 속삭였다.

"놈이 무시무시한 목소리로 자기도 타겠다고 하더니 칼을 꺼내 우리를 위협하는 거야. 칼이 등에 닿는 게 느껴졌어. 칼끝이 내 재킷을 살짝 눌렀거든."

"으악!"

음식 씹는 것도 잊고 있던 아미가 흥분해서 감자튀김 다섯 개를 한꺼번에 입에 욱여넣었다.

"한참을 그렇게 달렸어. 시내를 벗어나 숲과 풀밭만 나올 때까지. 녀석은 고속도로로 가겠다고 했어."

이 대목에서 미샤 아빠는 극적으로 잠시 말을 멈췄다.

"그런 다음 다리에서 나무를 잔뜩 실은 화물차로 뛰어내리더니, 사라진 거야."

"그 사람은 부러진 데가 없었어?"

아미가 숨을 죽이고 물었다.

"아니! 있잖아, 아미, 녀석은 우리한테 손까지 흔들었다니까! 그러고 나서 우리 차의 전기 모터가 방전됐어."

미샤 아빠가 소리쳤다. 그의 눈에서 의기양양한 불꽃이 번득였다. 이건 지금까지 내가 들어 본 것 중에서 가장 말이 안 되는 이야기였다. 나는 어떤 반응을 보여야 좋을지 몰라 이야기가 후반부로 넘어갈 때 무기력하게 미샤를 흘끔거렸다. 나머지 이야기는 도로 청소 차량이 견인되어 갔고, 경찰이 자신들을 소환해 요 며칠 근방을 돌아다닌 그 미친 칼잡이 히치하이커에 대해 밤새도록 캐물었다는 내용이었다. 미샤의 얼굴엔 아무 동요도 나타나지 않았다. 그러나 아미는 마법에 걸린 듯 긴장해서 꼼짝도 하지 않고 아빠를 바라보았다.

"밤새도록? 그럼 집에 안 들어온 거였어?"

아미가 눈이 똥그래져서 물었다. 미샤 아빠가 미샤를 길게 바라보았다. 미샤는 흘끗 쳐다볼 뿐 꿈쩍도 하지 않다가 결국 눈에 띄지 않게 고개를 끄덕였다.

"아 그거, 아냐. 하지만 너무 늦게 들어왔어. 아미 너는 벌써 자고 있더라."

"나 자는 거 들여다봤어?"

아미가 거의 협박조로 물었다.

"당연하지. 평소처럼 네 귀에 꿈을 불어넣었지."

무슨 꿈을 꾸었는지 곰곰 생각하느라 아미의 코에 주름이 생겼다. 미샤는 아빠를 도전적으로 바라보았다.

"나한테도 그랬어요?"

"너한테도 당연히 그랬지."

미샤 아빠는 마른침을 삼켰다. 미샤의 눈은 쳐다보지도 않고, 따뜻한 바닐라 푸딩처럼 부드럽고 낮은 목소리로 거짓말을 했다. 한동안 주방이 매우 조용했다. 음식 씹는 소리만 들렸다. 미샤 아빠가 갑자기 가방에서 뭔가를 꺼내며 소리쳤다.

"짜잔! 디저트도 있어! 올해 첫 딸기야! 최상급은 아니지만 먹을 만해."

미샤 아빠가 딸기 한 팩을 식탁에 올려놓자 아미가 소리를 지르며 한 개를 집어 들었다.

"야호, 딸기다!"

"잠깐, 내가 골라 줄게."

미샤가 말했다.

"나는 샤워하러 간다!"

미샤 아빠가 말했다.

몇 분 뒤 미샤와 나는 주방 창문을 열어 놓고 창턱에 앉아 있었다. 우리 둘의 몸이 창문 입구에 간신히 들어맞았다. 우리는 훌쩍 높은 곳에 앉아 녹슨 자전거가 가득한 안뜰 쪽으로 다리를 늘어뜨리고 딸기를 먹었다. 딸기는 셋 중 하나가 짓무르거나 썩은 곳이 있었다.

"하나는 그릇 속에, 또 하나는 입 속에."

나는 썩은 딸기를 미샤의 코앞에 들이밀며 말했다. 미샤는 내 손에서 딸기를 받아 팔을 뒤로 젖히며 던지는 자세를 취했다. 물러 터진 딸기가 철퍽 소리와 함께 맞은편에 있는 지저분한 하얀 건물 담벼락에 가서 맞았다. 딸기는 둥글고 빨간 얼룩을 남겼다. 미샤가 그런 행동을 한다는 게 놀라웠다. 나는 미샤를 쳐다보았고 미샤는 웃었다. 나도 장난기가 발동해 썩은 딸기를 던졌다. 미샤는 더 크게 웃었고 우리는 썩지 않은 딸기를 집어 들어 입에 넣었다. 딸기에서는 밤사이에 사라졌던 미샤 아빠와는 다른, 서서히 다가오는 여름처럼 달콤한 맛이 났다.

미샤는 팩에서 꺼낸 마지막 딸기를 한참 살펴보다가 덥석 깨물었다. 옆에서 뭔가가 윙윙거렸다. 한 입 베어 문 딸기에 호박벌이 내려앉아 두 발로 딸기를 더듬었다. 작은 몸 전체가 털로 뒤덮이고 고운 금빛 꽃가루로 가득했다.

"호박벌이 발로 냄새를 맡는다는 거 알아?"

미샤가 호박벌이 떨어지지 않도록 딸기를 똑바로 잡고서 물었다.

"호박벌은 냄새를 맡을 때 제 냄새를 남기기도 해. 그 냄새를 두고 호박벌 발냄새라고 하는 사람들이 있어!"

미샤가 나를 보고 웃었다. 나는 손가락을 튕기며 리듬을 타기 시작했다. 그리고 여느 평범한 날에 하던 것처럼 곧장 랩을 시작했다.

"호박벌 발냄새는 고린내가 아니지만, 발로 냄새 맡는 건 호박벌의 운명이야!"

호박벌이 갑자기 몸을 일으켜 반원을 그리다가 지붕 위로 날아갔다. 미샤가 재빨리 딸기의 남은 부분을 입에 넣었다.

"음! 호박벌 발냄새 맛이야!"

아침부터 미샤에게 물어보려던 것이 문득 떠올랐다. 그런데 그 사이에 내가 지구에서 신대륙을 발견하기라도 한 것처럼 그게 아주 오래전 일 같았다. 내가 나지막이 물었다.

"미샤, 네 진단서를 실제로 쓴 사람이 누구야?"

"우리 아빠."

미샤는 망설임 없이 대답했다. 내가 더 자세한 설명을 기다리는 동안에도 미샤는 계속 음식을 씹었다. 그리고 어깨를 들썩이며 말했다.

"난 수영복이 없고, 비상금 상자는 텅 비었어."

그게 그렇게 간단한 것이었다. 그리고 그렇게 복잡한 것이었다.

"그럼 정글 의사라는 그 긴츠부르크는?"

내가 공연히 또 묻자 미샤가 순순히 인정했다.

"그런 사람 없어."

"그 사실이 밝혀지면 너희 아빠는 어떻게 해?"

"다시 새 이야기를 하는 거지."

미샤가 대답하고는 빈정거리듯 덧붙였다.

"거짓말은 그랬을 수도 있는 상황을 꿈꾸는 것에 불과해. 아빠는 그렇게 생각해."

미샤는 웃으려고 애썼지만 잘 되지 않았다. 미샤의 눈이 다시 어둡게 번득였다. 나는 미샤가 왜 거짓말을 그토록 지독하게 혐오했는지 단번에 깨달았다. 아빠가 거짓말을 했기 때문에, 아빠가 거짓말쟁이였기 때문에 자신은 그렇게 되지 않으려 했던 거다.

8

큰박쥐가 소란스러운 시간에
개들 주위를 한 바퀴 난다 잽싸게
개들은 안절부절 지켜본다 언짢게
큰박쥐는 나는 게 좋다
개들은 지켜보는 게 좋지 않다

집에 도착하자 형이 주방에 앉아 수학 공책 한가운데에 놓인 1리터 짜리 레몬 아이스크림을 숟가락으로 떠먹고 있었다.

"너도 먹을래?"

형이 웅얼거리며 물었다. 레몬 얼음 입자가 내 쪽으로 날아왔다. 나는 본능적으로 문틀에서 몸을 굽혔다. '니탸난다, 2018.4.12.' 코앞에 아빠가 연필로 휘갈겨 쓴 글씨가 있었다. 어떤 가정이든지 비슷한 것들이 있다. 나는 새로운 운동 종목을 발견해 세계 기록을 세우려는 양 열심히 아이스크림을 초토화시키고 있는 형 쪽으로 다시 몸을 돌렸다.

우리 집 주방 크기는 미샤네의 두 배다. 꿀 색깔 나무 바닥과 돌로 된 창턱이 있다. 창턱 위에 놓인 파란색 화분 네 개에는 기분에 따라 독일이나 인도 요리에 쓰는 향신료 식물이 가득하고, 그 옆에는 돌로 만든 달팽이 장식과 오래된 라디오가 있다. 한쪽 벽에는 의자 여섯 개가 딸린 기다란 식탁이 놓여 있고, 다른 쪽 벽에는 바닥부터 천장까지 이어지는 선반에 냄비와 프라이팬, 접시와 주전자, 파스타 병, 주스와 탄산수, 기름과 초콜릿, 밀가루와 잼이 가득하다. 그 옆에는 하늘색 빈티지 냉장고가 있다. 거기선 가끔 배에서 들리는 꼬르륵 소리 같은 것이 난다. 이게 말이 안 되는 것이, 우리 집 냉장고는 예외 없이 항상 음식물로 가득 차 있기 때문이다. 냉장고 옆에는 음식물 쓰레기통과, 건강에 좋은 것을 찾는 미샤의 식성을 만족시켰을 과일 그릇이 놓여 있었다.

과일 그릇에 든 딸기는 내가 20분 전에 떠나온 주방과 우리 집 주방의 유일한 공통점이었다. 우리 집 주방이 지구 반대편에서 바라보는 것처럼 갑자기 낯설게 느껴진 건 아마 그 때문이었을 것이다.

"무슨 일 있어?"

형이 아이스크림을 떠먹으며 묻고는 공책에 튄 레몬 칩 몇 방울을 소매로 조심스럽게 두드려 닦았다. 나는 얼른 고개를 저었다.

"핸드볼은 어땠어? 마우스피스는 잘 맞아?"

"물론이지."

형이 대답하는 순간 엄마가 장을 한가득 본 바구니를 들고 휴대폰을 귀에 댄 채 휘청거리며 들어왔다. 엄마는 의자에 앉아 전화기를 치우고 딸기 하나를 집어 맛있겠다는 듯 입에 넣더니 금방 다시 일어나 개수대로 가서 뱉었다.

"윽! 이거 상했네!"

엄마는 그릇에 든 딸기를 통째로 신속하게 음식물 쓰레기통에 버렸다. 조금 전 미샤와 함께 먹었던 것과 똑같이 생긴 딸기였다.

"치킨 티카 먹을 사람?"

엄마는 식탁에 앉은 우리 앞에 재빨리 대접을 놓았다. 형은 자리를 떴고, 그대로 앉아 있던 나는 엄마를 돕기로 했다. 엄마와 함께 인도 음식을 만들면 정말 재미있다. 엄마는 인도 요리를 할 때가 자신이 인도인임을 느끼는 유일한 기회이기 때문에 그걸 기념해야 한다고 말한다. 그리고 실제로도 그렇게 한다. 엄마는 열네 가지 향신료를 동시에 사용하는데, 그렇게 하고 나면 주방은 벌써 몇 분 만에 비밀스런 홀리 축제라도 연 것 같은 모습이 된다(홀리 축제에서는 모든 참석자가 서로 색색의 가루를 뿌린다). 이번에도 엄마는 순식간에 두 손이 강황 가루로 범벅이 되었고 내 스웨터에는 노란색 카레 가루가 한가득 묻었다.

"엄마, 거짓말해 본 적 있어요?"

뭉게뭉게 피어나는 향신료 구름을 피하면서 내가 얼떨결에 물었다.

"그럼, 있지."

엄마가 웃으며 향신료가 든 대접에 강황을 힘차게 떠 넣었다. 강렬한 냄새가 났다.

"음!"

엄마는 아까 미샤가 호박벌이 발로 문댄 딸기를 먹었을 때처럼 감탄했다.

"서명을 위조한 적도요?"

"어, 그건 아냐. 왜?"

생강을 작은 조각으로 썰면서 엄마가 대답했다.

"아니, 그냥요."

"위조범들하고 어울리는 거야, 뭐야?"

방금 문 앞에 나타난 형이 소리쳤다. 엄마보다 더 걱정스러워하는 게 분명했다.

"조심해, 그건 불법이야. 서명 위조는 사기야."

형이 아는 체하며 덧붙였다. 엄마는 양파를 썰며 고개를 끄덕였다.

"이 세상에 없는 사람의 서명을 위조해도?"

"그게 무슨 이득이 있는데?"

형은 웃음을 터뜨리고 엄마는 내 머리를 헝클어뜨렸다.

"그런 건 하지 않는 게 좋아, 아들. 네가 원하는 건 뭐든지 서명해 줄게."

말은 그렇게 했지만 허위 진단서라면 엄마가 서명해 줄 리가 없었다. 나는 다진 양파가 머리칼에 붙었는지 확인했다.

"저는 핸드볼 하러 가요!"

형이 운동 가방을 흔들자 엄마가 중얼거렸다.

"그러든가!"

형이 새로운 운동을 하러 갈 때면 엄마는 항상 이렇게 말했다. 나는 티카 양념이 완벽해질 때까지 섞었다. 내가 가장 좋아하는 과정이었다. "우리 티카 전문가!" 엄마는 마지막에 손끝으로 농도를 확인하고는 늘 그랬듯이 이렇게 말했다.

"너희 반에서 누가 뭘 위조했니?"

조금 뒤 엄마가 지나가는 투로 묻고는 다시 내 맞은편에 자리를 잡고 앉았다. 나는 침묵했다. 그러나 왠지 미샤의 집에 대해 누군가에게 이야기를 해야 한다는 생각이 확고해졌다. 엄마는 많은 엄마가 가지고 있는 그 예리한 직감으로 나를 날카롭게 쏘아보았다.

"하지만 미샤는 아니지?"

엄마는 나만큼이나 미샤를 오래 알고 지냈다. 그리고 특히 학교와 관련된 모든 일에서 미샤가 얼마나 올바른 아이인지 알고 있었다. 냉장고에서 꾸르륵 소리가 났다. 나는 여전히 침묵하면서 식탁 위에 떨어진 노란 향신료 가루에 손가락으로 미세한 무늬를 그렸다. 엄마가 한숨을 쉬었다.

"아니겠지? 혹시 그래? 뭔데 그래?"

"진단서요. 수영하러 가지 않아도 된다는……."

내 전달 욕구에 이미 발동이 걸렸기 때문에 나는 미샤에게 수영복이 없다는 사실뿐만 아니라 미샤의 집을 방문했던 일까지 이야기했다.

"걔네 집엔 가구도 없어요. 매트리스와 식탁은 있지만, 소파도 선반도 없었어요. 미샤와 아미한테는 아무것도 없는 거나 마찬가지예요. 그냥 모든 게……, 텅 비었어요."

내가 힘없이 말했다. 갑자기 몹쓸 배신자가 된 기분이 들었다. 물론 이번에 미샤는 제 비밀을 지켜 달라고 부탁하지 않았다. 그럼에도 왠지 내가 미샤에게 정확히 그 약속을 한 것만 같았다. 엄마는 양념을 저었다. 크게 놀란 모습은 아니었다. 그리고 마침내 나를 응시하며 말했다.

"니탸난다, 사람들은 가지고 있는 돈의 양이 다 달라. 어떤 사람은 너무 많이 가지고 있고 어떤 사람은 너무 적게 가지고 있어. 안타깝지만 그건 너 혼자 바꿀 수 있는 일이 아니야."

엄마는 잠시 내 대답을 기다렸다. 얼마 전 내가 엄마에게 항상 너무 급하게 너무 많은 것을 알려 한다고 불만을 말했기 때문이다.

"그래도 제가 뭔가 해야 하지 않아요?"

"누구랑? 뭘 위해? 아니, 뭘 막으려고?"

"미샤와 함께요."

"그 애가 뭘 해 달라고 부탁했니?"

"아니요."

"네가 미샤네 집에서 뭘 바꿀 수 있어?"

나는 지금 내 방으로 가서 물건들을 모아 미샤에게 넘겨주는 상상을 잠시 해 보았다. 그렇게 상상하니 부끄럽고 화가 났다. 가난과 부의 차이를 없애는 건 그렇게 간단하지 않았다. 친구 사이에서는 더더욱 어려웠다. 바로 친구이기 때문에 어려웠다.

"아니요."

"너는 미샤가 네게 아무것도 없는 집에 대해 말하지 않아서 화가 난 거니?"

이 문제에 대해서도 잠시 생각해 보았다. 내가 미샤에게 화가 났을까? 나는 적잖이 놀랐다. 살짝 충격까지 받았다. 그러나 화가 나다니?

"아뇨."

"그렇다면 뭐."

"'그렇다면 뭐' 라니요?"

엄마는 계속 조용히 양념을 저었다. 그렇게 하면서 착용하고 있는 작은 코걸이를 잡아당기는 모습을 보니 내게 무슨 말을 해야 할지 생각하고 있다는 걸 알 수 있었다.

"그냥 있어. 뭐든지 평소처럼 해."

"하지만 그 집에 갔다 온 지금은 평소와 달라요!"

"미샤는 네가 거기에 갔던 걸 전혀 아무렇지 않게 여길지 모르잖아?"

그래, 어쩌면 내가 너무 예민하고 흥분한 걸 수 있다는 생각이 들었다. 우정에서는 돈이 중요한 역할을 해서는 안 된다. 서로 다른 가정 형편이 방해물이 되어서도 안 되듯이.

"하지만 이상한 게 또 있어요. 엄마는 미샤의 엄마를 만나 본 적 있어요?"

갑자기 떠오른 영감에 이끌려 내가 물었다. 엄마는 대답하지 못했다. 나는 한 번 더 말했다.

"미샤의 엄마요. 생물학자라는."

엄마가 불쑥 의자에서 일어나 내게 등을 돌리며 말했다.

"예전에."

엄마는 식탁에 있던 양념 그릇을 가지고 얼른 다시 가스레인지 쪽으로 몸을 돌리더니 말했다.

"양념이 잘 됐어, 우리 티카 전문가!"

그날 저녁 나는 즉흥적으로 공원에 산책하러 갔다. 속이 시끄러울 때면 왠지 항상 운동이 필요해진다. 저녁 때 바깥에 나가니 꽃잎이 떨어지고 봄 냄새가 났다. 몇몇 자동차 운전자가 보리수에서 떨어진 끈적이는 수액을 차 앞 유리에서 긁어내며 욕을 했다. 공원은 텅 비어 있었다. 오리들도 벌써 잠이 들었다. 부리를 한쪽 날개 밑에 밀어 넣고 어두운 물 위에서 앞뒤로 흔들거리는 모습이 마치 머리가 없는 것처럼 보였다. 이끼 낀 나무줄기에 앉아 있다 보니 엉덩이가 축축해졌다. 나는 다시 일어나 연못 주위를 터벅터벅 걸으며 침묵이 거짓말과 같은 것인지 곰곰 생각에 잠겼다. 수년간 아무것도 모르고 있던 나의 무지가 내 탓이 아닌지 생각했다. 그동안 많은 질문을 한 적이 없었으니 말이다. 그리고 엄마 말이 맞는 것인지, 나는 정말 미샤를 평소와 다름없이 대해야 하는 건지에 대해서도 생각했다. 이 수많은 고민이 전부 바보 같은 짓이라고 생각하는 순간, 길모퉁이에서 형이 나타났다.

"어때, 조깅은 실컷 했어?

형이 비꼬듯이 물었다. 형은 나의 둔한 운동 신경을 조롱할 기회를 놓치는 법이 없었다.

"아쉽게도 멋진 마우스피스가 없잖아."

내가 쏘아붙였다. 그러나 사실은 형을 만난 게 기뻤다.

"케밥 먹을까?"

형이 물었다. 나는 고개를 끄덕였다.

우리가 가게에 도착하자 그레고르가 창구로 내다보았다. 그의 머리 주위에서 나부끼는 박쥐들이 그를 친근한 드라큘라처럼 보이게 했다. 큰박쥐들이었다. 거꾸로 매달려 사는 동물. 초음파를 사용하는 녀석들.

"저녁 산책 한 바퀴?"

그레고르가 물었다.

"우린 마치 큰박쥐!"

나는 라임을 맞춰서 대답하고 계속 요란하게 윙윙 소리가 나는 위쪽을 가리켰다. 그레고르가 웃었다. 그레고르는 나의 대구를 좋아했다. 가게 창구 옆에는 눈과 입이 달린 원통 모양의 이상한 물체가 그레고르와 웃기 경쟁을 하며 대롱대롱 매달려 있었다. 형이 물었다.

"저게 뭐예요?"

"케밥 동물 인형. 여자 손님이 선물한 거야. 나한테 어울린데."

그레고르가 활짝 웃으며 자랑스럽게 말했다. 그레고르는 근본적으로 누가 자신을 놀릴 거라는 생각은 하지 못한다.

2분 뒤 형과 나는 다리를 벌린 채 기름이 뚝뚝 떨어지는 큼지막한 케밥을 들고 가게 앞에 서 있었다. 그 옆 덤불에서는 노란 꽃들이 막 피어

나면서 바다를 이루는 중이었다. 수많은 작은 태양이 가게의 현란한 꼬마전구들과 경쟁하듯 저녁노을 속에서 환하게 빛났다.

"어때, 맛있니? 그럼 사랑의 신에게 감사해야지!"

그레고르가 마지막 단어를 길게 끌었다. 그레고르에게 어떤 종교가 있는지 모르지만, 그레고르는 선량한 신이 자신에게 세계 최고의 케밥을 만드는 재능을 주었다고 믿었다. 우리는 전통에 따라 그의 청을 들어주려고 하늘을 향해 외쳤다. "사랑의 케밥 신이시여, 고맙습니다."

"넌 어때? 그 위조 얘기가 무슨 말인지 더 들려줄래?"

형이 목소리를 낮춰서 묻더니 갑자기 궁금한 얼굴로 나를 바라보았다. 다행히 나는 아직 큰 케밥 조각을 씹고 있었다. 왠지 미샤의 진단서 문제를 형에게까지 이야기하고 싶지는 않았다.

"수영을 빼먹을까 생각했었어."

마침내 내가 말하자 형이 벌컥 화를 냈다.

"너한테 수영을 가르치느라 내가 얼마나 애를 썼는데!"

나는 어깨를 들썩이고 중얼거렸다.

"마이닝거 선생님 때문에."

거짓말은 그랬을 수도 있는 상황을 꿈꾸는 거라고 생각하면서 나는 상상력을 발휘했다.

"수요일에 마이닝거 선생님이 내 귀에 대고 호루라기를 불어 대는 통에 1분 동안 귀가 먹먹했어. 내가 다이빙을 하지 않으려 한다는 이유로."

묻지도 않는데 허튼 이야기를 늘어놓는 게 이렇게나 쉽다니. 나는 미샤 아빠도 그랬을지, 그리고 미샤도 그랬을지 궁금했다.

그레고르가 가게에서 나와 담배에 불을 붙이더니 물었다.

"너희 그 신 알아? 채식주의자의 신. 이름이 뭐게?"

형과 나는 어리둥절해서 그레고르를 쳐다보았다.

"허브 부처님!"

그레고르는 큰 소리로 말하고 우렁차게 웃더니 저녁 하늘로 고리 모양의 담배 연기를 두어 번 내뿜고는 다시 가게 안으로 들어갔다. 조금 뒤에 조깅복을 입은 키 큰 사람이 우리 옆에 와서 멈춰 섰다. 이어서 저음의 여자 목소리가 들렸다.

"케밥 하나 주세요."

곁눈질로 흘끔 보니 공원에서 미샤를 화들짝 놀라게 했던 주근깨투성이의 깡마른 여자였다. 여자가 뒤를 돌아보았다. 나를 어디에서 보았는지 생각을 더듬고 있다는 걸 알 수 있었다. 나는 얼른 다른 곳을 보았다.

"갈까?"

형이 물었다. 나는 다행이라고 여기며 남은 케밥을 게걸스럽게 먹어 치웠다. 걸어가면서 보니 여자는 케밥에서 커다란 양파를 요령 있게 꺼내 떨어뜨리지도 않고 맛있게 입에 넣었다. 형이 갑자기 진지해져서 말했다.

"이젠 농담하지 말고. 감기에 걸리든가 아니면 엄마에게 물어보든가. 하지만 핑곗거리를 위조하는 건 나쁜 생각이야. 그게 발각되면 너, 엄마, 아빠, 모두가 곤란해져."

형이 다시 웃었다.

"나만 빼고."

"알았어."

내가 말했다. 그리고 생각했다. 위조가 그토록 특별한 범죄라면 미샤 아빠는 어떻게 그걸 그렇게 쉽게 할 수 있었을까? 그리고 완벽하고 올바른 미샤는 어떻게 거기에 연루되었을까? 내가 모르는 뭔가가 더 있었을까? 더 치명적인 가족의 비밀이? 더 많은 거짓말이?

위장에서 이상하게 메스꺼운 느낌이 퍼져 나갔다. 걱정과 예감과 호기심의 중간쯤에 있는 무엇이.

9

생선 알은 생선 알이고
싱싱한 알은 싱싱한 알이다
왜가리는 두발 동물이고
생선 알은 무발 동물이다

이틀 후 다시 그곳에 간 건 무엇보다 호기심 때문이었다. 미샤네 집 말이다. 이번엔 내 입으로 가겠다고 할 것도 없이 미샤가 먼저 물어 왔다. 드디어 내가 자신의 집에 대해 알게 된 것이 기쁜 모양이었다. 다행히 미샤는 평소의 모습을 되찾았다. 구불구불한 머리도 단정하고 셔츠도 다려 입었다.

이번에 나는 계단에서 곧바로 숨을 참았고, 거실에서 움찔하지도 않았고, 작은 화장실에 들어갈 때도 아주 노련하게 몸을 욱여넣었다. 수도꼭지에서는 아직도 물이 쉴 새 없이 경쾌하게 떨어지고 있었다.

미샤 아빠는 인스턴트 으깬 감자를 조리했고 미샤는 당근을 삶았다. 나는 아미의 지시에 따라 쥐가 발로 긁으면 중계방송을 하려고 쥐구멍 앞에 웅크리고 앉아 있었다. 그게 싫증이 나면 아미와 함께 빈 거실에서 롤러스케이트를 연습했다.

"음식 다 됐어!"

미샤와 아빠가 동시에 외쳤다. 우리 모두가 식탁에 둘러앉아 으깬 감자와 당근을 먹는 게 왠지 꽤 정상적으로 느껴졌다. 미샤와 아미와 정상이 아닌 아빠, 그리고 언제나 그래 왔다는 듯이 그 한가운데에 앉은 나.

"이따가 장 좀 보러 갈 수 있니?"

조금 뒤 미샤 아빠가 미샤에게 물었다. 그리고 수돗물을 틀어 접시를 닦은 뒤 반 건조 상태로 저글링을 하며 선반으로 가져갔다.

"안 돼요!"

미샤가 총알처럼 대답했고 아빠가 뒤돌아보며 물었다.

"뭐? 왜 안 돼?"

미샤의 눈이 회색으로 단호하게 변했다. 미샤가 힘주어 말했다.

"오늘은 안 돼요, 아빠. 니츠가 왔잖아요."

"아, 미슈, 그러지 말고."

아빠의 목소리가 『아라비안 나이트』에 나오는 뱀 부리는 사람의 목소리처럼 들렸다. 나는 곧 그 목소리에 빠져들었다.

"그러지 말고, 말고말고. 괜찮아. 나 쇼핑하러 가고 싶어. 그렇고말고, 말고말고."

내가 메아리를 넣어 미샤에게 말하면서 계속 라임을 맞췄다.

"것 봐라."

미샤 아빠는 미샤의 눈길을 무시한 채 웃으며 검은색 가죽 바지 주머니에서 구겨진 10유로짜리 지폐를 꺼낸 뒤 건들거리며 주방 문을 지나 사라졌다. 미샤가 씩씩대며 숨을 들이마셨다. 미샤의 턱이 덜덜 떨렸다. 미샤는 웬만해서는 화를 내지 않고, 내더라도 분노를 전혀 표출하지 않기 때문에 경직된 눈빛만이 그의 내면을 폭로할 뿐이다. 나는 미샤에게 말했다.

"내가, 어, 그러니까, 미안해. 내가 잘 몰라서······."

쇼핑 문제는 혹시 미샤와 아빠 간의 권력 싸움 같은 것이었을까? 미샤는 쇼핑을 좋아하지 않는 걸까? 여하튼 내 경솔한 쇼핑 제안이 미샤를 궁지에 빠뜨렸다.

"괜찮아. 네가 어떻게 할 수 있는 일이 아니야."

미샤가 조심스럽게 지폐를 반반히 펴며 말했다. 미샤는 내가 뭘 어떻게 할 수 없다는 건지는 말하지 않고 서랍에서 에코백과 버스 티켓처럼 생긴 것을 꺼냈다. 그리고 앞장서서 복도로 나가더니 조용히 말했다.

"가자."

나를 자신의 처형장으로 데리고 가는 목소리처럼 들렸다.

"나도 같이 가도 돼?"

아미가 시끄러운 소리로 물으며 롤러스케이트를 타고 다가왔다.

"나는 상관없어."

미샤가 중얼거렸다.

"나도 괜찮아."

나는 롤러스케이트를 탄 아미가 계단에서 굴러 떨어지지 않게 팔을 잡아 주었다.

그렇게 해서 나는 '타펠'이라는 곳을 알게 되었다. 미샤네 가족은 우리 집처럼 슈퍼마켓에서 장을 보지 않았다.

가게는 전철로 두 정거장 떨어진 곳의 어두운 안뜰에 있었다. 대로변에서 갈라져 들어간 곳이었는데 눈에 잘 띄지 않는 입구 위에 간판이 걸려 있었다. 간판에는 차분한 주황색 글씨로 '타펠'이라고 적혀 있었고, 그 옆에는 나이프와 포크 그림이 그려져 있었다. 미샤가 카드를 꺼내 입구에 서 있는 여자에게 보여 주었고, 롤러스케이트를 탄 아미는 우리보다 빠른 속도로 문을 통과해 들어갔다. 여자는 놀라서 껑충 뛰어 물러섰지만 꾸짖는 대신 싱긋 웃으며 아미를 부른 뒤 미샤에게 장바구니를 내밀었다.

"아미! 롤러스케이트 새로 샀니?"

"야호!"

아미는 대답 대신 환호성을 지르고 균형을 잡기 위해 두 팔을 노 젓듯이 휘저었다. 나는 제동을 걸 줄 모르는 아미가 오른쪽 첫 번째 진열대에 가서 부딪힐까 봐 겁이 났다. 하지만 그때 벌써 진열대 사이에 있던 안전 요원이 튀어나왔다. 젊고 훈련이 잘 되어 있는 남자는 인상적일 만큼 넓은 근육질의 두 팔로 아미를 붙잡았다. 그도 역시 웃으며 말했다.

"이젠 천천히 다녀요, 아가씨. 롤러스케이트는 벗고!"

"아, 안 돼."

아미는 투덜대면서도 즉시 그 말에 따랐다. 양손에 롤러스케이트를 하나씩 든 아미는 양말 바람으로 미끄럼을 타며 가게 안으로 들어갔다. 그러고는 곧 생각을 고쳐먹고 양말도 벗었다.

"바게트 두 개 더 있어!"

근육질의 남자가 미샤에게 속삭이며 윙크한 뒤 부리나케 맨발의 아미에게 달려갔다.

"멋진 가게야."

내 말에 미샤가 걸음을 멈추었다.

"여긴 가게가 아니라 타펠이야."

미샤가 말했다. 살면서 처음으로 내가 옆에 있는 걸 미샤가 원치 않는다는 느낌을 받았다.

"타펠. 그래, 알았어."

내가 조심스럽게 입을 열었다. 우리 둘 사이의 정적이 낯설도록 불편했다. 나는 고개를 들어 파스타와 개 사료가 놓인 진열대를 죽 둘러보고는 내가 아무것도 이해하지 못했다는 것을 깨달았다.

"돈이 없는 사람들을 위한 가게야."

미샤의 목소리는 빈정거림을 빼면 해설 영상의 내레이션처럼 들렸다. 미샤는 곤혹스럽게 웃고는 아까 챙긴 그 티켓을 내 코앞에 내밀었다.

"돈이 없다는 증명서가 이거야."

'사람들은 가지고 있는 돈의 양이 다 달라. 어떤 사람은 너무 많이 가지고 있고 어떤 사람은 너무 적게 가지고 있어.' 엄마가 했던 말이 머릿속에서 들려왔다.

"이건 전부 유통기한이 지난 식품을 슈퍼마켓에서 기부하는 거야. 안 그러면 쓰레기통으로 들어가거든."

미샤가 나를 쳐다보지 않고 설명했다. 나도 갑자기 어디를 보아야 할지 몰라 미샤를 지나쳐 커다란 과일 진열대로 시선을 돌렸다. 슈퍼마켓에 있는 것과 모양이 같았다. 레게 머리를 한 젊은 여자가 사과를 고르고 있었고, 어린아이를 데리고 온 남자는 시리얼 상자 두 개를 겨드랑이에 끼웠다. 모든 게 정상적으로 보였다. 물건도, 사람도. 다만 경직된 채 말없이 통로에 서 있는 미샤만 그렇지 않았다. 나는 바보가 된 느낌이었다. 미샤가 상추를 한 개 집었다.

"우리는 다른 사람들이 버린 것을 먹어."

여전히 부자연스런 싸늘함이 깃든 목소리로 미샤가 말했다. 순간 나는 엄마 말이 틀렸다는 걸 단박에 알았다. 내가 실상을 알게 되었다는 사실이 뭔가를 변화시켰다. 미샤의 텅 빈 집과, 그보다 더 텅 빈 비상금 상자에 대해, 그리고 지금은 타펠에 대해 알게 되었다는 사실이 변화를 가져왔다. 그것이 나의 뭔가를 바꿔 놓았다. 또한 미샤의 뭔가를 바꿔 놓았다. 미샤가 자기 가족이 돈이 없는 사람들이라는 것을 창피하게 여기지 않았다면 지난 세월 동안 그 사실을 내게 숨기지 않았을 것이다.

"여기는 아주 평범한 곳 같아."

나는 이렇게 말을 꺼냈지만 더 무슨 얘기를 해야 좋을지 몰랐다. 무슨 말을 해야 할까? 그래도 타펠이 멋지다고 생각한다는 말? 점원들이 손님을 다 알고 있고 아미가 그냥 맨발로 뛰어다녀도 되는 가게라는 말? 이곳 식품들이 내다 버린 것처럼 보이지 않는다는 말? 여기 사람들이 가난해 보이지 않는다는 말? 미샤의 가족이 돈이 없어도 나는 전혀 상관없다는 말? 내가 했을 수도 있는 이 모든 말이 뭔가 완전히 거짓처럼 느껴졌다. 미샤가 절친인 나의 앞에서, 니츠 앞에서 창피해하고 있었기 때문이다. 미샤가 얼마나 끔찍하게 창피해하는지를 알았기 때문에 나도 덩달아 창피한 마음이 들었다. 미샤에게 돈이 너무 없는 것이, 또는 내게 너무 많은 것이 마치 내 잘못인 것처럼. 그리고 이 모든 것에 대해서 할 말이 없었다.

미샤는 과일과 채소를 차례로 꼼꼼히 살펴보더니 한참 망설이다가 사과 네 개, 배 세 개, 토마토 몇 개를 과일 진열대에서 집어 조심스럽게 장바구니에 넣었다. 그런 다음 마지막으로 파인애플을 집었다.

"어떤 동물들이 파인애플을 먹어?"

내가 미샤에게 물었다. 그때 떠오른 가장 그럴듯한 질문이었다. 나는 미샤가 전처럼 설명할 수 있는 모든 동물의 목록을 알려 주기를 바랐던 것 같다. 그러다 깨달았다. 미샤가 아무 반응도 하지 않으리라는 것을. 미샤는 파인애플이 먹을 수 있는 상태인지 확인하고 있었다. 그때 두꺼운 외투에 헐렁한 털모자 차림의 여자가 갑자기 뒤에서 달려왔다. 여자는 나와 부딪힌 뒤 미샤에게 돌진해 미샤 손에 든 파인애플을 빼앗았다.

"그건 '내' 파인애플이야! 파인애플은 모두 내 거야!"

여자가 미친 듯이 소리를 지르고 미샤의 정강이를 걷어차기 시작하더니 몇 번이나 반복했다. 여자의 목소리가 갈라져 째지는 소리가 났다. 미샤는 맞서지 않고 여자가 걷어찬 게 자신의 정강이가 아닌 것처럼 여자를 지켜보았다. 나도 놀라서 돌처럼 굳은 채 서 있었다. 그 신경질적인 여자가 방금 쓰레기통에서 나온 것처럼 지독한 냄새를 풍기는 바람에 저절로 구역질이 났기 때문이다. 그리고 미샤의 그런 모습을 한 번도 본 적이 없었기 때문이기도 했다. 그렇게 경직되고 무기력한 모습을.

그때 근육질 남자 점원이 나타나 여자를 붙잡았다.

"카르니츠 부인, 당장 그만두세요!"

그가 단호하게 말하면서 미샤의 손이 닿지 않는 곳으로 여자를 끌고 갔다. 여자는 바람 빠진 풍선처럼 주저앉아 나지막한 소리로 계속 한탄을 쏟아 내며 자기 인생이 그 과일에 달려 있는 양 파인애플을 움켜쥐었다. 미샤는 경직된 상태에서 깨어나 제 정강이를 문질렀다.

"바보!"

옆 진열대 뒤에서 아미의 머리가 나타나더니 고함을 지르며 여자에게 혀를 내밀고 우리에게 달려왔다. 아미의 맨발이 타일 바닥에 닿으면서 쩍쩍 소리가 났다. 아미는 미샤에게 매달려 악취를 풍기는 여자를 불쾌한 눈길로 바라보았다.

"괜찮니?"

근육질 점원이 미샤에게 큰 소리로 물었다. 미샤는 힘없이 고개를 끄덕였고 점원은 여자를 출구 쪽으로 밀어냈다.

"보다시피 타펠은 평범한 가게가 아니야."

미샤가 맥없이 말했다. 식품이 가득 찬 진열대와, 미친 여자를 데리고 있는 근육질 남자와 흥분한 아미 사이에서, 하얀 셔츠의 단추를 완벽하게 채워 입고 머리를 단정하게 손질한 미샤가 갑자기 원숭이 사육장으로 길을 잘못 든 백조처럼 너무 낯설고 외로워 보였다. 나는 미샤 아빠가 또 미샤에게 장을 보러 가라고 하더라도 다시는 중간에 끼어들지 않겠다고 다짐했다.

계산대에서 점원이 납작하고 둥근 깡통을 아미의 손에 쥐여 주고는 뭔가를 공모하듯 속닥거렸다.

"아빠 갖다드려."

아미는 뚜껑에 파란 물고기가 섬세하게 그려진 작은 금색 캔을 유심히 들여다보았다.

"캐비어군요."

미샤가 피곤한 웃음을 지으며 말한 뒤 우리한테는 퉁명스럽게 설명했다.

"생선 알이야. 감사합니다, 슈미트 부인!"

"캐비어래. 캐비닛이라는 줄 알았네!"

아미는 킥킥 웃으며 인도에 앉아 롤러스케이트 끈을 묶었다. 그리고는 다시 일어나 균형을 잡느라 허우적거리다가 스케이트를 밀며 달려 나갔다.

미샤와 내가 다시 대로변으로 꺾어 나오려는데 온통 검은색 옷을 입은 키 작은 사람이 우리 쪽으로 다가왔다. 미샤는 별난 조피를 보자마자 내 옆에서 몸이 굳어 버렸다.

"젠장!"

미샤가 씩씩거리더니 내 소매를 붙잡고 다시 건물 모퉁이 뒤로 나를 끌고 갔다. 건물 벽에 대고 나를 세게 눌러서 아팠다. 나는 미샤의 팔을 밀어냈다.

"야, 미샤! 무섭게 왜 그래!"

그 이상은 할 말이 없었다. 그때 모퉁이를 돌아 조피가 왔다. 검은 머리는 올려 묶었고, 술이 달린 검은 치마는 위아래로 출렁거렸다. 조피는 우리를 보자 웃으며 말했다.

"안녕, 니츠! 안녕, 미샤!"

테두리를 검게 칠한 조피의 두 눈이 오늘따라 유난히 밝은 녹색으로 빛나 보였다. 미샤는 끓는 물에 넣은 바닷가재처럼 얼굴이 빨개졌다. 조피는 계속 웃으며 고개를 빳빳이 들고 안뜰로 들어갔다. 그러곤 안뜰 한가운데에서 걸음을 멈추고 발을 동동 굴렀다. 왠지 타펠에서 장을 보는 사람 같진 않았다. 미샤와 나는 잠시 더 조피를 주시하다가 그곳에서 빠져나왔다.

"젠장. 누가 나를 여기에서 본 건 이게 처음이야."

미샤가 또 아까처럼 말했다. 이젠 무척 낙담한 것처럼 들렸다. 그때 아미가 생각난 우리는 서둘러 아미를 뒤따라갔다.

미샤의 집에서 미샤네 아빠는 손에 캐비어를 들고 잠시 거실로 사라졌다. 다시 돌아왔을 때는 병원에서 어릿광대로 일하던 시절 착용했던 새빨간 나비넥타이를 매고 행복하게 웃었다. 그러고는 즐거운 한숨을 내쉬며 "캐비어의 날이다! 오늘은 우리가 왕이다!"라고 선언한 뒤, 과장된 몸짓으로 캔을 따서 눈부신 주황색 내용물에 숟가락을 넣었다.
"맛있네!"
미샤 아빠는 두 눈을 감고 맛을 음미하며 먹었다. 미샤와 달리 그는 자신이 먹는 것이 타펠에서 왔든 어디 다른 곳에서 왔든 전혀 개의치 않는 게 분명했다.
"먹어 봐!"
미샤 아빠가 우리에게 각각 숟가락을 하나씩 주고 캐비어 캔을 내밀었다.
"내 잉크 카트리지에 있는 알갱이처럼 생겼어."
아미는 이렇게 말하고 맛을 보더니 "으윽, 구역질 나!"라며 괴성을 지르고 이내 그 미끌미끌한 것을 다시 뱉었다. 미샤와 나는 각각 숟가락으로 한 입씩 먹었다. 캐비어가 입안에서 앞뒤로 밀려다녔다. 바닷물과 쓰레기가 섞인 맛이 났다. 미샤가 얼굴을 찡그리며 말했다.
"아, 역겨워. 아기들을 먹어 치우는 인간이라는 생물!"

그러나 미샤 아빠는 캔이 다 비도록 숟가락으로 떠먹은 뒤 캐비어의 맛이 최고이며 슈미트 부인은 진정한 천사라고 일곱 번이나 말했다.

집에 돌아왔을 때 아빠는 복도에 있는 나무 의자에 앉아 끈이 달린 검은색 구두에 정성스럽게 윤을 내고 있었다. 나는 인사하는 대신 이렇게 물었다.

"캐비어 먹어 본 적 있어요?"

"아니. 캐비어는 갑자기 왜?"

"오늘 미샤네 집에서 먹었거든요."

"아, 그래? 맛이 어땠어?"

아빠가 말했다. 말 끝이 부자연스럽게 올라가 아빠가 놀랐다는 게 티가 났다. 아빠는 반짝거리는 오른쪽 신발을 왼쪽 신발 옆에 놓았다.

"끔찍하게 섬뜩하고 소름끼치게 징그러웠어요."

내가 말하자 아빠가 웃으며 반박했다.

"무슨 소리, 남의 식탁에서 먹는 게 늘 가장 맛있는 법이야."

나는 아빠에게 타펠 이야기를 했다. 왜 그랬는지, 이유는 모르겠다. 평범한 과일과 마지막으로 남았던 파인애플, 친절한 안전 요원, 악취가 나던 여자, 그리고 정강이를 걷어차이고도 저항하지 않았던 미샤에 대해서도.

아빠는 내 말을 주의 깊게 들었다. 마침내 이야기가 끝났을 때, 아빠는 부자연스럽다 싶을 정도로 완벽하게 평행이 될 때까지 나무 의자 밑에 신발을 가지런하게 밀어서 정돈했다. 그리고 조용하고 사려 깊은 뉴스 진행자처럼 말했다.

"그런데 말이다, 니츠, 누구를 진정으로 처음 알게 되기까지는 그 사람을 백 번은 보아야 하는 거야."

나는 아빠가 평소와 다름없는 게 한편으로 좋았지만, 다른 한편으로는 당황스럽게도 괴테나 아인슈타인 같은 사람들의 격언만 빌려 말할 뿐 진짜 대답은 주지 않는 것, 그리고 내가 타펠에서 본 것과 같은 일을 겪었을 때 무엇을 해야 하는지 조언해 주지 않은 것은 실망스러웠다.

하지만 그 후 며칠간 나는 아빠와 아빠가 빌려 온 격언에 대해 자주 생각했다. 왜냐하면 그간 수백 번이나 보았던 많은 것을 불현듯 다른 방식으로 인지했기 때문이다. 누가 내게 확대경이라도 선물한 듯, 전에는 지나쳤던 것들이 눈에 들어왔다. 미샤와 관련된 것들이었는데, 미샤 재킷의 찢어진 부분이 한 예였다.

그 가죽 재킷은 미샤가 오래전부터 입고 다닌 것이었다. 크기는 조금 컸고, 짙은 회색에 기름때가 묻어 번들거렸으며, 지퍼는 늘 뻑뻑했다. 미샤가 그걸 입고 움직이면 버스럭거리고 서걱대는 소리가 났다. 등판에서는 바느질로 덧대어 붙인 커다란 독수리 머리와 그 양옆에서 자라난 날개가 눈에 확 띄었다. 모두 그 재킷이 멋있다고 생각했다. 특히 미샤의 남성용 셔츠와 함께 입으면 더 그랬다. 원래 나는 찢어진 부분을 알아채지 못했었다. 하지만 갑자기 너무 뚜렷하게 보이는 탓에 전에는 눈이라도 멀었었나 하는 생각이 들었다. 오른쪽 겨드랑이 밑에 길게 찢어진 부위가 있었고, 그 안쪽으로 달걀노른자 색 안감이 보였다. 형의 낡은 곰 인형에 들어 있는 충전재 같았다.

미샤가 반에서 유일하게 스마트폰이 없고 오래된 플립 폰을 쓰는 것도 이젠 그의 낡은 배낭과 마찬가지로 더 이상 기벽처럼 보이지 않았다.

며칠 뒤 우리가 지리 시간에 빈곤에 대해 이야기한 것이 우연이었을까 아니면 운명이었을까? 하필 별난 조피가 이 문제를 주제로 발표했다. 심술궂은 펠릭스는 이렇게 주장했다. "독일에는 빈곤이라는 게 없어!" 모두 그 말에 동의했다. 조피를 제외한 모든 아이들이.

"빈곤의 정의는 나라마다 달라." 조피가 허스키한 낮은 목소리로 반박했다. 조피는 독일 내 소득 격차에 대해 말한 뒤, 국민 평균보다 재산이 적으면 빈곤한 것으로 간주된다는 내용에 대해 침착하게 발표했다. "예를 들어, 그런 사람은 끊임없이 새 재킷을 살 수 없어." 조피가 펠릭스 쪽을 보며 비웃듯이 말하고 덧붙였다. "아니면 오래된 배낭이 너덜거려도 새것을 사지 못하지."

나는 입이 바짝 마른 채로 매듭지어 묶은 미샤의 배낭끈을 흘끔 내려다보았다. 미샤의 말이 생각났다. '우리는 다른 사람들이 버린 것을 먹어.' 미샤의 얼굴을 볼 용기가 나지 않았다. 발표할 때 조피는 단 한 번도 미샤와 나를 쳐다보지 않았지만, 나는 문득 왜 우리 둘이 타펠 앞에서 있었는지 조피가 잘 알 거라고 생각했다.

그리고 책값 사건이 터졌다. 다음 독일어 시간, 우리는 읽을 책값을 내야 했다. 미샤는 아직 내지 않았는데, 자기 아빠가 세상에서 가장 건 망증이 심한 사람이라고 여느 때처럼 쾌활하게 말했다.

"넌 아직도 돈을 못 구했어?"

심술궂은 펠릭스가 씩 웃었다. 나는 미샤가 움찔하며 두 눈을 깜박거리는 걸 보았다. 그래서 멍청한 생각을 하게 되었다. 해결 방법이 아주 간단해 보였던 것이다. 나는 미샤에게 속삭였다.

"나한테 용돈 남는 게 있어."

미샤가 나를 노려보았다. 미샤의 두 눈썹 사이로 길고 곧은 주름이 잡혔다.

"너 미쳤어?"

미샤가 씩씩댔다. 그 이상의 말은 없었지만 나는 간담이 서늘해졌다. 미샤가 내게 그런 식으로 말한 적은 한 번도 없었다.

"책값은 내일 낼게요."

미샤가 다시 공손하게 바슬러 선생님에게 말했다. 그때 문득 선생님이 미샤를 훑어보는 모습이 예사롭지 않아 보였다. 신중함을 넘어 거의 염려에 가까운 표정이었다. 선생님은 아무 말도 하지 않고 느닷없이 수학 문제 풀이로 넘어갔다. 미샤는 공책에 얼굴을 푹 파묻었다. 그날 아침 내내 그는 내게 눈길 한 번 주지 않았다.

"나 오늘 치과에 가야 해."

방과 후에 미샤가 빠른 속도로 쌀쌀맞게 말하더니 나를 그대로 남겨 두고 가 버렸다. 내가 대구로 응수할 시간조차 없었다. 그건 빤한 거짓말이었다. 이제부터 신경 쓰지 않고 내게 거짓말을 하겠다는 뜻 같았다. 나는 인도에 멍하니 서서 발을 동동 구르며 입술을 깨물었다. 내가 바보 같았다고 미샤에게 말해 줬어야 하는데! 이쯤 되니 분명해진 게 있었다. 미샤가 내게 자신의 집을 보여 준 게 뭔가를 변화시킨 것이다. 미샤는 나를 자기 집 식탁에 앉혀 함께 식사를 하고 타펠까지 따라오게 한 것을 후회했다. 그리고 나는 선의에서 나온 돈 제안을 후회했다. 하지만 너무 늦었다. 나는 부슬부슬 비가 오는 오후 속을 미샤 없이 터벅터벅 걸었고, 올해 가장 먼저 태어난 아기 오리들이 헤엄 연습을 하고 있는 공원을 의미 없이 몇 바퀴나 뛰었다. 작고 부드러운 깃털 뭉치 같은 아기 오리들이 성체 오리들과 똑같이 노련하게 움직였다. 나는 왜 아기 오리가 한 마리도 몸이 뒤집어지지 않는지 그 이유를 아느냐고 미샤에게 물어보고 싶었다. 하지만 미샤는 없었다. 미샤가 앞으로도 이런저런 동물에 관한 지식을 내게 들려줄지 아닐지도 알 수 없었다. 생각이 거기에 미치자 목이 메었다.

내가 왜 하필 형이 다니는 체육관에 갔는지는 잘 모르겠다. 여하튼 나는 비를 맞고 서서 안을 들여다보았다. 어두운 티셔츠를 입은 스무 명의 남자아이들이 뒤엉켜 뛰고 있었다. 땀에 젖은 팔을 휘두르며 무리 지어 서로 밀고 밀치고 부딪쳤다. 경기장 한쪽에서는 키가 작고 몸이 다부진 겨자색 운동복 차림의 트레이너가 서서 호령을 했다. 나는 형을 금방 발견했다. 무리 속에 섞여 있지 않고 안전하게 떨어진 곳에서 모든 걸 바라보고 있었기 때문인데, 마우스피스까지 더해져 그 모습이 특히 주눅 들어 보였다. 웃음이 나왔다. 형은 핸드볼을 오래 하지 않을 것이다. 그래도 왠지 형이 부러웠다. 형이 운동하는 세계가 정돈돼 보였기 때문이다.

"여기서 뭐 해?"

밖으로 나온 형이 체육관 문 옆에 있는 나를 보고 움찔했다.

"저 안에서 하는 운동이 무척 힘들어 보여."

내가 대꾸했다. 형은 나의 말을 감탄으로 들은 모양이었다.

"맞아."

형은 조금 자랑스럽게 말하고 운동 가방을 어깨에 둘러멨다.

"그래서, 핸드볼 계속할 거야?"

"당연하지."

형은 내가 자기를 지켜본 걸 알지 못했다. 거짓말은 그랬을 수도 있는 상황을 꿈꾸는 것이라는 말이 떠올랐다. 형은 내가 요즘 너무 많은 거짓말을 밝혀냈다는 걸 몰랐다.

예쁜 녹색 노린재는
겨울에 회갈색이고
회갈색 노린재는
봄에 녹색이야
누구나 알듯이
색깔 변화는 위장하기 위해서지
노린재가 악취를 풍기면
그건 무조건 경고야!

　다음 날 아침 미샤는 케밥 가게에서 나를 기다리지 않았다. 나도 미샤를 기다리지 않았다. 나는 처음으로 혼자 학교에 갔다. 수학 수업도 혼자 버텼다. 수영도 혼자 했다. 미샤는 마지막에서 두 번째 수업 시간이 되어서야 등교하더니 바슬러 선생님에게 책값을 내고 말없이 내 옆

자리에 앉았다. 심술궂은 펠릭스가 깐죽거렸다.

"야, 드디어 우리의 잘나신 똘똘이도 돈을 내는군!"

별난 조피는 검은 칠을 한 눈으로 오래도록 미샤를 바라보았다. 조피가 상황 파악을 했다는 걸 확실히 알 수 있었다. 미샤와 그의 가족에 대해서.

나는 곁눈으로 흘깃 미샤를 보았지만 미샤는 조피의 정밀 감식하는 눈길을 모르는 모양이었다. 무표정을 넘어 거의 적대적인 눈으로 내 얼굴을 잠깐 쳐다보기만 하고 등을 돌려 버렸다. 그건 멕시코와 미국을 가르는 장벽처럼 꼿꼿하고 극복할 수 없는 것이었다. 마음속에서 뜨거운 물결이 솟구쳤다. 미샤는 무슨 이유에서 나한테 짜증을 낼까? 진단서를 위조하고 자기기만에 빠진 그가. 오히려 내게 사과를 해야 하는 거 아닌가?

화가 풀리지는 않았지만, 동시에 깨달은 게 있었다. 미샤에게 돈을 주겠다는 말은 하지 말았어야 했다. 타펠 앞에서 조피를 만났을 때 나는 자신의 처지를 들킬까 봐 두려워하던 미샤의 불안을 느꼈다. 자신을 남들과 다르게 만드는 모든 것을 미샤는 부끄러워하고 있었다. 미샤가 왜 그런 모습으로 다녔는지 서서히 이해가 갔다. 왜 하얀 셔츠를 입었는지, 왜 머리에서 향내가 났는지, 왜 발끝까지 균형이 잡히고 정돈된 모습이었는지.

분노와 후회가 서로 어울리지 않는 두 화학 물질처럼 위장에서 뒤섞였다. 무릎이 후들거리는 바람에 미샤와 함께 쓰는 책상이 기울어질 뻔했다. 하지만 이번에 미샤는 내 무릎을 잡아 줄 생각도 하지 않았다.

수업이 끝난 뒤 미샤는 배낭에 물건을 아무렇게나 집어넣고 뛰어나갔다. 내가 뒤따라가며 소리쳤다.

"야, 기다려!"

앞에서 달려가는 미샤의 등이 이젠 불현듯 장벽이 아니라 궁색하게 쳐 놓은 커튼처럼 보였다. 뭔가 한없이 창피한 것을 숨겨야 하는 커튼. 그런 미샤의 등을 보고 달리자니 어쩐 일인지 분노가 증발했다. 남은 것은 후회뿐이었다.

미샤가 멈춰 선 곳은 우리가 가던 다리 위였다. 나는 숨을 헐떡이며 미샤 옆에 있는 난간에 가서 부딪쳤다. 또 분노에 사로잡히기 전에 내가 겨우 말을 쥐어짜 냈다.

"어제 돈 주겠다고 한 거, 미안해. 내가 생각이 짧았어."

"좀 짧은 게 아니었지."

미샤가 퉁명스럽게 말했다. 미샤는 나를 보는 대신 아래를 내려다보았다. 한동안 검은색이나 흰색 자동차는 한 대도 지나가지 않았다. 평소와 달리 파란색, 빨간색, 초록색 자동차들뿐이었다. 마치 우리 둘 사이의 관계와 함께 이 세상에서 정상성이 사라지고, 우리의 우정보다 더 큰 무언가까지 균형을 잃은 것 같았다. 말없이 그렇게 한참을 있는 동안 나는 미샤의 집에 따라갈 생각을 하지 않았더라면 얼마나 좋았을까 생각했다. 어린 시절 생일만 되면 바보 같은 풍선 춤을 추기 위해 두 아이가 머리 사이에 끼웠던 풍선처럼, 우리의 우정도 서로 다른 우리의 환경 사이에 끼워 놓고 각자 자신의 영역에 머물러 있었다면 좋았을 거라는 생각을 했다. 지금까지 미샤와 나, 우리 둘은 풍선을 아주 잘 붙들고 있었다.

세 번째 초록색 자동차가 지나갔을 때, 미샤가 한숨을 쉬고는 나지막하게 말했다.

"괜찮아, 니츠. 좋은 뜻으로 그런 거잖아. 하지만 나는 돈을 받을 생각이 없어. 동정도 받고 싶지 않아. 알았지?"

"알았어."

그렇게 대답하고 나는 침을 삼켰다. 이제야 겨우 미샤가 내게 몸을 돌렸다. 우리는 서로를 바라보았다. 나는 거친 숨을 몰아쉬면서, 미샤는 침착하고 진중한 얼굴로.

"네 거야."

미샤가 불쑥 말하더니 아래를 가리켰다. 첫 번째 흰색 자동차였다. 미샤는 싱긋 웃었고 나는 뒤늦게 침을 뱉었다.

우리는 말없이 오랫동안 다리 위에 서서 아래를 보며 침을 뱉었다. 흰색 차가 검은색 차보다 네 대 더 많이 지나갔는데도 미샤는 다섯 대를, 나는 두 대를 맞혔다. 이윽고 내가 조심스레 물었다.

"이따가 또 올래?"

"아니, 오늘은 안 돼."

미샤가 말하더니 무아지경에 빠진 것처럼 잠시 나무 난간을 열심히 긁어 댔다.

"미안해, 니츠. 할 일이 있어."

미샤는 뒤도 돌아보지 않고 쏜살같이 달려갔다. 당연히 나는 미샤를 뒤쫓아 갔다. 그가 또 나를 놔두고 간다는 걸 믿을 수 없었다. 나는 범죄자를 쫓는 멍청한 형사처럼 아무 생각 없이 빠르게 전력 질주한 뒤, 살금살금 다가가 뒤에서 미샤를 엿보며 길을 따라 전철 정류장까지 가서 제임스 본드처럼 같은 열차에 올라탔다. 손에는 총 대신 물병을 들고.

이번에 나는 전철 창문 밖 세계가 전혀 궁금하지 않았다. 오직 내 친구만 주시했다. 미샤는 규칙적으로 치익 소리를 내는 문에 낯선 모습으로 기대어 하늘빛 회색 눈으로 허공을 응시하며 나는 상상조차 할 수 없는 뭔가를 생각하고 있었다. 우리 둘은 가까운 곳에 서 있었지만 미샤는 나로부터 먼 곳에 떨어져 있었다. 이 모순이 무릎이 방금 까졌을 때처럼 아파 왔다. 물론 눈에는 보이지 않는, 마음속의 아픔이다.

나는 당연히 미샤와 같은 정류장에서 내려서 계속 따라갔다. 미샤는 동물원으로 가고 있었다. 내 불신을 비웃어야 마땅할 것 같았다. 동물원은 범죄를 저지를 만한 장소가 아니었다. 입구 부스에 있는 여자가 마치 직원에게 하듯 무뚝뚝한 손짓으로 미샤에게 들어가라는 신호를 했다. 미샤는 공원을 지나 결연히 원숭이 우리로 갔고 나는 그 뒤를 몰래 따라갔다.

동물원 곳곳에서 만개한 목련이 진하고 달콤한 향기를 퍼뜨리며 하얀 꽃받침을 활짝 열어 내밀었다. 목련 향기에는 관심도 두지 않는 미샤를 나는 서둘러 쫓아갔다.

미샤를 따라 원숭이 우리까지 가자 그곳에서는 완전히 다른 냄새가 났다. 건초와 동물 오줌 냄새가 진동하면서 숨이 막혔다. 미샤는 그대로 침팬지 옆을 지나 마지막 우리 앞에서 걸음을 멈췄다. '제프로이 거미원숭이'라고 팻말이 알려 주었다. 우리 안에서는 팔이 길고 가느다란 원숭이 두 마리가 나란히 서서 막대를 잡고 있었다. 버스에 탄 두 명의 노인 같았다. 다만 몸집이 더 작고 꼬리는 보아뱀에 털이 난 모양새였다. '할머니 원숭이와 할아버지 원숭이로군.' 여전히 미샤보다 열두 걸음 뒤에 서서 내가 생각했다. 거미원숭이, 그러니까 최신 정글 연구 프로젝트 주제였다. 미샤는 분명히 엄마가 보고 싶은 거였다.

나의 가장 친한 친구에게 갑자기 동정심이 일었다. 그와 동시에 그게 얼마나 잘못된 것인지도 알았다. 조금 전에 미샤가 동정을 받고 싶지 않다고 하지 않았던가?

미샤는 나를 알아채지 못하고 넋이 나간 듯 원숭이들을 바라보았다. 하얀 셔츠를 입은 미샤는 탐구열에 불타는 학자처럼 보였다. 이제 원숭이들은 큰 유리창 앞에 바짝 붙어 앉았다. 미샤와 달리 아까부터 나의 존재를 알아챈 녀석들이 어리둥절한 표정으로 미샤를 흘끗 보았다. 보아뱀만 한 두 녀석의 꼬리가 유리창 쪽으로 둥글게 말렸다. 한 녀석이 꼬리를 돌리니 밑면이 드러났다. 피부색이 밝고 털이 없고 약간 쭈글쭈글한 것이 충격적일 만큼 기이했다. 미샤가 묘사한 '휘감는 꼬리'였다. 바로 그 순간 물병이 손에서 미끄러져 바닥으로 떨어졌다. 원숭이들이 비명을 지르면서 미샤가 돌아보았다.

"니츠! 내 뒤를 따라온 거야?"

미샤가 몸을 돌리면서 믿을 수 없다는 듯이 외쳤다. 미샤의 눈이 휘둥그레졌다.

"네가 그냥 가 버렸잖아."

내가 부루퉁해져서 목쉰 소리로 대답했다. 그 목소리가 우스꽝스럽게 들렸다. 아이스크림을 못 얻어먹어 기분이 상한 아이가 하는 말 같았다.

미샤가 또 달아날지 모른다는 생각이 잠시 스쳤다. 하지만 미샤는 나를 응시하기만 했고 나도 미샤를 빤히 쳐다보았다. 마침내 미샤가 말없이 울타리 앞 벤치에 앉았고 나는 미샤의 옆에 가서 앉았다. 미샤는 침착하게 배낭을 집어 들고 안에 있는 책을 꺼냈다. 그리고 접어 둔 페이지를 펼쳐서 내 무릎에 놓았다. 휘감는 꼬리를 근접 촬영한 것이었다. 한참 뒤에 미샤가 말했다.

"기막히지 않니? 자연이 하는 일들이."

한 여자가 남자아이를 태운 유아차를 밀고 미샤와 내 옆으로 다가왔다. 여자는 아이를 원숭이 우리에 아주 가까이 데려가서 낮은 소리로 뭔가를 설명했다.

"멀리서 너의 엄마를 돕는 거야? 연구를 해서?"

내가 조심스럽게 물었다. 미샤는 아무 말도 하지 않았다.

"야, 미슈, 화 그만 내. 그러지 말라니까, 니까니까!"

내가 어깨를 맞대고 미샤를 툭툭 치며 라임을 넣어 말했다.

"적어도 내가 말한 휘감는 꼬리 얘기는 이제 믿어 주는 거네."

미샤가 말했다.

"동물원에 종종 와?"

무슨 대답이 나올지 모른다는 듯이 내가 물었다.

"응, 자주 와."

미샤가 두 손으로 휘감는 꼬리의 근접 촬영 사진을 어루만졌다. 그런 미샤의 모습이 이상했다. 지난 며칠 동안보다 더 이상했다.

여자가 유아차를 조심스럽게 돌렸다. 유아차를 밀면서 옆을 지나갈 때 우리를 보고 미소를 지었다. 아이는 잠이 들어 있었다.

"그럼 다음에 나올 거미원숭이 책은 너희 엄마랑 네가 같이 쓰는 거야? '괴체의 거미원숭이 백과', '괴체 가족과 함께하는 원숭이들'……."

내가 명랑하게 열심히 물었다. 억지로라도 수다를 시작하고 싶어서였다. 하지만 미샤는 여전히 아무 말도 하지 않고 내 무릎에 있는 책을 들어서 덮었다. 할아버지 원숭이가 유리에 오줌을 누었다.

"바로 그 순간이었어." 미샤가 나중에 내게 말했다. 원숭이가 오줌을 누던 바로 그 순간에 자신의 두 번째 비밀을 털어놓기로 결심했다는 것이었다.

"괴체가 아니야."

"뭐?"

미샤가 일어나 유리창으로 다가가더니 손가락으로 유리에 아무렇게

나 동그라미를 그리기 시작했다. 할아버지 원숭이는 오줌을 누다 말고 덩달아 동그라미를 그렸다. 거울에 비친 일그러진 미샤 같았다.

"우리 엄마 성이 괴체가 아니라고."

빵에 잘 발리지 않는 꿀처럼 미샤의 입에서 이 말이 우물우물 답답하게 흘러나왔다.

"그럼 뭔데?"

무슨 말인지 나는 당연히 하나도 이해하지 못했다.

"나도 몰라."

미샤가 대답했다. 혹시 내가 잘못 들은 게 아닐까 잠시 생각했다. 그러나 나는 내가 제대로 들었다는 걸 잘 알고 있었다. 결국 미샤는 유리에 대고 말했다.

"옛날에는 엄마 성이 헤르치히였지만 지금은 벌써 달라졌을 거야. 정말 나도 몰라."

"뭐?"

내가 또 쉰 소리로 물었다. 미샤가 나를 쳐다보지 않아서 다행이었다. 벤치에서 굴러떨어질까 봐 겁이 났기 때문이었다. 누가 내 머릿속 어딘가에서 밸브를 열고 공기를 빼낸 것처럼 기운이 없고 어지러운 느낌이 들었다. 미샤가 여전히 원숭이를 보면서 조용히 말했다.

"그 외에도 난 엄마에 대해서 아는 게 많지 않아."

"그럼 정글은? 연구 결과가 적힌 편지는?"

미샤의 등을 보며 내가 말을 더듬었다. 미샤는 손가락 마디로 유리창을 세 번 두드렸다. 톡, 톡, 톡. 원숭이가 마주 두드렸다. 톡, 톡, 톡.

"다 지어낸 얘기야."

미샤가 드디어 몸을 돌리며 말했다. 그리고 어깨를 구부린 채 한 번 으쓱하고는 나를 보았다. 미샤의 하늘빛 회색 눈에 구름이 끼었다. 미샤는 다시 느릿느릿 내 옆에 와서 앉았다. 우리 안에서는 할아버지 원숭이가 할머니 원숭이 옆에 앉았다. 이번에는 내가 묘하게 일그러진 거울상의 일부가 되었다. 안에는 두 마리의 원숭이가, 밖에는 두 명의 사람이 있다.

그때야말로 '니츠의 대구'를 하기에 안성맞춤인 순간이었을 거다. 상황 탈피 대구 말이다. 하지만 머릿속이 하얬다. 할 수 있는 말이 하나도 떠오르지 않았다.

우리가 거기에 얼마나 오랫동안 앉아 긴 두 다리로 나란히 매달려 있는 원숭이를 바라보았는지 모른다. 녀석들은 서로에 대해 속속들이 아는 늙은 부부 같았다. 그러나 우리는 완전히 달랐다. 나는 가장 친한 친구 옆에 앉아 있었지만 더 이상 그 아이에 대해 아는 것이 없었다.

"엄마는 오래전에 떠났어."

드디어 미샤가 낮은 목소리로 말했다. 손가락으로는 불안한 듯 청바지 무릎에 난 작은 구멍을 후벼 팠다. 미샤의 엄지손톱은 너무 많이 물어뜯어서 가장자리가 너덜너덜해졌다.

"어느 날 그냥 사라졌어. 아미는 아주 어리고 나는 2학년이었을 때야."

나는 미샤의 얼굴을 볼 용기가 나지 않았다. 그 정도로 어처구니가 없었다. 미샤의 엄마가 미샤의 인생에서 사라졌는데 어떻게 나는 그걸 모르고 있었을까? 내 마음을 읽은 듯이 미샤가 말했다.

"아빠가 그 사실을 우리한테 숨겼어. 아빠는 엄마가 다시 나타날 거라고 생각했어. 그래서 우리에게 연구 프로젝트 이야기를 한 거야. 그동안 우리가 너무 걱정하지 말라고 그런 거지."

미샤는 벤치에서 몸을 꼼지락거리며 원숭이 책을 옆으로 밀었다. 뾰족한 책 모서리가 내 엉덩이를 찔렀다. 따끔한 통증이 전해지면서 적어도 이젠 내 머리가 물러 터진 멜론 같다는 느낌은 들지 않았다. 미샤가 이야기를 계속했다.

"아미가 아주 어릴 때였어. 그리고 나도 괜찮았어. 엄마가 늘 나를 데리고 여기 동물원에 왔었거든. 사라지기 전에 말이야. 엄마는 동물에 대해서라면 모르는 게 없었어. 나한테 들려준 것 중에서 몇 가지는 지금도 생각나. 기억의 파편이지. 예를 들면 새가 왜 깃털에 기름을 바르는지 같은 것들이야."

책 모서리가 내 엉덩이를 찌른 것처럼 미샤도 기억을 떠올리면서 뭔가가 뇌를 찌른 듯한 표정이 되었다.

"아미가 아직도 아빠 말을 믿고 있는 것처럼 나도 그냥 믿고 싶었나 봐. 엄마가 정글에서 연구하는 생물학자라서 우리를 찾아올 시간이 없다는 말 말이야. 그 편지들을 수백 번 읽었어. 모든 게 가짜라는 걸 알게 되기까지 오래 걸렸어."

"뭐, '가짜'?"

내가 미샤의 옆얼굴에 대고 한숨을 내쉬자 미샤가 설명했다.

"아빠야. 언젠가 아빠가 편지 쓰는 걸 내게 들킨 적이 있어. 옆에는 곤충에 관한 커다란 책이 놓여 있었지. 그게 2년 전이야."

그래, 생각해 보니 2년 전이면 미샤가 호박벌, 딱정벌레, 거미, 꿀벌 같은 곤충에 빠삭하던 시기였다. 미샤가 고집을 부린 탓에 우리는 심지어 음식물로 곤충 호텔까지 지었다. 미샤는 집요하게 최고의 건축 재료를 찾아다녔고, 그 일에 제 인생이 달린 것처럼 공동묘지의 쓰레기통에서 폐목재를 꺼내 왔다. 곤충 호텔이 완성되자 미샤는 갑자기 노린재를 모았다. 노린재가 가을에 감금 상태에서도 색이 변하는지 알고 싶어 했다. 일주일간 교실에서 지독한 노린재 냄새가 났고, 어느 날 오후 담임 선생님이 노린재들을 몰래 풀어 주었다. 미샤가 선생님에게 고래고래 소리를 지른 건 그때가 유일했다. 이게 2년 전 일이다.

미샤는 내게 2년 동안 이런저런 이야기를 들려주었고 나는 2년 동안 아무것도 모른 채 난감한 일에 끼어들어 있었다! 몸속에서 갑자기 이상한 느낌이 들었다. 누가 칼로 빈 접시를 긁을 때처럼 끼익 소리가 기분 나쁘게 치아를 관통하는 것 같았다. 그 느낌이 정수리에서 발끝까지 곳곳을 훑고 지나갔다.

"노린재……."

내가 맥없이 중얼거렸다.

"그래, 맞아. 너도 아직 기억하는구나. 그때 내가 그 노린재 때문에 완전히 제정신이 아니었던 거. 그게 사실은 엄마에 대한 진실을 알게 되었기 때문이야. 그래서 노린재에 그토록 열심이었던 거야."

미샤가 흥분해서 외쳤다. 내가 덧붙였다.

"기분이 더러워."

"뭐가?"

"거짓말에 속는다는 게."

나는 내가 그 당사자라고 생각하며 말했다. 하지만 미샤는 당연히 자신의 행동이 그렇다는 의미로 맞장구쳤다.

"맞아, 더러워!"

"거짓말은 그랬을 수도 있는 상황을 이야기하는 것에 불과해. 안 그래?"

내가 씩씩거리며 잇소리를 내어 말했다. 마침내 미샤가 나한테 고개를 돌렸다.

"꿈꾸는 거."

미샤가 말했다.

"뭐?"

"거짓말은 그랬을 수도 있는 상황을 '꿈꾸는 것'에 불과하다고."

나는 침묵했다. 속에서 칼이 끼익 소리를 내며 뭔가를 긁었다.

"아니면 원래 '그랬어야만 하는' 상황을."

미샤가 나지막하게 말을 이었다.

"누군가가 우리 엄마는 존재하지 않는 게 아니라 생물학자라고 생각한다면 그게 정말 그렇게 나쁜 일일까, 니츠? 그렇게 하면 누구에게 상처를 주는 건데?"

'나한테' 하고 내가 생각했다. 나는 '누구'가 아니라 너의 가장 친한 친구야. 학급 규칙이 떠올랐다. '우리는 서로 상처를 주지 않게 행동할 것이다. 우리는 서로에게 거짓말을 하지 않는다.' 미샤가 바슬러 선생님에게 거짓말을 했을 때 나는 그것을 상처 주는 행동으로 생각하지 않았다. 하지만 지금은 아니다.

지금 이 상황이 아팠다. 지금 이 모든 게 잘못되었다. 나는 재치가 있고 비판의 말도 수용할 줄 알았다. 미샤는 똑똑하고, 조용하고, 경탄의 대상이었다. 내가 하는 말은 재미있었고, 미샤가 하는 말은 참이었다. 언제나 그랬다. 우리의 우정이 순탄했던 건 나는 나였고 미샤는 미샤였기 때문이다. 어쩌면 나는 그걸 이 순간에 와서야 깨달은 건지도 모른다. 미샤가 나의 나침반이었고, 내면의 시계였으며, 길잡이였다는 것을. 하지만 난 이 모든 걸 말하지 않았다. 그런 건 그렇게 쉽게 말할 수 있는 게 아니다. 머릿속에서 말로 하는 음악이 모두 멈췄을 때, 뭔가가 불쾌하게 훑고 가는 순간이 있으니까.

원숭이 우리 바깥에 있는 표지판이 왜 하필 그 순간 내 눈에 띄었는지 모르겠다. 아마 할머니 원숭이가 거기에 앉아 미샤와 나를 유쾌하게 해주려는 듯 얼굴을 찌푸렸기 때문인 것 같다. 놋쇠로 만든 표지판에는 이런 글이 새겨져 있었다. '거미원숭이들의 대부: 프랑크 긴츠부르크'.

그 표지판은 내가 미샤에 대해 알고 있는 거의 모든 것이 말도 안 되는 허튼소리라는 사실을 고통스러울 만큼 분명히 보여 주었다. 그리고 아무것도 몰랐던 나, 유쾌한 대구를 담당했던 나, 니츠는 마음대로 속여 먹을 수 있는 아이였다. 이제 끝이었다. 표지판을 읽는 순간, 돌을 깐 바닥에 물풍선이 쏟아지듯 내 마음속에서 분노가 폭발했다.

"그럴 수도 있는 상황을 꿈꾸는 거라니! 긴츠부르크라는 이름의 정글 의사와 정글에 있는 엄마, 수천 통의 가짜 편지. 넌 이런 것 다음으로 무엇을 꿈꾸는데? 네가 그동안 헛소리만 늘어놓지 않았다는 걸 내가 대체 어떻게 알겠어?"

나는 빈정거리며 일어섰다.

"니츠, 잠깐 기다려."

미샤가 깜짝 놀라 벌떡 일어났다.

"거짓말을 하지 않으려 한 사람은 너였어! 하지만 너의 모든 게 거짓말이고 모든 게 가짜야!"

내가 소리 질렀다. 우리 안에서 할머니 원숭이와 할아버지 원숭이가 꺅꺅 비명을 지르며 울타리 뒤쪽으로 도망쳤다.

"너는 빌어먹을 거짓말쟁이야. 너희 아빠랑 똑같은 빌어먹을 거짓말쟁이라고!"

나는 계속 고함을 지르며 내가 생각할 수 있는 최악의 말을 뱉어 냈다. 미샤의 얼굴이 창백해졌다. 내 두 발이 뒷걸음질을 쳤다. 미샤는 남은 평생 혼자 이 거미원숭이들이나 바라보면서 사는 게 좋을 거야.

나는 한 번도 뒤돌아보지 않고 동물원을 질주해 전철을 타고 집으로 왔다. 악마가 뒤에서 쫓아오는 것처럼, 또는 뒤늦게 비밀을 고백한 미샤가 따라오는 것처럼 달렸다. 미샤로부터 어떤 설명도 두 번 다시 듣고 싶지 않았다.

집 복도 바닥에 형이 쪼그리고 있었다. 주변에는 축구화, 셔틀콕, 만보기 기능이 탑재된 형광 노랑색 줄넘기 등 새 운동용품들이 희한한 수집품들처럼 흩어져 있었다. 뿐만 아니라 잠수복, 짧았던 보디빌더 시기에 사용했던 연두색 아령 한 쌍, 그리고 등산 장비로 수집한 허리띠 같은 황당한 물건들도 있었다.

"엄마가 정리하래. 혹시 너 여기에서 필요한 거 있어?"

내가 문 앞에 서자 묻지도 않았는데 형이 말했다. 형은 활짝 웃으며 내게 스노클링용 장비를 내밀었다.

"없어!"

내가 씩씩대며 말했다. 나는 운동용품에도 관심이 없었고 편하게 대화할 기분도 아니었다. 내가 원한 단 한 가지는 될 수 있는 대로 빨리 내 방으로 들어가는 것이었다.

"야, 너 무슨 일 있어? 운동을 하면 분명히 긴장이 풀릴 거야!"

형이 하키 스틱을 가로질러 놓으면서 일부러 나를 막았다. 나는 아무 생각 없이 스틱 한가운데를 발로 찼다. 내가 거기에 걸려 넘어지면서 스틱이 형의 가슴으로 날아갔다.

"아! 너 지금 완전 미친 거지?"

형이 소리 질렀다. 마지막 발걸음으로 나는 은색 선글라스를 밟았다. 선글라스가 우지직 부서졌다. 그런 다음 나는 문을 쾅 닫았다. 미친 거지, 그래 맞아. 미친 데다가 어디가 한참 모자라지. 수년 동안 가장 친한 친구의 거짓말에 당했는데도 그걸 까맣게 모르고 지낸 사람을 무슨 말로 불러야 할까?

11

박새는 보통 조용하지
선로와 공중 산책로 중간에서
부지런히 개미를 잡아먹을 때는
조용히 원을 그리며 우아하게 날지
똥을 눌 때도 박새는 조용하지

다음 날 아침 나는 미샤를 피하고 싶었다. 하지만 학교에 가려면 그레고르의 가게 앞을 지나가야 했다. 선별해서 쌓아 둔 양파들 사이에 벌써 미샤가 와서 서 있었다. 양파는 꼭 잘라 놓은 거인의 손톱 같았다. 나는 미샤가 없는 척 그냥 지나갈 수가 없었다.

미샤는 인사 대신 셔터가 내려가 있는 그레고르의 가게 앞 새 팻말을 가리켰다. 거기엔 비뚤비뚤한 글씨로 이런 말이 적혀 있었다. '이 주에는 항상 2시까지 문 닫음.'

"그레고르가 쓰기 언어 상실증이 있나?"

미샤는 정말 아무 일도 없었던 것처럼, 평소와 다름없이 나와 함께 걸어서 하교했던 어제처럼 굴 작정이었을까?

"알 게 뭐야!"

나는 씩씩대며 거위걸음으로 미샤의 옆을 지나쳤다.

"니츠, 잠깐만!"

미샤가 외쳤다. 하지만 이번에는 내가 미샤의 앞에서 달리고, 아침 내내 미샤를 피하고, 미샤의 말에 대꾸하지 않았다.

그렇게 사흘을 버텼다. 미샤가 수학 시험 결과를 귓속말로 알려 주려 할 때는 옆으로 슬쩍 옮겨 앉았다. 바슬러 선생님의 스트레스성 대머리 문지르기에 대한 미샤의 소소한 논평도 무시했다. 심술궂은 펠릭스가 미샤에게 야비하게 깐죽거려도 군소리 없이 입술만 깨물었다. 금발 삼총사는 벌써 미샤와 나에 대해 수군거리며 왜 우리가 서로 말을 안 하는지 알고 싶어 했다. 학교가 끝나면 나는 미샤가 옆에 오지 못하게 곧바로 쏜살같이 달려 나갔다.

그러나 미샤가 없는 하루하루는 너무나 힘들었다. 밤에는 잠을 잘 수 없었다. 미샤와 대화하지 않으려고 이를 꽉 문 탓에 아프지 않은 곳이 없었기 때문이다. 결국 우리는 다시 그레고르의 가게 앞에 와서 섰다. 사흘째 되는 날 정오, 미샤는 그곳에서 나를 따라잡고 내 어깨를 붙들었다. 미샤가 이렇게 하는 건 평소 몸을 끊임없이 움직이는 나의 과잉 행동을 제지할 때뿐이었다.

"야, 니츠. 제발 내 말 좀 들어 봐. 젠장!"

덤불의 꽃들이 시들고 있었다. 바닥에 모여 있는 작은 노란 꽃들이 전부터 남아 있던 반짝이는 양파들과 뒤섞여 곤죽이 된 노란색 눈 같았다. 그레고르는 정말로 가게 문을 열지 않았다. 미샤가 발끝으로 곤죽을 밀어 반짝이는 덩어리로 봉긋하게 쌓아 올렸다. 그때 비로소 눈에 띈 게 있었다. 미샤가 새 운동화를 신고 온 것이다! 전에 신던 것과 거의 같았지만 이건 방금 기름칠을 한 듯이 빛이 났고 운동화 끈도 멀쩡했다.

"니츠, 거짓말해서 미안해. 우리 엄마에 대해서는 진작 얘기했어야 하는 건데."

"그럼 정글 의사는? 그리고 편지와 또……."

"그만해."

미샤가 내 말을 끊었다. 미샤의 눈은 바람 한 점 없는 가을 바다처럼 고요한 회색이었다.

"하지만 니츠, 우리 아빠가 너희 아빠라고 상상해 봐. 사람들이 우리 아빠를 어떻게 보는지 넌 알잖아. 또 나를 어떻게 보는지도 알잖아. 그리고 너희 엄마가 잠시 동안이 아니라 완전히 사라졌다는 말을 들었다고 상상해 봐!"

미샤의 말이 빨라지고 격해졌다. 덤불에 박새 떼가 모여들었다. 새들이 흥분한 미샤에게 전염된 듯이 덤불 전체가 신이 나서 지저귀기 시작했다.

"그럼 넌 다른 집 아이들이 너와 완전히 다른 모습으로 살고 있다는 걸 저절로 알아야 했겠지. 그리고 왜 때가 되면 그 깡마르고 입이 일자 모양인 여자가 늘 네 앞에 나타나 점심으로 무얼 먹었는지 물어보고, 왜 너를 이상한 눈으로 머리에서 발끝까지 훑어보는지도 알게 될 거야."

이젠 미샤의 목소리가 거의 갈라지다시피 했다.

"그 이상한 아빠와 이상한 아이들이 그 이상한 집에서 과연 사람답게 살고 있는지, 아이들을 아빠에게서 떼어 내는 게 더 나을지 확인하는 게 그 사람의 일이니까."

나는 미샤에게 지옥에나 가라고 말하고 싶었다. 네가 누구인지 이젠 정말 모르겠다고 말하고 싶었다. 그리고 그건 나 자신이 누구인지도 모르게 됐다는 걸 뜻하는 거라고도 말하고 싶었다. 그러나 한마디도 나오지 않았다. 그 대신 나는 말없이 미샤의 근사한 새 신발만 응시했다.

시들어 가는 덤불에서 나는 달콤한 냄새가 매운 양파 냄새와 섞이면서 갑자기 펑펑 울고 싶은 마음이 들었다. 파란 박새 한 마리가 앙증맞게 우리의 발 앞으로 깡충 뛰어왔다. 아무 일도 일어나지 않는다는 것을 알자 박새 무리가 전부 따라와 양파와 꽃이 뒤섞인 진창을 쪼아 대기 시작했다. 마침내 미샤가 조용히 말했다.

"무슨 말이라도 해 봐. 이제 너한테 다 얘기했어. 너무 힘들었어."

뺨은 상기되고 머리는 헝클어진 채로 하얀, 정말 하얀 셔츠를 입고 있는 미샤를 바라본 순간, 나는 미샤가 옳다는 걸 알았다. 미샤가 계속 말했다.

"너무 창피해. 우리 아빠, 우리 집, 내 배낭, 모든 게 늘 창피해. 니츠, 내가 기억하는 한 나는 항상 창피했어. 너한테만 창피한 게 아니야. 세상 사람 모두에게 창피해……. 지금 당장 모든 걸 영원히 바꿔 놓을 천재적인 아이디어가 있으면 좋겠다는 생각이 가끔 들어. 내 인생이 초기화되어 모든 게 '0'으로 돌아갔으면 좋겠어. 그러면 더는 숨을 필요가 없잖아. 더는 거짓말할 필요가 없잖아."

미샤는 나를 쳐다보지 않고 말하다가 더 이상 한마디도 할 수 없다는 듯이 말을 그쳤다. 그러더니 갑자기 파란 박새 떼를 가리켰다. 박새 한 마리가 등에 깃털이 없었다. 그 맨질맨질한 등은 꼭 빛을 내는 희귀한 혹처럼 생겼다. 돌연변이었다.

"지금 내 기분이 그래. 이 박새 같아."

돌연변이 박새가 깡충 뛰어 다른 새들과 함께 진창을 쪼아 댔지만, 혹처럼 생긴 녀석의 등은 부드러운 파란색과 노란색 깃털 틈에서 사정없이 붉은색으로 빛났다. 치열하게 타오르는 흠이었다. 나는 더 이상 외면할 수 없었다. 문득 나도 부끄러웠다. 미샤에게 분노한 것이.

"거짓말쟁이라고 한 거 미안해."

이렇게 중얼거린 나는 솟아오르는 궁금증을 꾹 눌렀다. '초기화' 후에도 내가 미샤의 인생에 남아 있을까를. 미샤가 자신의 아빠를 엄마와 바꿀까를. 아미도 여전히 존재할까를. 우리가 공원에서 보낸 오후와 내가 미샤와 함께한 삶에서 좋아했던 그 밖의 모든 것도 여전할까를. 아니면 무릎을 가만히 두지 못하고 꼼지락거리는 나를 버리고 더 편한 친구를 택할까를.

생각에 빠진 나는 자갈 하나를 양파 더미 쪽으로 찼다. 박새들이 놀라 사방으로 흩어졌다. 내가 조용히 물었다.

"그럼 너의 동물 지식은? 엄마한테 배운 게 아니라면 어디에서 알게 된 거야?"

"책에서. 아빠가 코끼리 청소 일을 한 뒤부터 동물원 연간 이용권이 생겼어."

"아하, 그래서."

내가 자동으로 라임을 맞추자 미샤가 조심스럽게 희미한 미소를 지었다. 등에 깃털이 없는 박새가 우리 앞에 와서 앉았다. 놀랍게도 아주 가까이 깡충 뛰어 다가와 짧게 지저귀는 소리를 냈다. 그러곤 날아올라 우리 바로 앞에서 반 바퀴를 돌았다. 다른 모든 박새와 똑같이 날 줄 아는 새였다.

"등의 깃털은 나는 데 중요하지 않은가 봐."

미샤가 속삭여 말했다. 바로 그 순간 미샤에 대한 내 분노가 멈추었다. 그 모든 상황에도 불구하고 미샤는 여전히 미샤라는 걸 깨달았기 때문이다. 엄마가 사라졌든 말든, 정글 의사를 지어냈든 아니든 상관없이. 왜 미샤가 나한테 그렇게 많은 일을 숨겼는지도 이해할 것 같았다. 미샤는 될 수 있는 대로 그저 평범하고 싶었던 거다. 또한 그 순간 내가 깨달은 게 있었다. 내가 미샤에 대해 아무것도 몰랐다는 것은 맞지 않는다. 나는 무엇이 미샤의 관심을 끄는지, 무엇이 미샤를 매료하는지,

미샤가 무엇을 좋아하고 무슨 일에 웃는지 알고 있었다. 나는 미샤를 잘 알고 있었으며, 자기 자신이 되고 싶은 미샤를 알고 있었다.

"미샤."

"응?"

"이제 네 인생의 비밀이 모두 밝혀진 거야?"

내가 묻자 미샤가 진지하게 말하며 왼손을 가슴에 얹었다.

"맹세해, 니츠. 인도인의 명예를 걸고."

미샤가 그 말을 하는 순간 위에 있는 나무에서 새똥이 바로 내 머리 위로 떨어졌다. 내가 투덜대며 그 끈적이는 것을 머리칼에서 떼어 내는 동안 미샤가 킥킥 웃었다.

"행운을 가져다준대. 러시아에서는 그렇게 말해."

나는 그게 돌연변이 박새였을 거라고 확신했다.

그렇게 해서, 사실 모든 게 다시 정상으로 돌아갈 수도 있었다. 하지만 미샤의 삶에 또 기상천외한 일이 일어났다. 그러나 그때까진 미샤나 나나 그 사실에 대해서는 전혀 모르고 있었다.

12

조심해!
잉어는 많이 씹지 않지만 가끔 간교하게
입을 딱 벌리고 무자비하게 덥석 물지
간교하고 확실하게
모든 걸!

이튿날 미샤는 새 재킷을 입고 왔다. 수수한 짙은 파란색 천 재질에 후드가 달린 것으로 미샤에게 맞춘 듯이 딱 맞았다. 버스럭 소리도 삐걱 소리도 나지 않았고, 기름때가 묻은 것처럼 번들거리지도 않았다. 찢어진 데도 없었고, 등에 독수리도 날개도 그 어떤 무늬도 없었다. 그저 매끈하고 짙은 파란색이었다. 나는 첫눈에 그 재킷이 싫었다.

"새거야?"

집에 가는 길에 내가 물었다. 아침 내내 참고 있던 질문이었다.

"응."

"잘 어울려."

미샤에게 내 솔직한 생각을 말해 버리기 전에 얼른 이곳을 떠나고 싶어서 나는 발을 동동 굴렀다. 미샤가 어떤 것들을 누리지 못했는지 다 알게 된 마당에 그의 새 옷을 못마땅하게 여긴 건 아니었다. 다만 재킷이 미샤에게 전혀 어울리지 않았다. 미샤가 유쾌하게 웃으며 출발했다.

"벌써 네 마음에 안 들 줄 알았어. 하지만 난 마음에 들어."

"독수리 재킷은?"

"아직 있어. 걱정 마."

나도 모르게 시선이 미샤의 신발에 가서 멈추었다. 새 운동화에는 놀라울 정도로 깨끗한 줄무늬가 새겨져 있었다. 미샤가 웃으며 말했다.

"낡은 신발은 당연히 버렸어. 수영복도 새로 생겼어!"

"갑자기 어디에서 돈벼락을 맞았어?"

"아빠가 시청에서 일을 하게 됐어."

"정규직?"

내 말에 미샤가 끄덕였다.

"청소차로 추격전을 벌여서 특별 수당도 받고?"

"아미는 그 이야기를 너무 좋아해."

미샤가 코를 씩씩거렸다. 나는 즉시 미샤 아빠가 요란한 몸짓으로 도둑 이야기를 꾸며 내던 광경을 떠올렸다. 그리고 어두운 눈빛으로 옆에 서 있었던 미샤의 모습도.

"너는 안 좋아하잖아."

"이젠 아니야."

미샤가 재킷 지퍼를 올리며 말했다.

"너 아빠한테 엄청 화난 거 아니었어?"

"아빠가 안 들어왔던 그날 밤을 말하는 거야?"

"아니, 그때. 알잖아. 너희 아빠가 엄마에 대해 거짓말한 거."

미샤가 걸음을 늦췄다.

"화는 아직 다 안 풀렸어. 하지만 아빠는 그냥 그런 사람이야."

"너희 아빠는 멋져."

내가 말하자 미샤가 한숨을 내쉬었다.

"응, 알아. 굉장히 피곤하고 대단히 별난 사람이지."

나는 미샤 옆에서 춤추듯 걸으며 미샤의 새 재킷을 잡아당겼다. 미샤가 그 재미없는 재킷을 좋아하는 데 내가 익숙해져야 할 거다.

그레고르의 가게 앞 팻말에 새로 쓴 비뚤비뚤한 글씨가 보였다. '아주 신선한 뵈레크 판매 중'. 노란 꽃 곤죽은 사라지고 그레고르가 사람 좋은 얼굴로 가게 창구에서 내다보고 있었다.

"오늘 뵈레크 먹어 볼래?"

"두 개 주실 수 있어요?"

내가 뻔뻔하게 물었다.

"그렇게 배가 고파?"

"우린 너무 게을러서 힘들여 요리하지 않지. 그래서 그레고르에게 가지. 최고의 뵈레크를 부탁하지."

내가 특별히 그레고르를 위해 랩을 하자 그레고르가 웃으며 말했다.

"사랑의 신에게 감사해야지!"

"그레고르, 혹시 쓰기 언어 상실증이 있어요?"

뵈레크를 우물우물 씹으며 내가 물었다. 그레고르가 어리둥절해서 쳐다보았다.

"글을 쓰는 데 어려움을 겪냐는 뜻이에요."

미샤가 설명했다. 그레고르가 아직 의심스런 눈으로 바라보았기 때문에 미샤는 언제나 그랬듯이 재치 있게 말하며 순진하게 미소 지었다.

"그런 사람들 상당히 많아요!"

그래도 그레고르는 얼굴이 빨개졌다.

"난 쓰는 걸 잘 못해. 하지만 어느 여자 손님이 내 글씨가 예쁘다고 그랬어……."

"맞아요. 감사합니다, 천재적인 케밥의 신이시여!"

미샤가 이렇게 말하고 과장되게 하늘을 보며 외쳤다.

그날 우리는 오리들을 건드리지 않았다. 5월의 태양이 처음으로 힘차게 내리쬐었고 미샤는 그 따스함이 마음속의 뭔가를 없애 버린 듯이 활기가 넘쳤다. 아니면 우리가 다시 말을 하게 되어 그런 건지도 몰랐다. 공원 입구에서 금발 삼총사 중 두 명을 발견했을 때 미샤는 그들에게 힘차게 손을 흔들었다. 두 아이는 얼떨떨한 표정으로 마주 손을 흔들었다.

미샤는 뭔가를 결심했다는 듯 연못가로 달려가서 새 신발을 홱 벗었다.

"족욕! 얼른, 너도 해."

미샤는 웃으며 내가 포기할 때까지 내 신발 끈을 잡아당기는가 싶더니 벌써 메스꺼운 뿌연 녹색 물에 엄숙하게 두 발을 담갔다. 메스꺼움을 무시하고 나도 똑같이 했다. 미샤가 거대한 잉어를 가리켰다.

"쟤들은 가리지 않고 뭐든지 덥석 물어. 항상 굶주려 있거든!"

미샤가 말했다. 벌써 거대한 물고기 한 마리가 헤엄쳐 다가왔다. 뚜껑이 열린 쓰레기통처럼 활짝 벌린 입속이 들여다보였다. 우리는 막판에 발을 뺐다. 물고기는 멍청하게 주위를 둘러보다가 입을 닫는 것도 잊어버렸다. 미샤가 웃느라 뒤로 쓰러질 뻔했다.

"로마인들이 잉어를 사육했다는 거 알고 있어?"

미샤가 다 웃고 나서 물었다. 미샤는 발가락 끝에 붙은 끈적거리는 진녹색 녹조 몇 개를 거침없이 떼어 그걸 작은 귀중품처럼 옆에 놓았다. 나는 비꼬듯 대답했다.

"당연하지. 벌써 관련 학술 서적을 벽돌 책으로 세 권이나 독파했어."

바로 그 순간 나는 연못 반대편에 있는 미샤 아빠를 보았다. 하마터면 알아보지 못할 뻔했다. 스웨터 위에 주황색 환경미화원 조끼를 입고 있었기 때문이다. 머리에는 괴상한 모자를 쓰고 챙은 비뚜름히 이마 쪽으로 내려와 있었다. 하지만 그 밑에서 검은 머리카락 끝이 삐져나와 있었고 흐느적거리는 걸음걸이도 역시나 독특했다.

"야, 저기 너희 아빠 아니야?"

"어디?"

미샤가 내 집게손가락을 따라서 쳐다보았다. 미샤 아빠는 울타리를 따라 빠르게 걷고 있었다. 조끼 주머니에 두 손을 넣은 채 뭔가를, 아니면 누군가를 기다리는 것처럼 보였다. 내가 물었다.

"아빠가 아미를 데리러 가야 하는 거 아니야?"

"오늘 아미는 친구 집에 가. 아빠는 지금 점심시간일 거야. 아니면 동료를 기다리는 거겠지."

미샤가 말했다. 미샤는 신발을 다시 신으며 방금 엉덩이 옆으로 기어간 지네를 밟지 않으려고 조심했다.

미샤가 막 아빠를 부르려는 순간 미샤 아빠가 갑자기 멈춰 섰다. 한 남자가 그쪽으로 다가가고 있었다. 키가 큰 남자는 다 해진 검은 가죽 재킷을 입고 있었는데, 어깨 부분이 큼지막하고 넓어서 거북 등딱지처럼 보였다. 얼굴에 난 흉터와 눈빛이 연못 건너에서도 보였다. 남자는 북극의 밤처럼 어두웠다. 환경미화원 동료처럼 보이지 않았다. 오히려 감추고 싶은 뭔가가 분명히 있는 사람 같았다. 그리고 그곳에 우연히 온 사람 같지 않았다. 거북 등딱지는 곧장 미샤 아빠를 향해 달려갔다.

13

노래기는 발이 뒤엉키지 않아

제 발을 잘 아니까

아니까 발을 내미는 거야

헛디디고 비틀거리면

너무 꼴사나워 보인다는 걸 잘 아니까

그래서 노래기는 발을 헛디디지 않아

"저 사람 뭐지?"

내가 묻는 순간 이번엔 반대편에서 또 다른 남자가 왔다. 먼저 온 남
자의 소형 복제품 같았는데, 다만 조금 더 뚱뚱했고 보랏빛 광택이 나
는 가죽 재킷을 입고 있었다. 그는 미샤 아빠의 어깨를 주먹으로 쳤다.
그 모습은 미샤와 내가 그래 왔던 것과는 달리 전혀 우호적으로 보이지
않았다.

미샤는 아무 말도 하지 않았다. 그저 건너편에 있는 아빠와 두 남자만 응시했다. 미샤의 커다란 두 눈이 경계하는 눈빛으로 변했다.

바로 그때 우리 옆에서 외치는 소리가 들렸다.

"안녕, 미샤!"

이번에 미샤는 빨간 곱슬머리 여자를 모른 척할 수 없어 총알처럼 즉시 대답했다.

"안녕하세요, 하이츠만 부인!"

그러곤 내게 '쉿' 하며 말했다.

"저 사람이 절대 아빠를 봐선 안 돼!"

나는 벌떡 일어나다가 무심코 운동화 한 짝을 위로 던지고 그걸 다시 받기 위해 공중제비를 반 바퀴 넘었다. 부지불식간에 나온 교란 작전이었다. 반면에 미샤는 슬로 모션으로 일어났다.

하이츠만 부인은 무척 호감이 가는 인상이었다. 미샤가 일단 아무 말도 하지 않을 걸 확신하자마자 나는 주근깨 가득한 그녀의 얼굴에 대고 말했다.

"저는 니츠예요. 원래 이름은 니탸난다고요. 무한한 행복이라는 뜻이에요."

내가 계속 떠벌떠벌 지껄이며 달려가는 오리처럼 두 팔을 펄럭이다가 실수로 운동화 한 짝이 날아가서 하이츠만 부인의 배에 맞았다.

"이름이 멋지네. 나는 하이츠만이라고 해."

하이츠만 부인이 웃으며 말하고 내게 손을 내밀었다. 나중에 생각하니 그녀는 정말 친절했고 '청소년청'이나 뭐 그런 곳에서 나왔다는 말은 하지 않았지만 그때 내 머릿속에는 이 생각밖에 없었다. '교란 작전!' 그러는 동안 나는 미샤를 곁눈으로 힐끗 보았다. 미샤는 다시 아빠와 두 명의 수상쩍은 남자를 주시하고 있었다. 내가 임기응변으로 말했다.

"저희가 방금 수질 검사를 직접 했어요!"

"아, 너도 미샤처럼 연구자구나?"

하이츠만 부인이 물었다. 나는 열심히 고개를 끄덕였다. 그게 미묘하게 과장된 행동이라는 걸 그녀가 알아채선 안 되었다. 하이츠만 부인은 내 맨발을 보더니 자신의 신발을 보았다. 미샤가 최근에 버린 운동화만큼이나 닳고 해진 밝은색 캔버스화였다.

"아쉽게도 난 함께할 시간이 없네. 가 봐야 하거든. 하지만 검사 결과는 정말 알고 싶어!"

아까보다 더 활짝 웃는 하이츠만 부인의 양쪽 입가에 보조개가 생겼다. 귀에 달린 익살맞은 귀고리가 눈에 들어왔다. 금색 해골과 새빨간 플라스틱 딸기 모양의 귀고리였다.

"미샤, 넌 아무 일 없지?"

이젠 정말 미샤가 깨어날 시간이었다. 지금 이 상황이 완전한 재앙이 되기 전에 나는 미샤를 툭 쳐서 그 이상한 경직 상태에서 끌어냈다.

"네, 네."

미샤가 멍한 얼굴로 더듬거리다가 마침내 하이츠만 부인을 쳐다보았다. 어느새 보조개가 사라져 있었다. 그녀의 눈은 아주 진한 갈색이었고, 눈 주위에 작은 주근깨가 몰려 있었다. 환한 바탕에 어두운 점들이 있는 것이 마치 우주진이 반전된 모습 같았다. 나는 그 눈에 일종의 엑스레이가 내장되어 있어서 '이상한 가정(이건 미샤의 표현이다)'의 아이들을 가려내는 상상을 했다. 그렇게 하이츠만 부인은 미샤의 두려움을 분석하고, 예리한 눈으로 맞은편 울타리에서 벌어지는 문제를 찾아내어 우리의 모든 교란 작전을 망쳐 놓는 것이다.

"그럼 둘이 좋은 시간 보내. 이번 주에 내가 한번 갈게!"

하이츠만 부인은 다시 미소를 짓고 몸을 돌렸다. 의도치 않게 만들어진 하이츠만 부인의 라임과 안도감 덕분에 나는 그녀에게 더 호감이 가서 외쳤다.

"안녕히 가세요!"

그러나 미샤는 멍하니 중얼거렸다.

"그럼, 그래야지."

우리 둘은 곧 다시 연못 반대편을 바라보았다. 두 가죽 재킷 중 키작은 가죽 재킷이 미샤 아빠에게 헤드록을 걸었다.

"어, 뭐지……."

미샤가 더듬거렸다. 우리는 10초가량 미샤 아빠의 머리가 보라색 거북 등딱지의 팔오금 안으로 사라지고, 길고 가느다란 몸통이 속절없이 뒤틀리는 모습을 바라보았다. 공포스러우면서도 뭔가 우스워 보였다. 마침내 꽉 조이고 있던 팔에서 머리와 몸통이 기적처럼 빠져나왔고, 미샤 아빠는 쏜살같이 달리기 시작했다. 가죽 재킷 남자들은 잠시 주춤하다가 보라색 거북 등딱지가 먼저 튀어나간 뒤 이어서 번들거리는 검은색 재킷도 질주하기 시작했다.

"쫓아가!"

이런 신체적인 일에서는 항상 반응이 느린 데다가 지금은 옆에서 공포에 질려 서 있는 미샤에게 내가 소리쳤다.

나는 나머지 운동화 한 짝을 덥석 쥐고, 미샤는 내 옆에 바짝 붙어서, 연못 가장자리를 따라 공원 출구 쪽으로 내달렸다. 풀밭에서 아스팔트로 올라오자 맨발바닥이 아팠다. "야!" 하마터면 나한테 밀려 넘어질 뻔한 여자가 소리를 꽥 질렀다. 어딘가에서 신발을 놓쳤지만 나는 줍지 않았다. 미샤 아빠는 따라오는 남자들과의 거리를 넓히면서 다다음 건물 모퉁이를 돌아 질주했다. 그 뒤를 두 명의 거북 등딱지가 바짝 따라갔다. 그러더니 세 명 모두 흔적도 없이 사라졌다.

"젠장!"

미샤가 숨을 헐떡이며 두 손으로 무릎을 받쳤다. 우리는 인도에 털썩 주저앉아 햇볕으로 따뜻해진 건물 벽에 등을 기대고 한동안 숨만 헐떡거렸다. 발바닥에 불이 난 것처럼 화끈거렸다.

"이제 너도 새 신발이 필요하네."

"너희 아빠가 그 괴한들보다 일곱 배는 더 빨라."

미샤의 힘없는 목소리와 내 목소리가 겹쳤다.

"적어도 하이츠만 부인은 아무것도 눈치채지 못했어."

미샤가 중얼거렸다. 내가 쓸데없이 덧붙였다.

"청소년청 아줌마."

미샤는 새 재킷의 지퍼를 자꾸 위아래로 올렸다 내렸다 했다. 예전의 낡은 재킷처럼 어디에 걸리거나 끼는 곳 없이 아주 매끄러웠다. 쭈욱, 좌악. 어쩌면 지퍼에서 나는 이 부드러운 소리가 내가 해 줄 수 있는 것 보다 더 많이 미샤를 안심시켰을지 모른다.

"하이츠만 부인은 새로 온 사람이야. 그리고 아줌마가 아니야. 그래 도 세심한 사람이야."

"무슨 뜻이야?"

"예전에 우리를 담당했던 청소년청 복지사는 꼼꼼하게 들여다보지 않았어. 하는 척만 했지. 하지만 하이츠만 부인은 우리 집의 모든 게 근 본적으로 아무 이상이 없는지 진심으로 알려고 해."

"만일 근본적으로 이상이 있다면?"

미샤는 잠시 침묵하다가 고개를 조금 들었다.

"구체적으로는 아동 학대가 되는 거지."

미샤는 간결하고 객관적으로 말했지만 지퍼를 계속 위아래로 당기고 있는 왼손은 떨리고 있었다.

"그건 또 무슨 뜻이야?"

"더 구체적으로 말해?"

미샤가 잠시 침묵하더니 말을 이었다.

"우리가 아빠와 떨어져 지내야 한다는 뜻이야. 보육원이나 위탁 가정이나 뭐 그런 데서."

이젠 내가 침묵했다. 그건 미샤가 상상했던 인생의 '초기화' 방식이 아니었을 거다. 나는 미샤의 시선을 따라갔다. 미샤는 또 우리 발 앞에서 아스팔트 위를 기어가는 노래기를 발견했다. 노래기는 동요하지 않고 몸을 아주 균일하게 움직였다. 꼭 배터리로 작동하는 것처럼 보였는데, 아까 공원에서 보았던 것과 생김새가 똑같았다. 나는 문득 이 노래기가 그 노래기일 거라고 상상했다. 녀석은 『모모』의 카시오페이아 거북처럼 평행하게 달리는 제2의 시간 궤도를 이용해 이곳까지 먼 길을 우리만큼이나 빠르게 달려온 거다. 노래기를 만지기만 하면 시간 궤도를 이용할 수 있을 것 같았다. 그러면 녀석은 나를 미래로 안내할 거다. 또는 과거로, 미샤와 함께 문제없이 보냈던 시간으로 데려갈지 모른다. 하지만 순간 그 시절이 나에게만 문제없던 시간이었지 미샤에게는 그렇지 않았을 거라는 생각이 들었다. 나는 다시 우리의 발을 내려다보았다. 나는 맨발이었고 미샤는 새 운동화를 신고 있었다. 내가 조심스럽게 물었다.

"너희 아빠가 그 남자들과 무슨 관계가 있을까? 그리고 그 남자들은 네가 입은 새 옷과 무슨 관계가 있을까?"

"모르겠어."

미샤가 느릿느릿 말했다. 이젠 목소리까지 떨렸다. 그리고 미샤는 나를 쳐다보았다. 그 두려움이 가득한 진한 회색 눈으로. 그 눈빛이 이번엔 정말 진실이라는 걸 나는 알고 있었다. 미샤가 소곤거렸다.

"하지만 이건 무슨 일이 있어도 청소년청에서 알면 절대로 안 돼."

날 줄 아는 파리는 목표가 확실해

날 줄 아는 파리는 배설물에 환장해

날 줄 아는 파리는 장난과

미세한 진동 소리를 좋아해

날지 못하는 파리만 가만히 앉아 있지

신발 한 짝만 신고 집에 돌아왔을 때 부모님의 반응은 놀랍게도 유했다. 물론 집에 오면서 어떻게 신발 한 짝을 잃어버릴 수 있느냐고 엄마가 여러 번 묻기는 했다. 나는 속이 불편하다고 거짓말을 하고 화장실로 들어갔다. 거짓말이 '꿈꾸는 것'이라니, 개뿔!

"위장병 환자는 매력이 없어!"

엄마가 화장실 문에 대고 소리치고는 기분 나쁘게 낄낄 웃었다. 그러고는 운동화는 어차피 금방 너덜너덜해졌을 거라고 덧붙였다. 그게 무엇이

든 엄마는 전염을 극도로 무서워했기 때문에 내 간호는 아빠에게 맡겼다.

"잘 쉬면 절반은 나은 거야."

아빠는 이렇게 대꾸하고 내게 카모마일 차를 끓여 주었다.

다음 날 나는 집에 있어야 했다. 엄마는 안전을 위해서라고 했고 아빠는 만약을 위해서라고 했다. 당연히 나는 미칠 지경이 되었다. 하는 수 없이 나는 아침 내내 속이 아픈 척 배를 부여잡고 혼자 수백 가지 질문과 씨름해야 했다. 미샤는 아빠에게 가죽 재킷 남자들에 대해 물어보았을까? 미샤 아빠는 그 불량배들과 어떤 부정한 일에 휘말렸을까? 아미와 미샤는 지금 어떻게 지내고 있을까? 만일 내가 미샤라면 무엇을 할지에 대해서도 당연히 생각해 보았다.

미샤로부터는 아무 소식도 듣지 못했다. 전화를 해도 받지 않았다. 엄마는 오후에 내가 충분히 회복된 것 같다며 신발 문제를 해결하기로 했다. 그게 조금이나마 기분 전환이 되었다.

나는 색깔만 다르고 모양은 미샤 것과 똑같은 신발을 골랐다. 노란색 형광 줄무늬가 들어간 새빨간 운동화였다! 그걸 신으면 다음번 달리기 경주에서 슈퍼맨을 이기고, 설렁설렁 조깅하면서 섬뜩한 남자들 열댓 명도 잡을 수 있을 것 같았다. 이젠 미샤가 평범한 새 옷 속에 몸을 숨길 수 있도록 내가 눈에 띌 차례라고 직감했던 것 같다.

그간 부모님이 내 운동화를 몇 번이나 사 줬는지는 모르겠다. 하지만 이번에는 평소와 느낌이 달랐다. 미샤의 집에 갔다 온 뒤부터 모든 것이 완전히 다르게 느껴졌을 때와 비슷했다. 나의 안락한 집, 산처럼 쌓인 내 물건들, 지극히 평범한 우리 가족, 그리고 미샤와의 우정까지 포함해 모든 것이 달라지기 시작했다. 갑자기 거꾸로 서서 내 삶을 보는 기분이었다. 이젠 신발을 사는 것도 충격이었다. 새삼 운동화가 얼마나 비싼지 알았기 때문이다. 엄마가 눈 하나 깜짝하지 않고 운동화 값으로 낸 100유로가 타펠에서는 최소한 미샤 가족의 한 달 치 식품 구입비로 넉넉했을 것이다. 물론 내 머릿속에서는 추가로 퍼즐이 맞춰지고 있었다. 운동화가 그렇게 비싸다면 미샤의 새 운동화는 비상금 상자 안의 빈약한 액수로 살 수 없다는 명백한 결론 말이다.

저녁에 걸려 온 미샤의 전화가 나를 운동화, 타펠, 꿍꿍이속이 있는 남자들에 대한 상념으로부터 확 깨어나게 했다. 미샤는 전화를 거는 아이가 아니었다. 때문에 나는 순간적으로 뭔가 잘못되었다는 것을 알았다.

"아빠가 또 집을 나갔고 아미는 쥐구멍 안쪽에 들어앉아 나오지를 않아. 와 줄 수 있어?"

미샤가 거두절미하고 속삭이는 목소리로 부탁했다. 목소리가 너무 작아 문장이 내 뇌로 전달되기까지 시간이 조금 걸렸다. 벌써 7시였다. 왜 저녁 식사 직전에 밖에 나가려는지, 뭔가 핑계를 만들어야 할 것 같았다. 하지만 화가 난 부모님의 질문을 뒤로 미루고 일단 말없이 사라지는 게 더 나아 보였다. 내가 전화기에 대고 속삭였다.

"응, 금방 갈게."

나는 새빨간 새 신발을 신고 문밖으로 나갔다. 마음만 먹으면 내가 발 없는 도마뱀처럼 조용히 움직일 수 있다는 게 다행이었다.

미샤는 현관문 앞에 물음표처럼 구부정하게 서 있었다. 하얀 셔츠는 구겨지고 눈은 침울했다. 내가 뛰어서 마지막 계단을 오르자 미샤가 옆으로 조금 비켜섰다.

"들어와."

집 안은 어둡고 쥐 죽은 듯이 조용했다. 너무 조용한 나머지 화장실 수도꼭지에서 물이 떨어지는 소리 사이사이의 정적이 리듬감 있게 작은 조각으로 부서졌다. 나는 불안한 마음으로 미샤를 바라보았다. 영화를 보면 이런 순간엔 친구들이 서로 부둥켜안고 한 명이 소리 내어 운다. 물론 현실에서는 그렇지 않다. 미샤는 계속 벽에 기대어 있었고 나는 곤혹스러워 우두커니 서 있었다. 그러다 내가 정신을 차리고 집 안에 있는 모든 조명을 힘차게 켰다.

"아미는 아직도 쥐구멍 안에 있어?"

"밖에서 롤러스케이트를 잃어버려서 내가 야단을 쳤어. 아빠는 아직도 안 들어왔고. 아미는 두 시간째 저 안에 웅크리고 있어. 어떻게 나오게 해야 할지 모르겠어. 언제라도 하이츠만 부인이 올 수 있어. 예고 없이."

"그리고 모든 게 근본적으로 이상이 없는지 살펴보겠지. 지금은 일시적으로 성공한 거고."

내가 미샤가 했던 말을 따라 했다. 미샤는 기계적으로 고개를 끄덕였다.

"언제부터 아빠가 또 없어졌어?"

"어제 저녁에 잠깐 들어왔다가 아미가 잠자리에 들자 곧 다시 나갔어."

내 물음에 미샤가 속삭이며 말했다.

"가죽 재킷 남자들과 무슨 일이 있었는지 물어봤어?"

"그럴 엄두가 안 났어. 아빠는 어딘가 정신이 나가 있었어. 이야기도 전혀 해 주지 않았어. 아무것도 먹지 않고 아미에게 잘 자라는 인사만 했어."

미샤는 자포자기에 빠진 것 같았다. 두려워하고 있는 게 분명했다. 가죽 재킷 남자들이 아빠를 끌고 갔을 거라는, 절대적으로 합리적인 두려움이었다.

"이런 미친!"

수학 시험지를 돌려받을 때마다 하던 말이 내 입에서 튀어나왔다. 미샤는 여느 때처럼 웃지 않고 손을 쫙 펴서 머리를 쓸어 넘겼다. 한 번, 두 번, 세 번. 그렇게 해서 근심을 쓸어버릴 수 있다는 듯이. 그러고는 복도 끝으로 걸어가 톡, 톡, 톡, 작은 나무문을 두드렸다. 원숭이 우리의 유리창을 두드렸을 때와 똑같았다. 그런데 정말 그게 겨우 닷새 전 일이라고?

"아미?"

"아빠가 오면 나갈 거야."

나무문 안쪽에서 샐쭉한 목소리가 둔탁하게 흘러나왔다.

"쥐구멍은 바깥쪽으로 안 열려?"

나는 미샤에게 속삭인 뒤 무릎을 꿇고 앉았다.

"열려. 그래도 문은 열지 않는 게 좋겠어."

미샤가 대답했다. 하지만 나는 쥐구멍의 나무 손잡이를 홱 잡아당겼다. 아미는 팔을 구부려 여윈 무릎을 감싼 채 어둠 속에 웅크리고 있었다. 먼지 뭉치가 아미의 칙칙한 녹색 스웨터 주위를 날아다녔다. 불빛이 아미의 겁먹은 얼굴을 비추었다. 아미는 입구에서 미샤가 아니라 나를 발견하고 아주 잠깐 침을 삼키고는 날카롭게 소리를 질렀다.

"문 닫아!"

"아미, 제발 나와."

나는 아미가 너무나 좋아하는, 하인처럼 멍청한 눈빛을 하고 애원했다.

"아니, 안 나가!"

내 얼굴에 침방울이 튀었다. 아미는 다시 문을 잡아당겨 닫았다.

그러거나 말거나 내 뒤에서는 수다스런 수도꼭지에서 물방울이 똑똑 떨어졌다. 그걸 들으니 아이디어가 떠올랐다. 나는 문에 대고 속삭였다.

"아미? 엄마가 모스 부호로 소식을 보내고 있어."

나는 잠깐 말을 끊었다가 이었다.

"모스 부호라면 나는 아무것도 모르지만, 왠지 평소와 다르게 들리는걸."

처음에는 문 안쪽이 조용했다. 나는 내 아이디어가 통하지 않았다고 생각했다. 그러나 곧 부스럭 소리와 덜거덕거리는 소리가 나면서 문이 조금 열렸다. 나는 재빨리 몸을 움직여 공간을 만들었다. 아미가 기어

나왔다. 등에 쌓인 먼지가 밝은색 털처럼 보였다.

미샤는 감탄하는 표정으로 나를 보며 고개를 끄덕였고, 아미는 화장실로 들어갔다가 몇 초 후 분노로 일그러진 얼굴로 튀어나왔다.

"나를 놀렸어, 이 멍청이!"

아미는 꽥 소리를 지르고 화가 나서 나한테 달려들었다가 내 배에 부딪혀 튕겨 나간 뒤 다시 앞으로 돌진해 주저 없이 내 왼쪽 팔뚝을 깨물었다.

"아얏!"

내가 소리를 지르자 아미가 놀라서 나를 놓더니 비틀거리며 뒷걸음질을 쳤다. 그러곤 목 놓아 울기 시작했다. 나는 아미의 잇자국이 대칭의 사인 곡선으로 남은 팔을 문질렀다.

"아미, 너랑 얘기 좀 해야겠어. 쥐구멍 바깥에서."

미샤가 부드럽게 말하고는 숨을 내쉬고 아미의 어깨에 손을 얹었다.

"좋아."

아미가 코를 훌쩍이며 주방 쪽으로 몸을 밀며 나왔다. 식탁에는 온 가족용 대형 과자 봉지가 덩그러니 놓여 있었다. '사워 크림 & 어니언' 맛으로 미샤가 가장 좋아하는 것이었다.

주방은 파리 한 마리만 윙윙거릴 뿐 한동안 조용했다. 파리는 몇 번이나 유리창에 앉아 잠깐 두 다리를 비비고 다시 쉴 새 없이 윙윙거렸다. 미샤는 내가 파리 같다고 말한 적이 있다. 똥을 눌 때만 가장 오래 조용히 앉아 있다는 것이다. 미샤의 언어 습관으로 보면 무척 혐오스러운 비유였다. "날지 못하는 파리만 가만히 앉아 있지." 이렇게 말한 미샤는 수업 중에 경고를 받지 않으려면 다리를 부러뜨리는 게 어떻냐고 내게 제안했다. 하지만 그래 봐야 내 수다스런 입은 가만히 있지 않을 거라는 사실을 곧 떠올리고 웃었다. 내가 알기로 미샤는 내가 가만히 앉아 있거나 말을 줄이는 것을 원치 않았다. 미샤는 항상 나를 있는 그대로 좋아하기 때문이다.

어쨌든 거기에 있는 파리는 나보다 조용히 지내고 있었다. 주방 창문에는 셀 수 없이 많은 황갈색 점이 들러붙어 있었다. 파리똥이었는데, 복도 바닥에 깔린 양탄자와 색깔이 똑같았다. 창문 옆에는 지난번 내가 왔을 땐 없던 어린아이 그림이 붙어 있었다. 날개 달린 요정을 그린 것으로 모양이 대략 파리와 비슷했다. 날개는 은빛으로 반짝였고 입 옆에 달린 말풍선에는 1학년생이 또박또박 쓴 글씨로 이렇게 적혀 있었다. '너한테는 소원이 세 개 있지!' 나는 내가 미샤와 아미를 위해 빌 수 있는 소원이 무엇인지 잘 알고 있었다. 지난번처럼 아빠가 다시 불쑥 나타나는 것이다. 하지만 나는 요정을 믿지 않은 지 오래되었다.

아미는 우리 중간에 있는 의자에 털썩 앉아 미샤와 나를 차례로 쳐다본 뒤 다시 미샤를 바라보면서 헝클어진 제 갈래머리를 잡아당겼다. 나는 내 바짓가랑이 보풀을 잡아 뜯기 시작했다.

이윽고 나는 지금껏 들어 본 것 중에서 가장 힘든 대화의 증인이 되었다. 특히 그 시작은 미샤에게 가혹했다.

"그러니까, 잘 들어, 아미. 아빠……, 아빠는 그냥……. 떠났어."

말을 시작한 미샤가 과자 봉지를 뜯어 그릇에 부었다. 우리 중 어느 누구도 과자를 건드리지 않았다.

"어떻게 떠나? 휴가?"

아미가 머리 한 갈래를 입속에 넣고 잘근잘근 씹으며 물었다.

"아니. 그게 아니야. 아빠가 어디에 있는지 나도 몰라."

며칠 전까지만 해도 미샤는 아미에게 진실을 알려 주려 하지 않았지만, 이제는 아미에게도 자신에게도 더는 거짓말을 할 생각이 없었다. 아미는 깜짝 놀라 거칠게 숨을 쉬었다.

"혹시 칼 든 사람이 또 나타나서 작은 차를 훔쳐 갔을까?"

아미가 추측했다. 미샤가 한숨을 쉬었다.

"그렇지 않을 거야, 아미. 하지만 우리가……."

미샤가 잠시 멈췄다가 다시 말했다.

"며칠간 우리 단둘이 지내야 할 거야. 알았지?"

아미가 입에서 갈래머리를 빼고 말했다.

"엄마한테 편지할 수 없어? 그러면 엄마가 여기로 올 수 있잖아."

나는 숨을 참았다. 미샤는 과자 세 조각을 입에 넣고 바스락 소리를 내며 씹었다. 그리고 삼켰다.

"엄마도 사라졌어."

"뭐? 누가 정글에서 엄마를 납치한 거야?"

아미의 엉덩이가 의자에서 위아래로 들썩였다. 나는 지금 미샤처럼 누가 이렇게 큰 소리로 깊게 숨을 들이마시는 걸 들은 적이 없었다.

"엄마는 정글에 가지 않았어."

파리가 윙윙거리는 소리에 묻혀 거의 들리지 않을 정도로 미샤가 아주 작게 말했다. 아미는 아무 말도 하지 않았다. 반짝이는 큰 눈으로 미샤를 바라볼 뿐이었다. 미샤는 우리 발을 공격하기 직전 입을 뻐끔거리던 거대한 잉어처럼 입을 벌렸다 닫았다. 그러다 마음속 제동 장치를 누가 풀어 놓기라도 한 것처럼 갑자기 말을 쏟아 내기 시작했다. 미샤는 오랫동안 감춰 두었던 진실을 차가운 물 한 양동이처럼 아미에게 쏟아부었다.

"그러니까, 아미. 엄마는 정글에 가지 않았어. 아빠가 그렇게 얘기한 이유는 엄마가 완전히 떠났다는 걸 우리한테 숨기기 위해서였어. 그런데 엄마는 완전히 떠났어. 엄마가 어디에 있는지는 우리처럼 아빠도 몰라. 그래서 아빠까지 사라진 게 너무 황당해. 그러니까 지금은 우리가 힘을 합쳐야 해, 아미. 너하고 나, 우리 둘뿐이야. 무슨 말인지 알겠지? 하이츠만 부인이 올 때는 더더욱."

미샤가 거칠게 숨을 쉬었다. 아미는 여전히 눈이 휘둥그레진 채 미샤를 바라보았다. 나는 빠르게 진행되는 탁구 경기를 구경하듯이 중간에서 양쪽을 곁눈으로 번갈아 보았다. 식탁 밑에서 두 다리가 경련을 일으켰지만 정신을 차리고 조용히 있었다.

"알았어."

마침내 아미가 유리창처럼 맑은 목소리로 말했다. 아미의 목소리는 눈빛과 어울리지 않았고, 미샤의 두려움은 평소 미샤의 침착함과 어울리지 않았다. 그걸 보니 가슴이 아팠다. 그 무엇도 여기에 어울리지 않았다. 아미가 과자 두 조각을 그릇에서 집어 입에 넣는 것도 어울리지 않았다. 그러면서 아미는 미샤에게서 한시도 눈을 떼지 않았다. 미샤까지 사라지려는 걸 막아 보려는 듯이.

"그러니까 우리 둘이 서로 지켜 주는 거야, 응?"

미샤는 이렇게 말하고 방금 결정 골을 넣은 축구 선수처럼 아미에게 손바닥을 내밀었다.

"알았어."

아미가 대답하고 미샤의 손바닥을 마주쳤다. 나는 그 모습을 보고 침을 삼킨 뒤 더듬거리는 목소리로 정적 속에 대고 말했다.

"나도."

바로 그 순간 아파트 초인종이 울렸다. 우리는 모두 벌떡 일어났다.

"하이츠만 부인이다!"

방금 말한 모든 것을 하이츠만 부인이 저 아래 길거리에서 듣기라도 할 것처럼 미샤가 나직하게 속삭였다.

"네가 좀 내다봐 줄래? 부탁이야!"

미샤가 내 뒤에 바짝 붙어 나를 거실 쪽으로 밀었다. 창문에서 세 걸음 떨어진 곳에 이르러 찢어질 듯한 소리로 두 번째 초인종이 울렸다. 미샤는 내 어깨를 눌러 앉혔다. 나는 창턱 앞에서 다시 몸을 일으켜 조심스럽게 아래를 엿보았다. 하이츠만 부인의 주황색 재킷이 보일 거라 예상했지만 슬프게도 나는 전혀 다른 것을 보았다. 두 개의 가죽 재킷이었다. 하나는 검은색, 또 하나는 보라색인 그 재킷들은 방금 윤을 낸 물고기 비늘처럼 저녁 빛에 반짝였다. 바로 그 순간 가죽 재킷 남자들이 아파트를 올려다보려고 고개를 젖혔다. 나는 비틀대며 쏜살같이 창문에서 물러났다.

"미치겠다!"

미샤와 아미는 무슨 일이냐는 듯 나를 쳐다보았다.

"가죽 재킷 남자들이야."

우리는 밀랍 인형처럼 몇 초 동안 가만히 서 있다가 동시에 입을 열었다.

"무슨 가죽 재킷 남자?"

아미가 물었다.

"경찰을 부르자."

미샤가 말했다.

"너희는 여기서 나가야 해!"

내가 말했다.

나는 다시 한번 창문 앞까지 네 발로 기어가 거리를 내려다보았다. 가죽 재킷 남자들이 서로 언쟁을 벌이고 있었다. 한 사람이 상대방을 인도 가장자리에서 밀어내자 다른 사람이 다시 상대방을 건물 벽으로 밀쳤다. 밀쳐진 남자는 또 위를 올려다보았고 다른 한 명은 어깨를 들썩였다. 마침내 두 남자는 길을 건너 건너편 덤불로 몸을 피했다.

"갔어."

내가 더듬거렸다. 이제 언쟁을 벌인 건 미샤와 나였다.

"경찰을 부르면 안 돼. 너희 아빠가 그놈들과 무슨 나쁜 일을 벌이는 게 분명하니까."

"하지만 놈들이 아빠에게 무슨 짓을 하면 어떡해?"

미샤가 반쯤 울부짖었다.

"놈들이 여기에 나타났다는 건 너희 아빠가 놈들하고 같이 있지 않다는 뜻이야."

내가 곰곰 생각하며 말했다.

"하지만 놈들이 또 아빠를 찾으러 오면?"

"그래서 내가 그랬잖아. 여기에서 나가야 한다고."

내가 반복해 말했다. 미샤가 정신을 가다듬었다.

"안 돼. 우리가 여기에 없는 걸 하이츠만 부인이 알면 즉시 이 위급 상황을 알릴 거야. 그러면 더더욱 경찰이 우리를 뒤쫓겠지. 거기다 청소년청까지."

미샤의 목소리에 담긴 뭔가가 이 상황이 처음이 아니라는 걸 말해 주었다.

"그분과 얘기할 수 있지 않을까?"

"하이츠만 부인은 정말 괜찮은 사람이야. 하지만 16세 미만의 아동 두 명이 신뢰할 수 없는 아빠가 다시 나타날 때까지 아파트에서 단둘이 산다는 건 하이츠만 부인이라도 납득할 수 없는 일이야."

"하지만 놈들이 너희를 납치라도 하면 어떡해?"

이젠 내가 더럭 겁이 났다.

"'놈들'이 누구야?"

아미가 한 번 더 묻고 미샤의 옆구리를 꼬집어 자신을 쳐다보게 했다. 미샤가 퉁명스럽게 말했다.

"아마 범죄자들일 거야."

"강도나 그런 거?"

아미가 물었다.

"응, 비슷해. 여하튼 아빠는 그놈들과 뭔가 관계가 있어."

"그럼 아빠도 지금 강도라는 거야?"

아미의 눈빛은 이 상황을 무섭다기보다 흥미진진하게 여기고 있는 것 같았다.

"아니, 아빠는 강도가 아니야. 아직은 아니야. 하지만 우리가 뭐라도 해야 해."

미샤가 분명하게 말했다. 미샤의 목소리가 갑자기 단호해졌다.

"좋아. 그런데 뭐를 하는데?"

"거기에서 아빠를 구하는 거지."

미샤가 대답했다. 그러면서 먼저 아미를 보고, 다음엔 나를 보며 고개를 끄덕였다. 미샤의 눈에 맴돌던 두려움이 말끔히 가셨다. 미샤가 다시 말했다.

"아빠를 구해 내자."

15

개는 정해진 곳에서
똥을 누지 않아
개는 길거리에서 누지
우리더러 맡으라고 그곳에서
공기 오염 가스를 내뿜고
신나게 똥을 누어
풀밭에, 공원에, 상황이 불편해지면
인도 한가운데에
그러니 걸을 때 눈 뜨고 다녀야 해!

물론 그날 저녁은 어떤 정교한 구조 계획을 세우기에는 너무 늦었다. 나는 '내' 부모님이 경찰에 신고하기 전에 급히 집에 가야 했다.

나는 안뜰로 가는 문을 통해 미샤의 아파트 건물에서 나와 쓰레기통

세 개와 이웃집 마당으로 이어지는 담장을 기어오른 뒤 일부러 여유 있게 정문 출입구를 지나 거리로 나왔다. 안뜰 창문 중 한 곳에서 구운 베이컨 냄새가 기막히게 났다. 그제야 나는 내 위장이 신호를 보내고 있다는 사실을 알아챘다.

한 번 더 미샤가 사는 아파트 건물을 바라보았다. 대부분의 창문이 밝게 빛났다. 1층에서는 목욕 가운을 입은 여자가 가스레인지 앞에 서서 목이 터져라 노래를 부르며 요리하고 있었고, 그 옆집에서는 아이들 여럿이 베개 싸움을 하고 있었다. 2층에서는 아빠가 아이를 조심스럽게 안아 올려 2층 침대에 뉘였다. 그 바로 윗집에서 미샤와 아미가 어두운 창가에 서서 나를 내려다보고 있었다. 나는 슬며시 손을 흔들었다. 그리고 동시에 끔찍하게 질척한 개똥 무더기 한가운데를 밟았다. 가죽 재킷 남자들은 왜 똥을 밟지 않았을까? 인생이 늘 나쁘기만 한 것은 아니지만 그래도 대부분 불공평하다.

개똥 바로 옆 덤불에 아미가 잃어버렸던 롤러스케이트가 반쯤 걸쳐져 놓여 있었다. 나는 그걸 끄집어낸 뒤 미샤의 집으로 돌아가 몰래 현관문 앞에 놓고 다시 어스름 속을 허둥대며 걸어갔다. 이제 미샤와 아미의 집 창문은 어둡고 아무도 없이 텅 비어 있었다.

"이럴 수가, 너 미쳤어?"

엄마가 인사 대신 물었다. 엄마는 한 손에 청소기를 쥐고 다른 손에는 와인 잔을 들고 있다가 내가 도둑처럼 살금살금 현관문으로 들어오자 즉시 그 둘을 내려놓았다. 엄마는 여간해서 화를 내지 않았고 지금도 두 눈이 반짝이는 건 외려 호기심 때문이었다. 엄마는 바위처럼 내 앞을 가로막고 섰다. 더는 질문하지 않았지만 그 날카로운 눈빛으로 나의 설명을 기다린다는 뜻을 내비쳤다. 나는 냄새 나는 신발을 손에 들고 엄마 옆을 비집고 지나가려 했지만 허사였다. 내가 힘없이 말했다.

"다시 미샤한테 갈 일이 있었어요."

"그래?"

엄마는 조금도 비키지 않고 바닥에 고정된 부표처럼 몸을 위아래로 살짝 흔들면서 나를 향해 코를 킁킁거렸다. 그때 해결책이 떠올랐다. 정면 돌파였다. 불시의 공격이었다.

"미샤 엄마가 벌써 오래전에 집을 나간 걸 알고 있었어요?"

내가 엄마에게 질문을 날렸다. 엄마는 딱 걸렸다는 표정이었다. 적절한 대답이 나오지 않았다는 게 사실은 충분한 대답이 되었다.

"응, 아니, 글쎄."

결국 엄마가 더듬거렸다. 그리고 마음을 가라앉히고 물었다.

"미샤가 그걸 너한테 털어놔서 다시 그 아이 집에 갔던 거야?"

"네, 비슷해요."

엄마는 손짓으로 냄새나는 신발을 현관문 앞에 두라고 명령한 뒤 그릇장에서 와인 잔을 꺼냈다. 청소기는 그대로 세워 두었다. 엄마를 따라 주방으로 들어가자 어제만 해도 복도에 없던 커다란 상자가 보였다.

"저게 뭐예요?"

"올레가 골라 놓은 운동용품들. 드디어 버리려나 봐."

엄마가 웃으며 말했다.

"중고 거래 사이트에 올렸어. 친구가 그러는데, 운동용품이 인터넷에서 날개 돋친 듯이 팔린대. 너는 갖고 싶은 거 없다고 했지?"

하품을 하면서 문에서 비틀비틀 나온 형이 엄마 말에 끼어들더니 퉁명스레 덧붙였다. 하키 스틱 일은 벌써 잊은 모양이었다.

주방에서 아빠의 특별 음식인 감자 스프 냄새가 났다. 나는 간절한 눈빛으로 가스레인지 위에 놓인 냄비를 바라보았고 엄마는 말없이 내 앞에 접시를 내려놓았다.

"아직 따뜻해."

엄마는 얼른 두 국자를 떠서 내 접시에 담은 뒤 의자에 책상다리를 하고 앉았다. 나는 사흘은 굶은 사람처럼 숟가락으로 허겁지겁 떠먹었다. 수프가 따뜻하게 해 준 건 내 위장만이 아니었다.

"미안해……. 그 일에 대해 한마디도 하지 않은 거. 나는 미샤가 자기 엄마 일은 네게 직접 말해야 한다고 생각했거든."

엄마가 말을 꺼냈다가 잠시 멈췄다. 대롱대롱 매달린 빨간 조명의 따뜻한 불빛이 정확하게 수직으로 엄마 머리 위로 떨어지면서 칠흑처럼 까만 머리칼에 반짝이는 빛을 내리비췄다.

"어떤 사람이었어요? 집을 나가기 전에, 미샤 엄마요."

숟가락으로 수프를 떠먹으며 내가 물었다.

"키가 작고 몸이 탄탄했어. 머리는 길고 갈색이었어."

엄마가 잠시 생각에 잠겨 말했다. 문득 나는 엄마가 스스로 인정하는 것보다 훨씬 많이 미샤의 가족에 대해 생각했을 거라는 느낌을 받았다.

"아미처럼요?"

나는 아미의 덥수룩한 갈래머리를 생각했다.

"응, 비슷해. 그리고 눈빛이 심하게 불안정했어. 초등학교 파티나 놀이터가 아닌 다른 곳에 있고 싶어 하는 사람처럼. 하지만 이건 미샤 엄마가 더는 나타나지 않으면서 내가 나중에 상상한 것일지도 몰라."

"그게 언제였어요?"

엄마는 코걸이를 잡아당겼다.

"어, 모르겠어. 너희가 2학년 때인가 그즈음."

나는 천천히 고개를 끄덕였다. 미샤가 했던 말과 일치했다.

"기억나니? 한동안 아미와 미샤가 늘 우리 집에 와서 점심을 먹었잖아. 그러다 언젠가 내가 미샤에게 엄마에 대해 물었어. 그다음부터 한동안 두 아이가 우리 집에 오지 않았어."

엄마는 그때 호기심을 보인 걸 후회하는 것 같았다.

아빠가 주방으로 들어왔다. 정장 바지를 입고 있었지만, 상의는 무시무시한 뱀파이어 해골이 그려진 무척 낡고 오래된 록 밴드 티셔츠였다. 어렸을 때 내가 항상 무서워하던 그림이었다.

"아니, 부추를 잊고 안 넣었어!"

아빠가 내게 말하고 화분으로 손을 뻗어 조심스럽게 부추를 조금 잘라 남아 있는 내 수프에 뿌렸다.

"미샤 엄마에 대해 얘기하는 중이야."

엄마가 솔직하게 설명했다. 아빠가 옆에 앉아 엄마의 와인 잔을 낚아챘다. 엄마는 웃으며 검지로 아빠를 위협했다. 순간 문득 나의 부모님이 전에 없이 사랑스럽다는 생각이 들었다. 지극히 평범하고, 완벽하게 신뢰할 수 있는 사람들이었다. 그냥 부모 그 자체였다. 이 사실만으로 두 분에게 감사의 말을 할 뻔했다.

"미샤 아빠에 대해서도 얘기했어?"

아빠가 엄마의 와인 잔으로 한 모금 들이켠 후 물었다. 나는 숨을 참았다. 부모님은 절대로 미샤 아빠가 사라졌다는 얘기를 들어선 안 된다.

"아직 거기까지는 안 갔어."

엄마는 빈정대듯이 말하고 아빠를 의미심장하게 쳐다보았다. 사람들이 자신의 아빠를 어떻게 보는지 얘기할 때 미샤가 의미한 게 바로 이런 눈빛이었던 거다.

"엄마 아빠가 미샤 아빠랑 무슨 일이 있었어요?"

내가 물었다. 아빠가 애매하게 고개를 끄덕였다. 엄마가 웃으며 무덤덤하게 말했다.

"도움이 필요하냐고 내가 물어본 적이 있어. 어느 여름에 열린 파티에서였어. 아미가 똥을 싼 거야."

이제 아빠도 웃었다. 그러나 오래가지 않았다. 아빠가 설명했다.

"미샤 아빠가 상당히 험악하게 반응하더라. 자기가 이런 것도 처리하지 못할 사람으로 보이느냐며 씩씩거렸지. 그는 아미를 닦아 준 뒤 아이들을 위해 즉석에서 서커스 쇼 같은 걸 했어."

"저글링이에요!"

내가 소리쳤다. 그날 오후의 그 장면이 아주 선명하게 떠올랐기 때문이다.

"그런가. 어쨌든, 그 후로는 더 이상의 도움은 주지 않는 게 좋을 것 같아서 그렇게 했어."

아빠가 한숨을 쉬었다.

"미샤 엄마가……."

나는 말을 멈췄다. 나 스스로 이 질문이 으스스하다고 생각했나 보다.

"미샤 엄마가 언젠가는 돌아올 거라고 생각해요?"

부모님은 먼저 서로를 바라본 후 동시에 나를 쳐다보았다.

"말도 안 되는 소리."

엄마가 말했다.

"그렇고말고."

아빠가 말했다.

말을 끝낸 두 사람은 화들짝 놀란 표정이었다. 부모가 자식을 두고 사라진다는 게 얼마나 무시무시한 일인지 이제야 알게 된 사람들처럼. 그러나 사실 그걸 방금 깨달은 사람은 아마 나뿐이었을 것이다.

"내일 미샤와 다시 얘기해야겠어요."

침묵 속에서 내가 말했다. 미샤 아빠가 잘못된 길로 가지 않게 못된 악당 몇 명을 무찌를 계획이라는 사실을 부모님에게는 절대로 말하지 않을 생각이다.

다음 날 아침 미샤가 나타났을 때 나는 내 친구가 악당 패거리에게
끌려가지 않았다는 사실이 너무 기뻤다. 그래서 오전 수업 내내 의자에
앉아 몸을 앞뒤로 흔들었다. 결국 바슬러 선생님이 폭발했고 나는 벌점
을 받았다. 그런데 그날은 나뿐만 아니라 교실 전체가 어수선했다. 우
리를 싱숭생숭하게 만들어 모두를 정신 못 차리게 한 것은 아마 향긋한
5월의 공기였을 것이다. 금발 삼총사조차 그 한심한 상황을 진정시키지
못했다. 리브는 수학에서 5등급을 받고 몇 분 동안 펑펑 울었고, 펠릭
스는 마시모가 자신의 후드 티에 잉크를 묻혀 더럽혔다며 으르렁댔고,
야나는 선생님이 포기할 때까지 영어 낭독을 거부했다. 별난 조피만 차
분하게 자리에 앉아 열심히 그림을 그렸다. 드디어 학교가 끝났을 때,
기뻐한 사람은 나 혼자만이 아니었다.

아미도 빨리 학교에서 나가고 싶어 했던 터라 우리가 데리러 갔을 때
벌써 달려 나오고 있었다. 나는 평소처럼 손등에 입을 맞춰 인사했고
아미도 평소처럼 소리를 꽥 질렀다. 이런 상황에서 아미가 받는 스트레
스는 제 오빠의 절반도 안 돼 보였다. 내가 미샤에게 제안했다.

"공원에 가서 너희 아빠를 어디에서 찾을 수 있을지 전략을 세우자."

"아, 맞다! 전략. 그런데 그게 뭐야?"

아미가 소리를 지르고 먼저 달려 나갔다. 공원에서 아미는 뒤로 공중
제비를 넘기 시작했다.

연못은 오늘 혼란의 도가니였다. 지난주까지만 해도 우리들만 있었는데 지금은 정신없이 시끄럽고 웃음소리가 가득했다. 5월의 태양이 사람이란 사람은 모두 밖으로 끌어낸 것이다. 밝은 보라색 머리칼의 할머니 두 명이 울타리 옆을 한가로이 거닐었고, 육상 선수처럼 탄력 있게 조깅하는 사람들과 화물 자전거 몇 대가 우리를 가로질러 지나갔으며, 머리가 헝클어진 여자가 털이 부스스한 개를 끌어당기며 걸어갔다. 개는 울타리에 비밀스런 흔적이라도 숨어 있는 듯이 흥분해서 킁킁거렸다.

마약이다! 갑자기 정신이 번쩍 들며 떠오른 생각이었다. 미샤 아빠와 함께 있던 그 음침하고 수상쩍은 남자들이 딱 그렇게 생기지 않았던가? 나는 흥분해서 그제 미샤 아빠가 서 있던 곳에서 개가 곧 뭔가를 파헤치지 않을까 주의 깊게 지켜보았다. 개가 그냥 자리에 앉아 버렸을 때는 거의 절망할 지경이었다. 내 시선을 따라가던 미샤가 낮은 소리로 물었다.

"개가 용변을 볼 때는 몸을 지구 자기장에 맞춘다는 것 알고 있었어?"

"뭐?"

"아니야. 전략을 짜자."

미샤가 말했다. 우리는 풀밭에 앉았다. 연두색 끄트머리가 지금 막 돋아난 것처럼 파릇파릇했다.

"그동안 무슨 아빠 소식이라도 들었어?"

미샤가 고개를 저었다. 아미도 따라 했다. 나도 고개를 저었다. 생각을 하고 생각을 모으기 위해서였다.

"우리한테는 시작점과 단서가 필요해. 너희 아빠가 연락하지 않는 이상 단서는 그놈들뿐이야. 그리고 우리가 지금까지 그놈들을 발견한 곳은 두 군데뿐이야."

"이곳 울타리와 우리 집이지. 그런데 그들은 지금 여기에 없어."

미샤가 구체적으로 덧붙였다. 아미의 눈이 커지면서 어두워졌다.

"그 사람들이 우리 집에 또 올까?"

미샤와 나는 침묵했다. 마침내 미샤가 입을 열었다.

"그 사람들이 다시 오면 그건 좋은 일이야. 왜냐하면 그땐 우리가 그들을 쫓아서 아빠가 무슨 일에 휘말렸는지 알아낼 테니까. 그럼 우리가 문제를 해결하는 거야. 우리는 준비만 하고 있으면 돼. 알았지?"

미샤가 아미를 날카롭게 바라보았다. 아미는 잠시 미샤를 응시하다가 힘없이 고개를 끄덕였다.

"알았어."

"어떻게 생각해?"

미샤가 갑자기 불안할 정도로 침착하게 나한테 물었다.

"그러자."

나는 침을 삼켰다. 문제를 해결하는 것이 그렇게 쉬울까? 확신이 서지 않았다. 그러나 여하튼 우리는 지금 전략 비슷한 것을 가지고 있었다.

아파트 현관에서 미샤가 기계적으로 우편함을 열었다. 봉투 하나가 미샤의 발 앞으로 떨어졌다. 미샤는 폭탄이라도 되는 듯이 봉투를 뚫어져라 쳐다보았다. 아미는 허리를 굽혀 편지를 집어 들고는 신이 나서 소리 질렀다.

"엄마한테 온 거다!"

아미는 편지를 들고 계단을 뛰어 올라가다가 갑자기 첫 번째 층계참에서 멈춰 섰다. 그럴 리가 없다는 것을 깨달았기 때문이다. 미샤가 나직하게 쉿 소리를 내며 말했다.

"미치겠네. 우리 둘만 남기고 사라진 것도 모자라 틈틈이 편지까지 계속 위조한다고?"

미샤는 아미 손에서 편지를 빼앗아 봉투를 찢어 열었다. 봉투 안에는 구겨진 노란 스티커 메모지가 들어 있었다. 미샤는 그걸 내게 내밀며 큰 소리로 읽었다.

" '똥물을 옴팡 뒤집어썼어. 하지만 걱정 마. 내가 해결할 거야. 케밥 먹고들 있어!!!' 참 나, 케밥을 먹으라고? 미친 거 아냐?"

말을 마친 미샤의 뺨이 별안간 시뻘게졌다. 내가 조심스럽게 말했다.

"그레고르가 너희에게 공짜로 케밥을 주는 걸 말하는 거겠지."

"그래, 좋아. 우리가 언제까지 케밥을 먹어야 할까? 아빠가 외국으로 도망쳐서 우리를 데리러 올 때까지?"

우리는 거의 범죄자처럼 조심스럽게 집으로 들어갔다. 복도, 주방, 화장실, 거실, 모두 평소와 다름없었다. 내 생각엔 그랬다.

"아무도 없어."

내가 공연히 말했다.

"텔레비전이 없어졌어."

아미가 말했다. 정말이었다. 대형 화면이 놓여 있던 바닥이 텅 빈 채
케이블만 덩그러니 벽에 달려 있었다.

미샤는 검지를 코에 갖다 대더니 해녀가 잠수하기 직전에 하는 것처
럼 쉭 소리를 내며 숨을 들이마셨다.

"또 뭐 없어진 거 있는지 보자."

나는 더 휑해진 거실에 남아 미샤와 아미가 둘이서 집 안을 둘러보게
했다. 먼저 돌아온 것은 아미였다. 내가 물었다.

"어때? 뭐 또 없어진 거 있어?"

"아니."

아미가 말했다. 아미는 내 옆에서 말없이 서 있었다. 팔을 휘젓지도,
뛰지도, 갈래머리를 잡아당기지도 않았다. 그런 아미가 기괴해 보였다.
수도꼭지는 여전히 아무도 해독할 생각이 없는 모스 부호를 무심히 내
보내는 중이었다.

"내 지도책이 사라졌어."

미샤가 나타나 말했다. 이젠 얼굴이 벌겋지 않고 분노로 창백했다.

지도책은 미샤의 성스러운 보물이었다. 내가 기억하는 한 미샤는 이
미 오래전부터 지도책을 가지고 있었다. 아주 옛날에 나온 한없이 무겁
고 낡은 그 지도책은 진녹색 고급 가죽에 금박 글씨가 박혀 있었는데,
전 세계 지도와 모든 대륙의 사진이 담겨 있었다. 미샤가 가끔 무리하게
지도책을 학교에 낑낑대며 가져온 탓에 아이들이 정기적으로 미샤를 보
고 미쳤다고 말할 정도였다. 지도책은 무게가 족히 3킬로그램은 나갔을

것이기 때문이다. 내가 미샤의 물건이 없어졌다는 것을 알아차리기 전에 나는 지도책이 미샤의 소유물 중 가장 중요하고 귀한 것이라는 사실을 알고 있었다.

"강도가 들었어. 그 사람들이 여기에 온 거야. 우리 집에."

아미가 말했다. 아미의 목소리에서는 힘을 조절해 풍선에서 공기를 뺄 때처럼 날카로운 끽 소리가 났다. 미샤는 아무 말 없이 서 있었다. 어깨가 축 늘어지고 눈이 반짝이기 시작했다. 아미에게 무슨 말을 해야 할지 고민하는 게 분명했다. 미샤가 거칠게 말했다

"아니, 아빠야."

"아빠가 우리 텔레비전을 직접 훔쳤단 말이야? 오빠 지도책도?"

아미는 미샤가 헛소리를 하고 있다는 양 미샤를 바라보았다.

"훔친 게 아니야. 빼돌려 판 거야."

미샤의 말에 아미는 더욱 이상하다는 표정을 지었다. 여기서 나는 두 가지를 동시에 깨달았다. 하나는 이 집에서 뭔가가 사라진 게 이번이 처음이 아니라는 것이었다. 또 하나는 아미가 '빼돌린다'는 말을 이해하지 못했다는 거였다.

"빼돌린다는 건 물건을 몰래 빼내서 감추는 걸 말해. 돈 때문에……."

내가 아미에게 설명했다. 더 이상은 말하지 못했다. 아파트 초인종이 울린 것이다. 그런데 지난번처럼 얌전하지 않고 거세게 몰아붙이는 소리였다. 사실은 다행이었다. 이번엔 하이츠만 부인이 아니라는 걸, 그리고 우리의 전략이 성공했다는 걸 바로 알았기 때문이다.

나는 어제 집에 들어갔을 때처럼 살금살금, 그러나 속도는 번개처럼 창문으로 다가갔다. 밑에서 안짱다리 할머니가 비틀거리며 밖으로 나가는 틈을 이용해 거북 등딱지 가죽 재킷을 입은 두 사람의 상체가 열린 아파트 문을 밀고 들어오는 게 보였다. 심장이 두근거렸다. 내가 쉰 목소리로 말했다.

"놈들이 여기 건물로 들어오고 있어!"

"그만 내려다보고 이제 도망가자."

미샤가 낮은 소리로 말했다.

16

이것 봐, 난 작은 구멍이면
거의 모두 몸이 들어가!
쥐며느리가 속닥였지
너한테 도움이 안 돼! 남자가 외쳤지
그는 동시에 느릿느릿 걸어와
작은 쥐며느리를 밟아 뭉갰지
동물에게 인간은 재앙이지

잠시 우리는 텅 빈 거실 한가운데에 얼어붙은 채 서 있었다. 이윽고 미샤가 나지막하게 "다락방!"이라고 말했다. 우리 셋은 최고 속도로 복도를 달렸다. 나는 외로운 기지국 같은 전화기 줄에 걸려 앞으로 넘어졌지만 곧 다시 일어났다. 미샤가 되도록 소리 안 나게 현관문을 열고 우리가 다 빠져나온 뒤 다시 닫았다. 그때 마치 확대경으로 보는 듯이 미샤의 손가락이 떨리는 게 확연히 보였다. 나는 미샤의 뒤를 따라 유일한 탈출구인 위층으로 올라갔다.

다락방 앞 층계참에서 우리는 숨을 죽이고 계단실에서 울리는 목소리에 귀를 기울였다. 악당들이 시끄러운 소음을 낸 덕에 행여 우리가 숨을 참는 소리가 들릴까 걱정할 필요 없어 다행이었다.

그래도 위층 계단실에 머물렀던 그 순간만큼 무서움을 느낀 적은 일찍이 없었던 것 같다. 옆에서는 아미가 얕게 숨을 쉬고 있었고, 반대편에서는 미샤의 팔이 내 팔에 닿은 게 느껴졌다. 미샤는 떨고 있었다. 아래쪽에서 어떤 목소리가 중얼거렸다.

"저기 있네. 괴체, 맞지? 우도는 정말로 놈이 물건을 자기 집으로 가져갔다고 믿는 거야?"

무슨 물건을 말하는 건지 나는 당연히 궁금해졌다.

"우리가 왜 이런 고생을 해야 하는지도 모르겠어."

또 다른 목소리가 말했다. 누가 오래된 정원 철문을 여는 것처럼 끼익 소리가 났다. 공포의 목소리였다. 위장이 반란을 일으켰다. 나는 곧 남자가 말한 '고생'이 무슨 뜻인지 알았다. 우리보다 세 층 아래에서 뭔가가 긁히고 갈리고 깎이더니 우당탕 소리가 났다.

"문을 부수고 있어!"

미샤가 속삭였다. 미샤의 눈동자가 커지면서 거대한 쇠똥구리처럼 검은색으로 반짝였다. 나는 고개만 끄덕였다. 하지만 상상력이 발동한 내 뇌가 가죽 재킷 남자들이 집을 살펴보고 미샤와 아미의 침대를 쓰다듬고 책 더미를 만져 보는 끔찍한 장면들을 연달아 그려 내는 것은 어떻게 막을 도리가 없었다. 옆에 있는 미샤는 입을 너무 꽉 다무는 바람에 입술이 하얘졌다. 분명 미샤도 나와 같은 생각을 했을 것이다. 아니면 지도책을 생각했든가. 어쩌면 이 모든 끔찍한 난장판에 책임이 있는 아빠를 생각했을지도 모른다.

그때 벌써 두 남자가 다시 나오면서 소름 끼치는 웃음소리가 들렸다.

"네 말이 맞았어. 가져갈 게 하나도 없네!"

"딱한 놈. 텔레비전도 없다니!"

위쪽 층계참에서 나는 미샤의 입술이 또 빨개지고 더불어 얼굴 전체가 붉어지는 걸 보았다. 마치 두 남자한테 부끄러워하는 것 같았다. 아니면 나 보기가 부끄러운 건지도 몰랐다. 도둑들마저 그의 집에서 가져갈 게 하나도 없다는 것에 대한 부끄러움.

"하지만 저기 저건 내가 가져갈게. 쓸데가 있겠어."

귀신이 나올 것 같은 목소리가 낄낄거렸다. 동시에 끼익 하고 문소리가 나서 더 소름 끼쳤다. 이어 쾅 소리가 나면서 현관문이 닫히고 가죽 재킷 남자들이 요란하게 쿵쿵대며 건물 계단을 내려갔다.

"쥐새끼들은 곧 잡힐 거야, 조만간!"

우렁찬 목소리가 들렸다. 꼭 우리를 두고 하는 말 같았다. 이윽고 건물 문도 닫혔다.

옆에 있는 아미가 속삭였다.

"무슨 쥐새끼들? 쥐덫 안쪽에 있는 거?"

186

"쫓아가!"

반대편에 있던 미샤가 속삭였다. 절망과 분노와 두려움이 뒤섞인 목소리였다.

우리 셋이 독거미에 물린 것처럼 계단실을 뛰어 내려가 건물 문을 열고 추격을 시작했을 때는 속도전이었다. 정확히 계획한 대로였다. 그러나 가죽 재킷 남자들이 나무다리 쪽으로 아주 느긋하게 걸어가는 바람에 속도를 줄여야 했다. 우리는 스무 걸음 정도 거리를 두고 그들을 따라갔다. 내가 맨 앞에서 걸었다. 두 남자가 나를 알 가능성이 가장 적었으니까. 중간에서는 아미가, 맨 뒤에서 미샤가 걸었다.

두 남자는 아무것도 모른 채 우리 앞에서 터벅터벅 걷다가 다리 바로 앞에서 방향을 틀었다. 키가 작은 남자는 다리를 조금 절었고 귀가 젖혀진 각도가 양쪽이 달랐다. 키가 큰 남자는 머리 뒷부분부터 대머리가 시작되고 있었다.

"저 남자가 내 읽기 교과서를 가져갔어!"

아미가 갑자기 분개하며 말했다. 사실이었다. 대머리가 아미의 교과서를 왼쪽 겨드랑이에 끼고 걷고 있었다! 그가 챙겼던 게 저것이었다.

"너보다 더 급하게 저 책이 필요한가 봐."

아미가 책을 찾으러 달려 나가는 걸 막으려고 내가 말했다.

"그래도 도둑질은 하면 안 돼!"

아미가 조금 큰 소리로 말했다. 길모퉁이를 몇 번 돌고 나서 두 남자는 육중한 나무문을 지나 미끄러지듯 안쪽으로 들어갔다. 안에서 메탈 음악이 굉음을 내며 흘러나왔다. 우리는 열까지 센 뒤 아미를 들어 올려 대문 너머를 들여다보게 하고 무엇에 홀린 듯이 아미의 긴장한 뒷모습을 응시했다.

"좋아. 들어가도 돼. 남자들이 지하실로 갔어."

우리가 안으로 들어가려는 게 너무나 당연하다는 듯이 마침내 아미가 말했다. 도둑맞은 읽기 교과서에 대한 분노가 아미의 두려움을 몰아내고 특별히 용기를 더 북돋아 준 모양이었다. 심장이 또 방망이질 치기 시작했다.

"저들이 우리를 보면 어쩌지?"

"그럼 니츠의 할머니를 방문하러 왔다고 하지 뭐."

미샤도 이젠 아주 침착해졌다. 아미가 킥킥 웃었다.

"니츠 오빠 할머니가 사는 곳 진짜 못생겼다!"

그러더니 갑자기 진지해져서 말을 이었다.

"아빠가 저 안에 있어?"

"그걸 지금 알아내려는 거야."

미샤가 말했다.

"만일 있으면?"

내 목소리가 떨렸다.

"그럼 우리가 꺼내야지! 오빠가 그랬잖아!"

아미는 우리보다 먼저 거침없이 문쪽으로 들어갔다. 나는 이상하게 속이 메스꺼웠다.

볼품없는 안뜰에 깔린 홈집 난 아스팔트 위로 나무 그늘이 춤을 추었고, 건물 벽은 어설픈 그라피티로 더럽혀져 있었으며, 바닥은 비둘기 똥으로 치장되어 있었다. 썩은 부엌에서 날 만한 쓰레기 냄새가 났다. 마당 맞은편을 보니 곧 무너질 것 같은 콘크리트 계단이 보이지 않는 지하로 연결되어 있었다. 우리는 마당 가장자리를 따라 문이 열려 있는 지하실 창문 쪽으로 살금살금 접근했다. 음악이 나오는 곳이었다. 창문에 다다른 우리는 건물 벽에 몸을 바짝 붙였다. 쥐며느리가 축축한 벽을 타고 빠르게 위로 올라갔다. 가까이 다가가 코앞에서 보니 몸통의 미세한 홈이 눈에 들어왔다. 쥐며느리는 몸통에 아가미가 있어서 다리에 있는 허파만으로 숨 쉬기가 충분하지 않을 때 아가미로 숨을 쉰다고 했던 미샤의 말이 생각났다. 가만히 있으면 모든 것이 눈에 띄고 기억난다는 게 재미있었다. 아미는 대담하게 창문 바로 옆에 쪼그리고 앉아 안을 엿보았다.

"저기 있다!"

저 아래 어둑어둑한 지하실에서 두 개의 삐딱한 의자에 가죽 재킷 남자 두 명이 앉아 있는 게 보였다. 두 사람 중간에는 훨씬 튼튼한 안락의자가 있었고 거기엔 거구의 남자가 왕처럼 앉아 있었다. 그 사람이 우도인 게 틀림없었다. 흰색 민소매 티셔츠를 입은 거인은 팔뚝이 온통 문신으로 가득했고, 얼굴은 짙은 수염에 가려져 있었다. 누가 뭐래도 강도 두목처럼 생겨서 상황이 별로 심각하지 않았다면 웃음이 터져 나왔을 것이다.

두 가죽 재킷이 불안한 눈길로 우도의 동선을 쫓는 동안 우도는 무심히 방 가장 바깥쪽 구석으로 걸어갔다. 별안간 음악이 멈췄다. 갑자기 조용해지는 바람에 나는 귀가 먹은 줄 알았다. 창문을 통해 어둠 속으로 흘러 들어가는 어른어른한 빛줄기 속에서 먼지 보풀이 춤을 추었다. 우도가 다시 의자에 앉아 위협적으로 몸을 숙였다. 나는 자신만만하고 승리를 확신하는 그의 얼굴을 보고 몸이 부들부들 떨렸다. 그리고 천둥 같은 목소리가 나올 것으로 예상했다. 그러나 우도는 쉰 소리로 꺽꺽대며 말했다.

"그래서?"

"아무것도 없어요."

키가 작은 가죽 재킷이 더 나직하게 말했다.

"장물도 없고 쥐새끼들도 없어요."

다른 가죽 재킷이 삐걱거리는 소리로 말했다. 그리고 여기 바깥에서는 알아들을 수 없는 더 수수께끼 같은 말을 중얼거렸다.

"놈이 장물의 절반을 빼돌렸다고, 젠장!"

우도가 꺽꺽 말하더니 예고도 없이 다시 벌떡 일어났다. 내 옆에 있는 미샤가 깜짝 놀라 균형을 잃었다. 내가 미샤의 팔을 잡았지만 미샤는 실수로 내 발을 밟았다. 나는 발가락을 확 빼서 꼼지락거렸다. 우리 둘은 잠시 미샤의 반짝이는 새 운동화를 바라보았다. 이제 미샤 아빠가 돈이 어디에서 났는지 대충이나마 알게 되었다! 우리가 옥신각신하는 소리를 들었는지 우도가 창문을 쳐다보았다. 빛 속에서 그의 하늘색 눈이 잠시 번쩍이는 게 보였다. 그가 우리를 발견하면 우리 셋 모두 돌로 변할 것 같은 느낌이 들었다. 그 순간 나는 여기에서 남의 도움 없이, 우리 셋이 이 문제를 절대로 풀 수 없다는 것을 깨달았다. 우도가 두 가죽 재킷에게 호령했다.

"이 멍청이들! 그 개자식은 우리한테 모든 걸 변상해야 해. 그러니까 제발 놈을 좀 찾아!"

밖에서 우리 셋은 동시에 안도의 숨을 내쉬었다. 적어도 이젠 미샤 아빠가 어디에 있는지 안에 있는 세 명은 모른다는 게 확실해졌다.

"그리고 저기 저건 뭐야?"

우도는 문신한 팔을 들어 아미의 읽기 교과서를 가리켰다.

"읽기 교과서인가 뭐 그런 거요."

검은색 거북 등딱지가 기가 죽어 대답했다. 우도는 고개를 저을 뿐이었다.

"이제 몇 시간마다 수시로 그놈 집에 가서 놈이 돌아왔나 확인해! 누구 다른 사람이 나타나면 그자도 이곳 본부로 데려오는 거다, 알았지?"

가죽 재킷 남자들은 목을 까닥거리는 장난감 강아지처럼 겸연쩍게 고개를 끄덕이고 마지못해 일어났다.

"저건 내가 가진다!"

우도가 아미의 읽기 교과서를 움켜쥐었다. 아미는 내 옆에서 가쁜 숨을 몰아쉬었다. 나는 아미의 소매를 붙들고 문 쪽으로 끌어당겼다. 길을 몇 번 더 건너서야 우리는 걸음을 멈췄다. 미샤는 벤치에 털썩 주저 앉았고 아미와 나는 바닥에 미끄러지며 앉았다. 함께 도망쳐 나온 쥐며 느리가 내 바짓가랑이로 기어올라 왔다. 나는 미샤가 보지 않을 때 손 가락으로 쥐며느리를 인도에 탁 털었다.

"그러니까 저 사람들도 너희 아빠가 어디에 있는지 모르는 거야!"

내가 말했다. 의기양양한 듯 말하려 했지만 도리어 뭔가 처량하게 들 렸다. 미샤가 침울하게 중얼거렸다.

"맞아. 하지만 우린 지금 집에도 가지 못해. 그럼 어디로 가야 하는 거야?"

미샤는 신경질적으로 손톱을 물어뜯기 시작했다.

"글쎄, 어디로 갈까!"

이렇게 말하고 나는 내 오른쪽 신발로 미샤의 왼쪽 신발을 툭 쳤다. 내 왼쪽 신발이 저도 모르게 인도에서 찰싹찰싹 소리를 내며 춤을 추기 시작했다. 남아 있던 흥분이 식었다. 아미가 물었다.

"그럼 어디로 가?"

"그거야 당연히 우리 집이지."

"그럼 내 읽기 교과서는?"

아미가 화를 내며 묻자 미샤가 피곤한 표정으로 대답했다.

"읽기 교과서는 지금 중요하지 않아, 아미."

많이 물어보지 말아 달라는 내 요청을 엄마는 깊이 받아들여 주었다.

그날 저녁 식탁에 접시 두 개를 더 올려놓은 엄마가 무척 고마웠다.

"알레르기는?"

서랍에서 벌써 포크와 나이프를 꺼내며 엄마가 쾌활하게 물었다. 내 얼굴을 탐색하며 쳐다보는 눈길을 나는 모른 척했다.

"아뇨, 다행히 없어요."

미샤가 정중하게 대답했다. 그간 내가 악당들 이야기에 정신이 팔려 위조한 알레르기 진단서를 까맣게 잊고 있었다는 게 생각났다.

"이거 진짜야?"

아미가 형에게 묻더니 그러라고 하지도 않았는데 형의 팔뚝을 만져 보았다. 나처럼 호리호리한 사람의 형이 그런 근육질의 팔을 가졌으리라고는 아마 상상도 못했을 것이다. 형은 웃으며 자랑스럽게 이두박근에 힘을 주었다.

"아미, 많이 먹어."

형이 웃으며 아미에게 빵을 한 조각 건넸다. 그날 저녁 아미는 형이 말한 대로 했다. 그렇게 많이 먹는 아이를 전에는 본 적이 없었다. 형은 기사로 변신해 아미가 빵을 먹을 때마다 하나씩 버터를 발라주었다. 아빠는 나처럼 넋을 놓고 그 많은 음식이 아미의 입으로 사라지는 것을 바라보았다. 고래 입으로 들어가는 플랑크톤 같았다. 미샤는 아미를 제지하려고 계속 눈짓을 보냈지만 아미는 신경 쓰지 않고 먹었다. 먹느라 적어도 도둑맞은 읽기 교과서는 잊고 있었다.

형이 식사 자리에서 일어나고 아미가 드디어 마지막 남은 사과 조각을 오물오물 씹을 때 내가 헛기침을 했다.

"어험, 험. 혹시 미샤하고 아미가 오늘 여기에서 자고 가도 돼요?"

나는 아주 평범한 질문인 양 물었다. 그렇게 하면 부모님이 모든 걸 자세히 알고 싶어 하는 상황을 막을 수도 있을 터였다. 물론 작은 탁구공처럼 두 사람 사이에 짧은 눈길이 오간 것은 알고 있었다.

"물론이지."

아빠는 이렇게 대답하고 곧 여분의 매트리스를 가져와 잠자리를 준비하기 시작했다. 미샤와 나는 식탁을 치우는 일을 도왔고 아미는 넋을 잃고 우리 집 화장실을 구경했다. 엄마는 점잖은 호텔 손님 두 명에게 주듯이 접은 수건 위에 새 칫솔 두 개를 얹어 미샤와 아미에게 건넸다. 나는 감사하는 마음으로 엄마를 보고 웃었고 엄마도 환한 미소로 대답했다. 미소는 안심이 되면서도 걱정스러운 데가 있었다. 엄마가 눈썹을 치켜올렸기 때문이다. 난 그게 무슨 뜻인지 정확히 알고 있었다. 늦어도 내일까지는 모든 걸 설명해 달라는 의미였다.

30분 뒤 아미는 내 방 한가운데에 놓인 커다란 매트리스에 큰대자로 누웠다. 그러고는 형의 낡은 축구 셔츠를 입고 곤히 잠들었다.

"너희 부모님은 정말 대단해."

미샤가 감탄하며 중얼거렸다. 미샤는 내 책상 의자에 앉아 구불구불한 머리칼이 완전히 흐트러질 때까지 손가락으로 머리를 쓸어 넘겼다. 문득 두 손으로 덥수룩한 긴 머리를 쓰다듬던 미샤 아빠가 떠올랐다.

신기했다. 전에는 두 사람이 이렇게 비슷한 줄 미처 몰랐다.

갑자기 미샤가 피곤해 보였다. 모든 게 정상인 척하느라 피곤하고, 허울을 지키느라 피곤하고, 부끄러움 때문에 피곤하고, 거짓말에 지쳐 피곤하고, 모든 걸 처음으로 되돌려 인생을 바꿀 수 있는 대망의 초기화 날을 기다리느라 피곤할 터였다. 나는 미샤를 위로해 주고 싶었지만 방법을 몰랐다. 미샤에게 이렇게 말하고 싶었다. '다 괜찮아. 너희는 안전해.' 그런데 과연 그게 정말일까? 나는 안전하다는 것이 미샤에게 어떤 의미인지 알지 못했다. 자신을 해칠 수 있는 건 아무것도 없다는 듯이 우리 옆에서 매트리스에 누워 조용하게 규칙적으로 숨을 들이마시고 내쉬는 아미에게도. 미샤는 너덜너덜해진 엄지손톱을 아주 잠깐 말없이 물어뜯었다. 그리고 조용히 말했다.

"아빠한테 너무 화가 나. 그래도 아빠가 나타나기만 한다면 뭐든지 할 거야. 안 그러면 뭘 어떻게 해야 할지 모르겠으니까."

나는 꼼짝도 하지 않았다. 손톱으로 피부를 잡아 뜯지도 않았고, 손으로 탁 소리를 내거나 무엇을 두드리지도 않았다. 나는 불쑥 일어나 종이와 연필을 가져왔다. 그리고 모든 것을 순서대로 곰곰이 생각했다. 이건 보통 미샤의 방식이었고 미샤의 역할이었다. 그러나 이번만큼은 분명히 내가 그 역할을 맡아야 했다.

"하나씩 차근차근 생각해 보자."

나는 이렇게 제안하고 '해결해야 할 문제'들을 종이 위에 깔끔하게 적었다. 우리는 상의하면서 문제를 분류하기 시작했다.

그 결과 이런 결론이 나왔다.

문제 1: 아빠가 사라졌다.
해결책: 가능한 한 빨리 찾는다!

문제 2: 하이츠만 부인이 언제라도 들를 수 있다.
→ 아무도 없는 걸 알고 위급 상황을 알릴 것이다(아니면 가죽 재킷 남자들에게 납치당한다).
→ 청소년청에서 미샤의 가족을 주시한다(아동 학대!).
해결책: 문제 1을 해결할 때까지 어떻게든 하이츠만 부인의 주의를 다른 곳으로 돌린다.

문제 3: 아빠가 장물을 훔쳤다(우도의 금전적 손실).
→ 가죽 재킷 남자들이 아파트를 주기적으로 관찰한다.
→ 미샤와 아미는 집에 갈 수 없다.
해결책: 돈을 마련한다. → 갚는다.

"완벽한데? 뭐 하나 쉽게 해결할 만한 문제가 없어. 이렇게까지 심각했던 적은 없었는데."

미샤가 낙담해서 말했고 나는 침을 삼켰다. 그 말은 전에도 심각하긴 심각한 상황이 미샤의 인생에 생겼었다는 뜻이기 때문이다. 나는 그걸 까맣게 모르고 있었다. 그래도 용기를 내어 미샤의 말에 반박했다.

"우린 한 걸음 한 걸음 신중하게 나아가야 해."

"좋아, 무엇부터 하지? 먼저 하이츠만 부인에게 우리 아빠와 한 패거리인 세 명의 시시한 잡범에게 납치당할 수 있다고 경고해야 하나? 아니면 차라리 경찰에 실종 신고를 할까?"

미샤가 비꼬듯 말하고는 낙담했다는 듯 고개를 저었다. 나는 미샤의 절망을 인정할 수밖에 없다는 걸 알았다. 우도의 눈을 본 순간부터 나는 이 모든 것이 우리의 능력 밖에 있다는 것을 확실히 깨달았다. 내가 얼버무렸다.

"일단 시간을 두고 생각하자."

밤중에 화장실에 가는데 갑자기 불이 켜졌다. 앞에 엄마가 서 있었다. 내가 방에서 나오기만을 밤새 기다린 듯했다. 길고 검은 머리는 헝클어져 있었고 눈은 피곤에 지쳐 크게 뜨지 못했다. 그런데도 엄마는 피할 수 없는 질문을 명확하고 간결하게 던졌다.

"미샤하고 아미한테 무슨 일이 생긴 거니?"

나는 당황해서 눈을 비비다가 가늘게 떴다.

"미샤 아빠가 사기를 쳤어요. 그리고 사라졌어요. 지금 집이 감시당하고 있어요."

내가 창피스러워하며 중얼거렸다. 말을 빙빙 돌려도 소용없다는 걸 알았다. 엄마가 물었다.

"경찰한테?"

"아니요. 그 반대예요."

내가 속삭이자 엄마는 심각한 표정으로 코걸이를 잡아당겼다.

"아, 젠장……. 뭘 해야 하는지 내일 다 함께 생각해 보자."

마침내 엄마가 소곤거린 뒤 거의 협박하듯이 말했다.

"내일 내가 집에 돌아오는 '저녁'에 '다 함께'. 그 전엔 아무 짓도 하지 않겠다고 약속해, 알았지?"

나는 아무 말도 하지 않았다.

"니탸난다!"

"네, 엄마. 분명히 약속할게요."

방으로 돌아가는 길에 나는 어둠 속에서 형이 버리려고 내놓은 커다란 운동용품 상자에 발을 부딪쳤다. 형은 그것으로 돈을 마련하는 게 별로 급하지 않은 모양이었다. 아픈 발가락을 붙잡고 있는데, 때가 밤이건 말건, 세 번째 문제를 해결할 확실한 아이디어가 떠올랐다. 그리고 동시에 엄마와의 약속을 깨게 될 거라는 예감이 들었다.

17

까마귀는 까악까악 울 줄 알게 되면 물건을 훔쳐
영리한 까마귀는 보석을 훔쳐
영리하지 못한 까마귀는 치즈를 훔쳐
아기 까마귀는 잡동사니를 훔쳐
읽기 교과서를 훔치는 까마귀는 없어

다음 날 아침 아미는 그릇에 시리얼을 한가득 담아 느긋하게 먹어 치웠다. 미샤는 속이 좋지 않은 기색이 역력했다. 나는 그저 피곤하기만 했다.

"가방은 챙겼니?"

역시 시리얼을 떠먹던 엄마가 아미와 미샤에게 물으며 우리 모두의 찻잔에 차를 따라 주었다. 그간 이러저런 궁리를 하느라 그걸 놓치다니, 믿을 수가 없었다. 가방은 엄청난 추격전을 벌이는 와중에 이젠 들어갈 수 없는 미샤와 아미의 집에 두고 온 것이다. 우리는 깜짝 놀란 표정이 되었다.

"역시나. 자, 여기에 종이와 연필을 집어넣어."

엄마는 무덤덤하게 말하고 잡동사니가 들어 있는 서랍에서 천 가방을 세 개 꺼냈다. 물론 이 상황은 미샤와 내가 직접 선생님들에게 해명해야 했다. 그러나 아미는 엄마가 학교까지 바래다주고 모든 걸 처리해 주기로 했다.

"다시 데리러 갈 거야."

엄마가 아미에게 약속했다. 항상 일정으로 바쁜 엄마가 어디에서 따로 시간을 내어 보조개가 있는 초등학교 선생님에게 책가방이 없는 아미의 사정을 설명하겠다는 건지 궁금했다. 아미는 방금 하늘에서 내려온 수호천사라도 만난 듯이 무척 들뜬 얼굴로 엄마를 바라보았다.

"고맙습니다."

미샤가 말하고는 엄마에게 꽤나 길게 감사의 눈길을 보냈다. 덕분에 나도 엄마가 가끔 짜증스러울 때가 있다는 사실을 딱 그 시간만큼 잊었다. 오히려 자랑스러운 마음이 들었다.

밖에서 우리는 엄마와 아미가 모퉁이를 돌아 사라질 때까지 아미에게 되도록 쾌활하게 손을 흔들었다. 그 후 미샤는 더 우울해 보였다. 머리가 다시 늘어져 얼굴을 가렸다. 특별히 도발적으로 보이기 위해 바르는 젤은 들어갈 수 없는 그의 집에 있었다. 머리가 늘어져 있으니 왠지 약하고 예민해 보였다. 어제 입었던 흰색 셔츠는 방금 다림질한 것처럼 주름 하나 없었다. 그걸 어떻게 했는지 모르겠다. 미샤는 평소와 다름 없이 시간에 맞춰 학교에 가려고 했다. 미샤가 서둘러야 한다고 고집을 부리는 바람에 나는 생각해 두었던 기발한 돈벌이 계획을 점심때에나 말하기로 했다.

바슬러 선생님이 벌써 교실 앞에 서 있었다. 선생님이 미샤와 나한테 일어난 비정상적인 일들을 알고 있을 거라는 생각이 잠시 들었다. 가까이 다가가니 그때서야 선생님 앞에 한 여자가 버티고 서 있는 게 보였다. 키가 크고 가슴이 떡 벌어진 사람이었다. 상의는 꽉 끼게 입었고 얼굴은 심각한 표정이었다. 한쪽 겨드랑이에는 서류 가방을 끼고 있었고, 다른 팔로는 바슬러의 가슴 앞에서 위협적인 몸짓을 해 가며 거친 말을 쏟아 내고 있었다. 바슬러 선생님은 그 상황을 넘기려고 애쓰는 중이었다. 공손한 태도로 말없이 서서 여자의 과장된 몸짓으로부터 몸을 피하고 있었다.

"우리 그냥 빼먹자."

내가 미샤에게 나직하게 말했다. 미샤는 그대로 서 있었다. 그리고 잠시, 정말 아주 잠시 고민했다. 그러더니 고개를 세차게 저었다.

"오늘 생물 있어."

미샤가 말했다. 바슬러 선생님의 시선이 우리 둘에게 와서 머물렀을 때 반사적으로 놀라는 표정이 선생님의 얼굴에 휙 스치고 지나갔다. 선생님이 노련하게 몸을 돌리면서 여자는 복도를 등진 채 서게 되었고 선생님은 여자의 네모난 어깨 너머로 곁눈질을 했다. 우리를 보며 독특하게 눈을 굴렸는데, 아마도 가능하면 빨리 교실로 들어가라고 명령하는 것 같았다. 문을 통해 살그머니 들어가는데 선생님이 여자의 말을 끊는 소리가 들렸다.

"안 됩니다! 미샤는 오늘 인정 결석입니다. 그래서 어떤 정보도 드릴 수 없어요. 솔직히 말씀드리면 지금까지 어떤 이유로도 문제를 일으킨 적이 한 번도 없는 학생입니다."

이쯤 되니 그 여자가 두 번째 문제, 즉 하이츠만 부인과 청소년청과 관계가 있다는 게 확실해졌다. 또한 바슬러 선생님이 방금 인정사정없이 거짓말을 했다는 것도 분명했다. 미샤를 위해서. 나는 교실 문을 조심스럽게 닫았다. 안에 들어가니 순식간에 모든 아이의 이목이 우리에게 쏠렸다. 소곤대는 문장 조각들이 웅성거렸다. '담임', '미샤', '문제', '이상해' 같은 말들이 들렸다. 금발 삼총사가 걱정스러운 표정을 지었고 조피는 미샤를 날카롭게 쳐다보았다.

"안녕!"

나는 소곤대는 아이들에게 대고 당돌하게 큰 소리로 외쳤다. 미샤는 말없이 자기 자리로 가서 아빠가 우리를 위해 인쇄기에서 뽑아 준 종이 뭉치를 가지런히 정리했다. 밑에서 위로 천천히 붉어지는 미샤의 얼굴만이 이런 식의 이목 집중이 미샤에게 어떤 영향을 남기는지 알려 주었다. 돌연변이 박새가 생각났다.

바슬러 선생님이 드디어 교실에 들어왔을 때 나는 선생님이 당장 호통을 치고 미샤를 야단칠 거라 생각했지만 그는 그렇게 하지 않았다.

살벌한 눈으로 학생들을 둘러볼 때 미샤를 다른 아이들보다 1초가량 더 길게 바라보고는 거친 숨을 몰아쉬며 의자에 앉아 수학 수업을 시작했을 뿐이다. 우리가 가져오지 않은 준비물에 대해서는 한마디도 하지 않았다.

"세 번째 문제를 해결할 방법이 있어."

점심때 학교를 나오자마자 내가 불쑥 말을 꺼냈다.

"세 번째 문제?"

미샤가 건성으로 물었다. 아직도 청소년청에서 나온 그 위협적인 여자를 생각하는 게 분명했다.

"세 번째 문제. 돈 말이야. 기억나? 우리한테 필요한 돈!"

"아, 그거. 물론이지."

"중고 거래 사이트 있잖아. 형의 운동용품을 파는 거야. 운동복은 인터넷에서 날개 돋친 듯이 팔린다고 형 친구가 그랬대."

내가 의기양양하게 말했다. 미샤는 깜짝 놀라 나를 쳐다보았다.

"형 물건을 멋대로 팔 수는 없어!"

"그 물건들은 이제 형한테 필요 없어. 버리려고 자기가 직접 골라 놓은 거야. 게다가 지금은 정말 비상 상황이잖아! 돈은 형한테 나중에 돌려주면 돼!"

미샤가 아직도 전혀 납득하지 못한 것 같아 내가 마지막 말을 덧붙였다.

"몸값을 주고 너의 아빠를 되찾으면."

내가 자기 아빠 이야기를 꺼내자 미샤는 더 이상 버티지 않았다.

잠시 후 우리는 내 방에 앉아 중고 거래 사이트에 회원 가입을 했다. 놀랍게도 절차는 간단했다. 나는 내 나이를 18세로 적었고 '반경 15킬로미터'와 '물건 인도 시 현금 지불'로 판매 조건을 설정했다. 우리는 비범한 판매자가 되어 운동용품으로 가득한 상자를 들고 시내를 누비는 모습을 상상했다.

다행히 형은 오늘 수업이 늦게까지 있었다. 마침내 커다란 상자를 뒤집어 내용물을 꺼냈을 때는 마음이 조마조마했다. 물론 우리가 하는 일이 옳지 않다는 건 알고 있었다. 하지만 그 생각은 곧 떨쳐 버렸다. 사진 촬영을 위해 형의 물건을 연출하는 데 집중해야 했기 때문이다. 하키 스틱 사건이 있었던 날 저녁 이후로 테니스 라켓, 무릎 보호대, 잠수용 지느러미발이 추가되어 있었다.

몸을 돌려 미샤를 보고 자신만만하게 웃었을 때 미샤는 내 뒤에서 얼어붙은 듯이 서 있었다. 얼굴에는 놀라움과 충격과 황홀함이 뒤섞인 야릇한 표정이 나타났는데 미샤는 이내 그걸 숨기려고 애썼다.

"엄청나게 많구나."

미샤가 쉰 소리로 말하고 희미하게 웃었지만 사실은 웃을 기분이 아닌 것 같았다.

산처럼 쌓여 있는 운동용품 중간에 수영복이 하나 있었다. 녹색과 검정색 무늬가 들어간 것인데 새것처럼 보였다. 그 순간 상상력이 발동한 내 뇌가 불쑥 미샤의 텅 빈 방을 보여 주었다. 장롱도 없는 벽, 아무것도 놓이지 않은 식탁, 슬퍼 보이는 곰 인형이 있는 창턱, 깔끔하게 개어 놓은 하얀 셔츠들. 갑자기 쓸모없이 쌓여 있는 이 물건들이 부끄러워졌다. 여기에서 훤히 보이는 형의 빤한 욕심이 부끄러웠고, 나 역시 그 정도로 많은 물건을 가지고 있었기에 나 자신이 부끄러웠다. 우리의 차고 넘치는 풍요와 그걸 미샤가 여기에서 보아야 한다는 사실이 부끄러웠다. 그러다 초등학교 체육 시간에 너무 커서 끊임없이 흘러내리는 운동복 바지를 입고 서 있던 미샤의 모습이 떠올랐다. 아이들이 모두 웃었다. 우리 아빠가 운동장 가장자리에서 그 모습을 보고 다음번에 옷핀을 가져와 몰래 미샤의 바지를 고정해 주었다. 그 옷핀을 미샤는 수년 동안 사용했다. 그리고 바지가 작아진 지 오래됐을 때도 미샤는 여전히 그 바지를 입고 다녔다. 모두가 웃었다. 미샤가 가장 좋아하는 바지를 버리고 싶어 하지 않는 거라고 생각했기 때문이다.

미샤에게 형이 버리려는 수영복을 줄까 잠시 고민했지만, 전에 내가 돈을 주겠다고 했던 일과 그때 미샤가 예민하게 반응했던 것이 떠올라 얼굴이 달아올랐다.

"자 그럼, 이제 시작이야!"

내가 힘차게 말했다. 나는 가장 흥미를 끌 만한 물건부터 인터넷에 올렸다. 고무 잠수복, 등산 장비, 스쿼시 라켓, 줄타기용 줄이었다. 시세를 알아본 뒤 형의 물건을 팔기 시작했다. 나는 별일 아니라는 듯 괜히 들뜬 척하며 인터넷 창을 클릭했다. 고개를 돌려 미샤를 돌아볼 엄두가 나지 않았다. 분명히 내 뒤에서 멀찌감치 떨어져 내가 미샤의 집을 처음 방문했을 때와 비슷하게 황당한 기분으로 서 있을 테니까.

정확히 5분 후에 문의가 왔다. 가장 먼저 나간 건 고무 잠수복이었다. 120유로였다! 나는 환호성을 지르며 의자에서 일어났다. 그다음엔 누가 스쿼시 라켓을 50유로에 사겠다고 했다. 사람들은 어떻게 물건을 주고받을지 단도직입적으로 물었다. 나는 지하실에 있는 아빠의 상자 창고로 가서 가지런히 쌓여 있는 상자 중 딱 맞는 상자를 몇 개 꺼냈다.

다시 돌아왔을 때 미샤는 있던 자리에서 한 발짝도 움직이지 않았다. 한가득 쌓여 있는 운동용품 옆에 얼어붙은 듯이 서 있었는데 조금 창백해 보였다.

"난 모르겠어, 니츠. 뭔가 옳지 않은 일 같아. 내 말은……."

미샤는 말을 멈추고 잠수를 앞둔 해녀처럼 심호흡했다.

"이건 사실 우리 아빠가 내 지도책으로 했던 것과 똑같은 짓 아니야?"

"뭐? 아니야! 너희 아빠는 범죄자들과 어울리면서 너의 가장 귀중한 물건을 빼돌려 팔았어!"

나는 일부러 미샤가 직접 사용했던 단어를 사용했다.

"그럼 우리는 너희 형 물건으로 뭘 하는 건데?"

미샤가 경직 상태에서 벗어났다. 미샤는 머리칼이 사방으로 뻗칠 때까지 초조하게 머리를 쓸어 넘겼다.

"형이 이걸 직접 골라서 내놓았다니까!"

내가 한 번 더 근거를 댔다.

"난 우리 아빠처럼 되지 않을 거야."

미샤가 갑자기 감정이 격해져서 말했다. 그 말이 너무 터무니없어서 처음에는 웃음이 나오려고 했다. 미샤는 자기 아빠와는 거의 정반대인 아이니까! 하지만 그 말을 하면서 나를 바라보던 모습, 그 어두운 눈빛과 머리칼 끝까지 가득한 절망적인 분노가 나를 웃지 못하게 했다.

"미샤……. 이건 거짓말 같은 거라고 생각해."

내가 말했다. 그러나 더 무슨 말을 해야 할지 몰랐다. 내 생각이 나를 어디로 데려갈지 스스로도 정확히 모르면서 나는 이야기를 이어 나갔다.

"네가 그랬잖아. 거짓말은 비상 상황에서는 허용된다고. 지금 우리는 즐겁게 돈을 벌자는 게 아니야. 문제는 사느냐 아니면……."

'죽느냐'라는 말을 하기 전에 나는 멈췄다.

"여하튼 여기 이 물건들은 우리가 빨리 돈을 마련할 수 있는 유일한 기회야. 돈을 마련하지 못하면 너희 아빠는 나타나지 않을 거야. 아빠가 나타나지 않으면 너희는 숨어 지내야 할지도 몰라."

미샤의 분노가 흔들리는 것이 보였다. 그의 어깨가 축 늘어졌다. 나는 숨을 돌리고 내 휴대폰에 손을 뻗었다.

"그럼 우선 고무 잠수복과 스쿼시 라켓을 갖다주러 가자. 다 문제없다는 걸 알게 될 거야! 가자, 미샤!"

"좋아."

미샤가 망설이며 말했다.

5분 뒤 나는 오후에 만날 장소 두 곳을 약속하고 형의 나머지 물건들은 다시 상자에 넣었다. 나는 미샤의 손에 잠수복을 건네주었다.

"확실히 결정한 거지?"

"응, '빼돌리기로' 결심했어."

미샤가 승복하며 고개를 끄덕였다.

우리는 케밥 먹을 시간도 있었다. 미샤 아빠가 미샤와 아미에게 케밥을 먹으라고 하지 않았던가? 그런데 이상하게 그레고르의 가게는 안에서 사람 목소리와 덜거덕거리는 소리가 들리는 것 같은데도 벌써 다시 닫혀 있었다. 그때 엄마가 모퉁이를 돌아 나타나지 않았다면 나는 계속 의아함에 빠져 있었을 것이다.

엄마가 헐떡이며 소리쳤다.

"아미가 없어졌어! 내가 학교로 데리러 갔을 때 벌써 없더라고. 그런데 되찾고 싶어 하는 읽기 교과서에 대해 다른 아이들에게 뭔가를 얘기했다는 모양이야."

"아, 안 돼! 제발, 안 돼!"

미샤가 끙끙거리며 말했다.

"아미가 어디에 있는지 알 것 같아요."

이렇게 말한 나는 소름이 끼쳤다. 바로 가죽 재킷 남자들이 떠올랐기 때문이다. 이번에는 팔 아래쪽이 꽁꽁 묶인 아미의 모습도 보였다. 미샤와 나는 말없이 달렸고 엄마가 뒤따라왔다. 다행히 우리가 빨리 달린 덕분에 본부에 도착할 때까지 엄마는 아무것도 묻지 못했다.

멀리서부터 아미의 모습이 보였다. 아미는 문 바로 옆에 있는 담장

위에 앉아 다리를 달랑거리고 있었다. 그렇게 태평하게 무사히 앉아 있는 걸 보니 안심이 되면서도 속이 메스꺼워졌다. 옆에는 아미를 지켜 주려는 듯이 커다란 까마귀가 앉아 있었다. 까마귀는 대부분의 포유동물보다 훨씬 영리하다며 미샤가 들려준 얘기가 생각났다. 그게 까마귀가 계속 동화에 등장하고 마법에 걸린 사람으로 변신하는 유일한 이유라고 했다.

까마귀가 까악까악 울며 날아갔다. 미샤가 아미를 담장에서 와락 끌어내리자 아미가 겁을 먹고 꺅 소리를 질렀다. 미샤는 정말 미치도록 화가 나 있었다.

"너 돌았어?"

"나를 도와주려고 하지 않았잖아. 그 멍청한 우도는 내 읽기 교과서를 '반드시' 돌려줘야 해. 하지만 지금은 여기에 없어. 나머지 멍청한 강도 두 명도 없어. 내가 벌써 아까부터 기다리고 있었단 말이야."

아미가 불평하며 다 풀어진 갈래머리를 번갈아 씹었다. 아미의 눈이 희번덕거렸다.

"지금은 일단 같이 가자. 읽기 교과서 문제는 나중에 해결하고."

여기에서 무슨 일이 벌어지는지 절반도 이해하지 못했지만 평소의 냉철함을 되찾은 엄마가 말했다.

"그게 해결해야 할 문제인지도 잘 모르겠어요."

내가 중얼거렸다. 하지만 아미는 계속 고집을 피웠다.

"내 읽기 교과서 돌려받을 거야! 아니면 코코아 먹고 싶어."

엄마가 나를 쳐다보았다.

"코코아라면 아무 문제없지."

엄마는 아미에게 말한 뒤, 우리가 들고 있는 상자를 보면서 나와 미샤에게 말했다.

"너희 방금 어디 가는 길이었니?"

"아, 학교 일 때문에 처리할 게 있어서요."

미샤가 딴소리를 하기 전에 내가 얼른 대답했다.

"그럼 빨리 가 봐."

엄마가 다시 나를 쳐다보며 말했다. 그 눈빛은 간밤에 내가 엄마에게 했던 약속을 상기시켰다.

"하지만 너무 오래 걸리면 안 돼, 알았지? 그리고 오늘 저녁에……."

엄마가 어제 얘기를 더 꺼내기 전에 나는 짧게 고개를 끄덕였다. 아미가 엄마 손을 잡았다. 두 사람이 걸어갈 때 까마귀처럼 까만 엄마의 머리와 아미의 덥수룩한 갈색 갈래머리가 함께 나부꼈다. 너무도 평범한 엄마와 아이처럼 보였다.

약속 장소로 가는 길에 우리는 타펠이 있는 모퉁이를 지났다. 나는 아무 말도 하지 않았다. 하지만 막 안뜰을 지나려는데 지난번과 마찬가지로 우리를 뒤따라온 것처럼 그 아이가 거기에 있었다. 별난 조피였다. 조피는 검은색 치마를 휘날리며 이번에는 반대 방향에서 다가왔다.

"안녕! 타펠에 장 보러 가니?"

여느 때처럼 개성 없이 쉰 목소리로 조피가 물었다. 그러곤 걸음을 멈추었다. 미샤의 얼굴이 빨개졌다.

"음, 아니."

내가 간신히 대답을 쥐어짜 냈다. 하마터면 이렇게 말할 뻔했다. '그 반대야.'

조피가 어깨를 으쓱해 보였다.

"그래. 그럼 내일 봐!"

우리는 제시간에 정확히 약속 장소에 도착해 붉은 콧수염 남자에게 고무 잠수복을 건넸다. 잠수복을 자세히 살펴보던 그는 더할 수 없이 행복해 보였다. 나는 가격을 두 배로 불렀어야 하지 않았나 하는 생각이 들었다.

스쿼시 라켓을 사겠다는 남자는 조금 까다로웠다. 우리를 의심스러운 눈으로 훑어본 뒤 스쿼시 라켓 네 개의 무게를 손으로 한참이나 가늠하고는 숨어 있는 흠을 샅샅이 뒤져 찾아내려 했지만 당연히 그런 건 없었다. 형이 그 라켓을 사용한 횟수가 세 번 정도밖에 되지 않았으니까.

"이거 너희 거 맞아?"

남자는 못 믿겠다는 듯이 눈을 가늘게 떴다. 그가 정곡을 찌른 터라 나는 잠시 말문이 막혔다.

"아저씨, 우리가 시시한 사기꾼처럼 보이세요?"

미샤가 오랜만에 들어 보는, 미샤답게 침착한 목소리로 말했다. 그리고 남자를 보며 무장 해제시키는 미소를 지었다. 그러더니 친절하게 덧붙였다.

"꼭 살 필요는 없어요."

미샤는 다른 사람들에게 발휘했던 능력을 남자에게도 보였다.

"아냐, 살 거야. 다른 뜻은 없어. 그래도 사람 일은 모르는 거잖아."

남자는 투덜거리며 미샤의 손에 50유로 지폐를 쥐여 주었다. '그래, 맞아.' 나는 속으로 생각하고 웃었다. 사람 일은 모르는 거니까. 다시 전철에 앉아 있을 때 비로소 깨달은 게 있었다. 미샤는 거짓말이라고는 조금도 하지 않았다. 단지 질문을 했을 뿐이고 그 모습은 미샤 본연의 모습이었다. 그렇게 사람을 설득하는 힘이 있는 미샤가 결코 속임수를 쓰려 하지 않는다는 게 역설적이지 않은가? 그런 미샤를 부추겨 속임수를 쓰게 했다고 생각하니 마음이 상당히 불편해졌다.

"170유로 벌었어."

나는 웃으며 불편한 심기를 털어 버렸다. 미샤는 고개만 끄덕이고 무척 조심스럽게 웃어 주었다.

우리 집 주방에서는 형이 아미와 함께 앉아 과자를 먹으며 보드게임을 하고 있었다. 둘 다 무척 재미있게 노는 것 같았다. 아미는 읽기 교과서를 더 이상 찾지 않는 듯했고, 당연한 일이지만 형 역시 고무 잠수복과 스쿼시 라켓에 대해 궁금해하지 않았다. 어디선가 엄마가 나직하게 통화하는 소리가 들렸다.

"잠깐 나랑 얘기 좀 할래?"

미샤가 아미에게 물었다.

"지금 나 올레 오빠랑 게임하고 있잖아!"

아미가 투덜댔다.

"게임은 좀 있다가 하게 해 줄게!"

미샤가 약속하고 아미를 내 방으로 데리고 갔다. 나는 밖에 있었지만 문이 살짝 열려 있어서 하는 말마다 다 들렸다.

"잘 들어, 아미. 앞으로 우리가 어떻게 될지 나도 잘 몰라. 하지만 지금은 너도 허튼짓을 하면 안 돼, 알았지?"

아미는 아무 말도 하지 않았다. 속삭이기만 했는데도 미샤의 말투는 단호하고 근엄하기까지 했다.

"우린 집에 못 가, 아미. 지금은 니츠 가족이 우리를 도와주고 있어. 그러니까 일을 그르치면 안 돼! 알아들었지?"

미샤가 낮게 말했다. 미샤는 이 상황을 일종의 피신으로 보고 있는 것이었다. 아미의 목소리는 전혀 들리지 않았다.

"알아들었냐고!"

"알았어."

이제 미샤의 말투가 다시 부드러워졌다.

"너도 엄마 문제 때문에 미칠 것 같고 혼란스럽지? 엄마가 어디에 있는지도 모르니까. 그리고 엄마가 사실은 모스 부호로 소식을 전하는 게 아니고, 아빠와 내가 엄마에 대해 한 얘기가 모두 헛소리라는 걸 너는 모르고 있었으니까."

"엄마? 모스 부호는 벌써 옛날부터 이상했어. 그리고 엄마에 대해서
는 전부터 관심 없었어. 얼굴도 모르는데 뭘. 난 읽기 교과서만 찾으면
돼. 그리고 아빠도!"

아미가 말했다. 아미의 목소리가 미샤를 유별난 사람으로 여기는 것
처럼 들렸다. 한참 뒤 미샤의 한숨 소리가 들렸다.

"우리가 아빠를 꺼내 올 거라고 내가 약속했잖아."

미샤는 내가 문밖에서 엿듣는 걸 아는 듯이 다시 큰 소리로 말했다.

"니츠하고 나한테 좋은 생각이 있어……."

나는 얼른 주방으로 돌아갔다.

"다들 괜찮아?"

형은 늘 그렇듯이 관심이 있어서라기보다는 재미있다는 표정으로 나
를 쳐다보며 물었다. 거리낌 없이 형을 속인 탓에 나는 양심의 가책을
느꼈다.

"응, 다 좋아."

내가 대답했다. 형이 의심을 품기 전에 아미가 쓱 들어와서 다행이었다.

"계속하자!"

아미가 환하게 웃었다. 형도 부드럽게 웃어 주었다. 그러고는 나와
미샤에게도 물었다.

"너희도 같이 할래?"

"아니, 괜찮아! 숙제해야 돼."

내가 말했다. 미샤와 나는 형의 물건 중에서 더 팔 수 있는 게 있나 살펴보려고만 했다. 그런데 사겠다는 사람이 여전히 많았다.

"이것 좀 봐. 줄타기용 줄도 누가 사려고 해. 이런 추세라면 너희 아빠 빚을 곧 갚을 수 있겠어!"

내가 말하자 미샤가 가쁜 숨을 몰아쉬며 내 말을 끊었다.

"망했다."

미샤가 등산 장비 문의를 가리켰다. 거기에 적힌 이름이 불행하게도 너무 익숙했다. 나는 침을 꼴깍 삼켰다.

니탸난다, 자네가 가지고 있는 수많은 운동용품 중 몇 개가 너무나 보고 싶네. 그 얘기는 내일 수업 전에 하는 게 좋겠어. 7시 20분에! 친구 미샤도 데리고 와 줘. 만나서 해결하고 싶은 문제가 있거든.

바슬러 선생님

18

케밥 동물이 있다면
아마 다리가 네 개
작은 머리가 하나
그 위에는 양파가 올라가 있겠지
도망가기에는 너무 무거워
안 그러면 케밥은 없겠지

"망했다!"
나도 말했다. 미샤가 속삭였다.
"이제 어쩌지?"
"당분간 판매하지 않는다고 해야겠지."
내가 자책하며 대답했다. 그 순간 주방에서 엄마의 목소리가 들렸다.
"저녁 먹어라!"

그때서야 나는 우리 둘이 하루 종일 아무것도 제대로 못 먹었다는 걸 알았다. 어쩌면 미샤는 이런 일에 익숙할지도 모른다는 생각이 아주 잠시 들었지만 나는 얼른 그 생각을 떨쳐 내고 미샤를 주방 쪽으로 밀었다.

"하나씩 차례대로 하자. 저녁부터 먹고 그다음에 바슬러 선생님 문제를 해결하자고."

주방에서는 벌써 온 식구가 커다란 식탁에 둘러앉아 있었다. 아미는 다른 자리엔 앉아 본 적이 없는 아이처럼 버젓이 한가운데 자리를 차지했다.

"파티 같아!"

아미가 숨을 내뿜으며 말했다. 아미의 두 눈이 빛났다. 나는 잠시 아미의 눈으로 음식이 차려진 식탁을 바라보았다. 빵, 소시지, 치즈가 넘치도록 많았고, 썰어 놓은 오이와 예쁘게 조각낸 사과가 있었다. 내게는 너무도 평범한 저녁 식사였다.

"음식은 눈으로도 먹는 거야."

아빠가 말하자 아미는 아빠를 빤히 쳐다보았다.

"눈으로 먹을 줄 알아요?"

아빠가 싱긋 웃었다.

"말이 그렇다는 거야, 아미. 음식은 보기에도 좋아야 한다는 뜻이야. 비록……."

아빠는 웃으며 오이 조각을 눈썹과 눈꺼풀 사이에 끼웠다. 아미가 배

꼽을 잡고 웃으며 금세 따라 하려고 했다. 그렇게 우스꽝스러운 아빠의 모습을 전에는 본 적이 없었다.

"자, 그럼……. 아까 청소년청에 전화해 봤어."

아미를 제외한 모든 사람이 식사를 마쳤을 때 엄마가 아빠와 길게 눈 길을 주고받은 뒤 머리를 꼬아 매듭을 지으며 말했다. 미샤가 거칠게 숨을 쉬었다. 아미는 그러지 않았다.

"하이츠만 부인이 받았어요?"

아미가 쾌활하게 묻고 다음 오이를 열심히 오독오독 먹었다. 엄마 얼 굴에 저절로 미소가 묻어났다.

"처음엔 아니었어. 너희 담당이 그 사람이라 곧 바꿔 주더라."

나는 즉시 엄마가 그 난폭하고 이상한 여자와 말다툼을 하는 모습을 상상했다. 대화 내용을 들어 보았다면 좋았을 텐데.

"너희 둘은 당분간 우리 집에서 지내도 돼. 여기에 있는 동안 아미는 내가 아침마다 학교에 데려다 줄 거야. 점심때는 내가 데리러 갈 때까지 기다려야 해!"

엄마는 아미를 날카롭게 쳐다보았지만 아미는 그걸 전혀 눈치채지 못했다.

"야호!"

아미는 환호성을 지르고 자리에서 벌떡 일어났다. 그 바람에 아빠가 손에 들고 오이를 자르던 칼을 건드려 떨어뜨릴 뻔했다. 엄마는 미샤를 바라보며 말했다.

"하지만 청소년청이 기약 없이 협조하지는 않을 거야. 너희 아빠가 어디 있는지 무슨 정보라도 있니?"

엄마가 사무적인 말투를 사용하는 게 무척 부적절하다는 생각이 잠시 들었지만 어쩌면 그게 현명한 것일 수 있었다. 미샤가 조금이라도 동정의 징후가 보이기만 하면 즉시 펑펑 울 것 같은 표정을 짓고 있었기 때문이다.

"아니요. 곤경에 빠졌다는 편지만 했어요."

미샤가 나지막이 말하자 아미가 덧붙였다.

"그리고 우리더러 케밥을 먹으라고 했어요. 그런데 여기 음식이 그레고르의 케밥보다 훨씬 맛있어요!"

"잘됐구나."

아빠가 미소를 지으며 아미에게 오이 한 조각을 슬쩍 쥐여 주었다. 아미는 오이를 입에 넣으며 중얼거렸다.

"어쨌든 아빠는 우도하고 같이 있지 않아요."

엄마가 눈썹을 치켜올렸다.

"우도는 악당 두목이에요."

내가 미샤의 얼굴 표정을 본 후 힘없이 설명했다. 미샤는 앞에 놓인 식탁 상판을 응시하다가 음식 부스러기를 쓸어 모았다.

"죄송해요. 화장실 좀 다녀올게요."

미샤가 중얼거리고 천천히 일어나 주방에서 나갔다.

"아, 젠장. 미샤에게 더 큰 스트레스를 줄 생각은 없었는데."

엄마가 낮은 소리로 중얼거렸다. 그건 분명히 아니라고 엄마에게 말하고 싶었다. 여하튼 지금은 두 번째 문제의 해결이 당분간 미루어졌으니까. 나는 이렇게만 말했다.

"미샤는 아빠가 어디에 있는지 정말 몰라요."

엄마가 단호한 목소리로 말했다.

"나한테 생각이 있어."

그게 뭔지는 몰랐지만 엄마의 그토록 분명하고 확신 넘치는 단호함에 고마운 마음이 들었다.

"미샤한테 가 봐."

엄마가 내게 말하고는 아미를 쳐다보았다.

"그리고 아미, 너는 나랑 같이 식탁을 치우자!"

엄마가 특별히 신나는 놀이를 제안한 것처럼 아미는 좋아서 비명을 질렀다.

미샤가 화장실에서 나올 때까지 나는 상당히 오래 기다렸다. 그가 안에서 무엇을 했는지는 물어볼 필요가 없었다.

"미샤."

미샤의 벌게진 얼굴을 보고 나는 어찌해야 좋을지 몰라 자신 없이 이름만 불렀다. 모든 게 잘될 거라는 말이나 아무 도움도 되지 않는 무의미한 말들 외에는 할 말이 없었기 때문이다. 아무 말도 하지 않는 게 오히려 도와주는 것일 터였다. 미샤도 말없이 바닥만 내려다보았다. 나는 몸을 움직여 미샤를 껴안았다. 그 와중에 미샤의 발을 밟아 둘이 함께 넘어질 뻔했는데도 별로 겸연쩍지 않았다. 이 어설픈 포옹은 그 순간 내가 할 수 있는 최선의 행동이었다.

"내일이 되면 계속해야지."

이윽고 미샤가 쉰 듯한 목소리로 말했다. 나는 겨우 이렇게 대답했다.

"그래야지."

우리는 한동안 더 창가에 앉아 해거름에 귀가를 서두르는 사람들을 묵묵히 바라보았다. 맞은편 주택 지붕마루에 검은지빠귀 한 마리가 앉아 미샤에게 용기를 주려는 듯 세레나데를 불렀다. 미샤가 노래를 실컷 들을 수 있도록 나는 창문을 활짝 열었다. 미샤가 심호흡을 했다.

"벌써 여름 냄새가 나."

미샤가 나지막하게 말했다. 정말 그랬다. 달콤한 꽃 냄새와 파릇파릇한 풀 냄새가 났다. 밝은 오후와 희망을 약속하는 것처럼 부드러운 냄새였다.

다음 날 아침 꼭두새벽에 우리는 윤이 나는 바슬러 선생님의 교탁 앞에 서 있었다. 선생님은 우리더러 앉으라는 말도 하지 않았다. 교실은 텅 비어 아무 소리도 나지 않아 뭔가 으스스한 느낌이 들었다. 칠판은 평소와 달리 깨끗하게 닦여 있었고, 오른쪽 아래에 지워지다 만 파란색 분필 자국만 덩그러니 남아 있었다. 칠판 위쪽에 달린 시계는 겁을 주듯 정적 속에서 째깍째깍 소리를 냈다. 그 소리에 맞춰 나는 초조하게 오른발로 바닥을 두드렸다. 그때 바슬러 선생님의 눈길이 나를 제지했다. 선생님이 퉁명스럽게 말했다.

"자, 니탸난다. 어떻게 해서 그렇게 많은 운동용품을 팔게 됐니?"

"제가, 어……."

나는 말을 더듬다가 입을 다물었다. 잠깐 옆을 보니 미샤가 있었다. 나를 보는 미샤의 눈빛에서 문득 내 친구가 나를 얼마나 의지하는지 알 수 있었다. 늘 나보다 똑똑하고 침착하고 체계적인 미샤가 나를 신뢰하고 있었다. 이 깨달음이 벼락처럼 나를 덮쳤다. 나는 짐짓 태연하게 말했다.

"그러니까, 우리 가족이 버리려고 내놓은 운동용품인데 제가 대표로 팔고 있는 거예요."

"그러려면 18세가 되어야 한다는 걸 부모님은 알고 계시니?"

바슬러 선생님이 날카롭게 물었다. 아직도 내 얼굴에 머물러 있는 미샤의 시선이 느껴졌다.

"엄마가 그렇게 엄격하지 않아서요. 엄마한테 전화해서 한번 확인해 봐도 돼요."

나는 차분하게 말했다. 그러면서도 내가 얼마나 큰 모험을 하고 있는 건지 잘 알고 있었다. 나는 째깍거리는 시계를 잽싸게 보았다.

"지금은 벌써 회의에 들어갔을 거예요."

나는 '회의' 라는 말을 강조하며 허세를 부렸다.

"아하."

바슬러 선생님이 짜증스러운 듯이 말했다. 내 허세가 통한 모양이었다.

나는 미샤와 스쿼시 라켓을 사 간 남자의 대화를 떠올리며 용감하게 덧붙였다.

"그런데 지금 등산 장비를 사실 거예요? 형이 쓰던 건데 선생님이랑 체구가 거의 비슷해요."

"아, 그러니? 생각해 봐야겠어."

바슬러 선생님이 중얼거렸다. 완전히 당황한 기색이 역력했다. 나는 다시 미샤를 보았다. 미샤는 눈에 띄지 않게 눈썹만 치켜올릴 뿐이었다. 미샤 역시 지금 이게 선생님이 하려던 말의 전부인지 아닌지 몰랐기 때문일 것이다.

"그리고 너, 미샤."

선생님이 미샤를 보고 말했다.

"네, 선생님."

미샤는 예의 바르게 대답했지만, 내겐 그 모습이 침착하고 공손하게 대답하기 위해 자제심을 발휘하는 것처럼 보였다.

"어제 봤던 카우츠 부인은 청소년청 관리자야. 너와 네 동생이 걱정돼서 여기에 온 거야, 미샤."

선생님이 평소와 달리 갑자기 부드러운 목소리로 말했다. 미샤는 아무 말도 하지 않고 교탁이 대답을 들려주기라도 한다는 듯이 그쪽만 바라보았다. 선생님의 대머리와 교탁 상판이 누가 더 반질반질 윤이 나나 경쟁을 벌이고 있었다. 우리가 바슬러 선생님을 유난히 싫어했던 어느 날, 사람은 대머리가 생기는 유일한 생물이라고 했던 미샤의 말이 떠올랐다.

사실 그쯤 되면 선생님은 미샤를 돕기 위해 온 거라고 말해야 옳았다. 전날 카우츠 부인으로부터 미샤를 보호하기로 결심했을 때 여하튼 직감을 발휘한 것 아닌가. 그럼에도 바슬러는 변함없이 바슬러였고 결국 자세한 설명을 해 주지 않았다. 마침내 미샤가 나지막하게 말했다.

"지금 저희 집에 몇 가지 문제가 있어요, 바슬러 선생님. 저희가 편부 가정이거든요."

선생님은 잠깐 고개만 끄덕였다. 이미 알고 있는 모양이었다.

"그리고 엄마는, 그게……. 지금 연락이 되지 않아요."

미샤의 목소리가 떨렸다.

"하지만 저희 식구 셋이 어떻게든 해 보려고 노력하고 있어요. 아빠가 모든 걸 항상 완벽하게 돌봐 주지는 못하더라도 저희는 절대 떨어져 살지 않을 거예요."

그 말은 본질과 관계없는 자기 과소평가라고 생각했다. 선생님과 미샤 사이에 다시 큰 정적이 찾아와 나는 또 발로 바닥을 치기 시작했다.

"예를 들면 수영복을 사는 일에 미샤 아빠는 관심이 없어요."

내가 끼어들었다. 이 말이 가장 먼저 떠오른 것이다. 나는 실언을 후회했다. 미샤를 최악의 상황으로부터 보호하기는커녕 모든 걸 망친 것 같았다.

바슬러 선생님은 안경 너머 작게 보이는 눈으로 미샤를 응시하다가 천천히 고개를 끄덕이더니 알겠다는 투로 말했다.

"아하. 그럼 진단서는?"

나는 숨을 참았다.

"……위조한 거예요."

미샤가 자그마한 소리로 대답한 뒤 선생님이 아니라 바닥을 보았다. 칠판 위의 시계는 이제 터지기 일보 직전의 폭탄처럼 째깍거렸다. 나는 바슬러 선생님이 미샤를 먼저 교장 선생님에게 끌고 갈지 아니면 청소년청의 카우츠 부인에게 데리고 갈지 궁금했다. 하지만 선생님은 불쑥 투덜대듯 말했다.

"나도 항상 수영을 싫어했어. 늘 불만스러워서 수영장 가장자리에 매달려 있었지. 언젠가부터 수영 시간만 되면 항상 병이 났어. 계절 독감이었지."

선생님은 낮은 소리로 건조하게 피식 웃더니 혼잣말 비슷하게 말했다.

"난 오히려 등산이 좋았어. 지금도 토요일이면 등산을 해."

선생님이 혼자 킥킥거렸다. 삐딱하게 난 선생님의 앞니를 나는 그때 처음 보았다.

"누구나 약점이 있어, 미샤. 너도 마찬가지야."

선생님이 말했다. 심술궂기로 악명 높은 바슬러 선생님이 미샤를 더 이상 곤란하게 만들지 않으려고 일부러 대화의 본질을 파악하지 못한 척하는 건지 궁금했다. 아니면 암울한 내막과 마주하는 대신 자기가 가지고 있는 올바른 미샤의 이미지를 지키고 싶은 걸까? 선생님은 째깍거리는 시계를 바라보았다. 밖에서 아이들이 시끄럽게 떠들며 다가오고 있었다. 펠릭스의 허세 가득한 목소리가 복도를 따라 울렸다.

"수영 수업에서는 너를 계속 인정 결석으로 처리할 테니까 나머지는 아빠하고 해결해."

선생님은 다시 한번 미샤에게 고개를 끄덕였다. 그의 눈빛은 전혀 심술로 번득이지 않았다.

"그리고 니뱌난다, 너는 내일 등산 장비를 가져와. 150유로면 적당하겠지?"

선생님은 일어나 칠판으로 가서 오른쪽 구석의 파란 글자를 지웠다. 이렇게 해서 질서가 회복된 듯이 보였다. 적어도 선생님의 세계에서는.

미샤와 나는 서로를 쳐다보았다. 나는 어깨를 으쓱했고 미샤는 믿지 못하겠다는 듯이 웃었다. 우리는 각자 자리로 갔다. 문이 열리고 머리에 새 모자를 쓴 펠릭스가 으스대며 들어왔고, 그 뒤에서는 피곤한 얼굴을 한 삼총사가, 그리고 나머지 아이들이 차례로 들어왔다. 별난 조피는 여느 때와 마찬가지로 가장 마지막으로 나타났다. 머리 모양이 바뀌어 있었다. 검은 머리카락이 귀 바로 위에서 끝났고 귀에는 작은 은 귀고리가 꽂혀 있었다. 가까이에서 보니 빗방울 모양의 귀고리였다.

"안녕."

조피가 우리를 보고 웃으며 작은 소리로 말했다. 눈빛에서는 평소와 다름없는 탐구심과 평온함이 함께 엿보였다.

'산 정상에 오를 때까지 담임은 땀을 뻘뻘 흘리겠지만, 어쨌든 정상에서는 학생들을 괴롭히지 않겠지.' 수학 시간이 시작되기 전, 나는 이렇게 적은 종이를 책상 위로 밀어서 미샤에게 건넸다. '이젠 선생님이 우리를 가만히 내버려 둘까?' 미샤가 답장을 보냈다. 그가 '나를'이 아니라 '우리를'이라고 쓴 게 기뻤다. 나는 고개를 끄덕였다.

"중고 거래 사이트에서 연락 온다! 돈 많이 벌겠어!"

집에 가는 길에 내가 외쳤다. 멀리서 케밥 가게 지붕이 어서 오라는 듯 햇빛에 반짝였다. 오늘은 그레고르가 다시 문을 연 모양이었다. 길을 따라 온통 케밥 냄새가 났다.

"돈을 충분히 벌 때까지 우리는 공짜로 케밥을 먹는 거네."

미샤가 씁쓸하게 말하고 한숨을 쉬었다. 그러나 바슬러 선생님과의 대화가 무사히 끝난 후 미샤는 적어도 전날 밤보다는 한결 기분이 나아진 듯했다. 내가 걸음을 멈추고 말했다.

"잠깐. 너 혹시 아빠가 쓴 쪽지 가지고 있어?"

미샤는 주저 없이 재킷 주머니에서 구겨진 쪽지를 꺼냈다. 내가 큰 소리로 읽었다.

"'케밥 먹고들 있어' 뒤에 느낌표가 세 개야."

미샤는 어깨를 으쓱했다.

"그레고르가 우리를 몇 달씩 먹여 살릴 만큼 부자는 아닐 텐데."

미샤가 또 한없이 의기소침해져서 말했다. 그러나 나는 미샤의 말을 귀담아 듣지 않고 즉시 전속력으로 달리기 시작했다. 왜 그 생각을 진작 하지 못했을까! 내가 어깨 너머로 외쳤다.

"야, 케밥이야. 그게 힌트야!"

그레고르가 가게 창구 바깥으로 온순한 얼굴을 내밀었다. 오늘은 그의 머리 옆에서 그네를 타는 원통형 케밥 동물 인형만이 웃고 있었다. 그레고르는 무척 심각한 표정으로 우리를 바라보았다. 내가 숨을 헐떡이며 말했다.

"안녕하세요, 그레고르 아저씨!"

"드디어 왔어!"

그레고르가 크게 소리치다가 우리가 가까이 가자 나지막하게 말했다.

"드디어 왔구나! 이 친구는 벌써 녹이 슬 대로 슬었어!"

'이 친구'가 누굴 말하는지 궁금해하는 우리를 그레고르가 가게 안으로 안내했다. 우리는 가게 안을 한 번도 본 적이 없었다. 그제야 처음 들여다본 내부 광경은 희한하고, 기발하고, 처참했다. 코딱지만 한 가게를 지배한 건 완벽한 무질서였다. 아래로 축 처진 선반에는 양파와 토마토와 각종 샐러드를 담은 그릇, 쌓아 놓은 캔 콜라, 소스 그릇이 어지럽게 뒤섞여 있었다. 가게 창구 오른쪽에서는 김이 피어오르는 케밥 꼬치가 맛있는 냄새를 풍기며 지글지글 구워지고 있었다.

그 많은 식료품을 옆에 두고 그레고르가 나무 의자에 앉아 있었다. 그리고 그의 산만 한 엉덩이 옆 바닥에 미샤 아빠가 더 옴짝달싹 못 한 채 웅크리고 있었다.

19

자식을 돌보는 다양한 종의 아빠들:

물장군

큰가시고기

레아

일부 쇠똥구리

모든 종류의 앨버트로스

해마

아빠를 보자 미샤는 숨 쉬는 것도 잊다시피 했다. 미샤는 곧장 앞으로 튀어나가 그레고르의 엉덩이 옆에 있는 아빠를 부둥켜안았다. 미샤가 아빠를 자진해서 안아 주는 걸 본 것은 그때가 처음이자 마지막이었다. 그것은 전날 밤 나와 미샤의 어설픈 포옹과는 완전히 달랐다. 미샤와 미샤 아빠는 음과 양처럼 착 달라붙어 그레고르와 나에게는 전혀 신경 쓰지 않았다.

"자, 그럼. 잠시 문을 닫을 테니 여기에서 다 얘기하고 정리해. 네 명이 있기엔 조금 비좁지만." 그레고르가 겸연쩍게 투덜대며 의자에서 일어나 왼손으로 가게 전등을 켜고 오른손으로는 블라인드를 내리며 중얼거렸다. 그레고르는 둔중한 걸음으로 우리 세 사람의 몸을 넘어갔다.

"가끔씩 저것 좀 돌려 줄 거지?"

그는 턱으로 케밥 꼬치를 가리키며 가게에서 나갔다. 미샤와 미샤 아빠와 나, 우리 셋은 독일에서 아마 가장 작은 가게에서 양파와 남은 채소 틈에 끼어 앉아 있었다. 미샤는 아빠를 세계 8대 불가사의처럼 쳐다보았다. 미샤 아빠도 미샤를 응시했다.

"아빠."

미샤가 말했다.

"미샤."

미샤 아빠가 말했다.

"첫 번째 문제는 해결됐어."

누가 뭔가 의미 있는 말을 해야 할 것 같아 내가 입을 열었다. 그게 아니더라도, 내가 그레고르처럼 그곳에 없어도 되는 사람처럼 생각되어 역시 자리를 비켜 주고 싶었기 때문이기도 했다.

"첫 번째 문제?"

미샤 아빠가 물었다.

"아빠를 찾는 거요."

나는 미샤가 떨리는 목소리로 말하며 또 울지 않으려고 재빨리 침을 삼키는 것을 보았다.

"이번엔 무슨 짓을 했어요, 아빠?"

미샤가 속삭였다. 아빠에게 그런 질문을 하는 상황이 정말 웃겼다. 미샤 아빠는 앉아서 껌을 훔치다 들킨 아이처럼 바닥을 내려다보며 바보처럼 손가락으로 양파 껍질을 주워 모으고 있었는데, 역할이 뒤바뀌고 주객이 전도된 상황이었다. 더 이상해 보인 건 미샤가 멋진 하얀 셔츠를 입고 지저분한 케밥 가게 바닥에 쭈그리고 앉아 있는 것이었다.

언젠가 미샤는 아빠가 자식을 돌보는 동물 목록을 만든 적이 있었다. "편부라는 건 굉장히 특이하지만 완전히 터무니없는 건 아니야." 미샤는 그렇게 말했었다. 무슨 뜻으로 그 말을 했는지 나는 지금 여기에서 이해했다. '다른 아빠들은 어떻게든 자식을 보살피고 살아가는데, 나의 아빠는?'

"너한테 새 신발이 급하게 필요했잖아. 그리고 아미는 벌써 오래전부터 롤러스케이트를 갖고 싶어 했어. 거기다 수영복 문제도 있었고. 거리 청소는 돈을 너무 적게 줘."

마침내 미샤 아빠가 거친 소리로 어물쩍 딴 얘기를 꺼내면서 상황을 모면했다. 오늘 그의 목소리는 알래스카와 호주가 떨어져 있는 만큼이나 이야기꾼의 목소리와는 거리가 멀었다. 미샤 아빠는 최악의 것을 얘기하기 전에 용서부터 구하려는 사람처럼 애원하는 눈빛으로 미샤를 바라보았다.

"얼마 후 그놈들을 알게 되었고 물건 몇 개를 대신 팔았어……."

미샤 아빠는 말을 멈췄다. 미샤는 먹잇감을 칭칭 감기 전의 아나콘다처럼 아빠를 노려보았다. 내가 생각 없이 덧붙였다.

"그러다 주머니에 조금 슬쩍했지."

아뿔싸! 음악적으로 말하는 내 입담을 보여 주지 못하다니! 미샤와 미샤 아빠가 나를 쳐다보았다. 나는 곧 속도를 높여 이야기를 이어 갔다.

"우도가 알아채더니 좋아하지 않았지."

"우도를 어떻게 아니?"

미샤 아빠가 침을 삼켰다.

"그런데 물건은 벌써 팔리고 돈은 다 써 버렸지."

내가 아랑곳하지 않고 계속하자 미샤가 끼어들었다.

"그리고 또 '우리' 물건까지 몇 개 팔아 돈을 마련했지."

미샤는 어깨를 폈다. 목소리는 이제 떨리지 않았다.

"엄마가 준 내 지도책이 그중 하나지."

마지막 말에 나는 한 대 얻어맞은 것 같았다. 미샤의 신성한 지도책이 사라진 엄마로부터 물려받은 가보인 줄은 몰랐다.

"얼마 받았어요, '내' 지도책은?"

미샤가 날카롭게 물었다. 미샤 아빠의 눈에 눈물이 고였다. 우리가 재구성한 도둑 이야기가 분명히 정곡을 찌른 것이다. 그리고 이 모든 게 얼마나 잘못된 일인지 미샤 아빠는 분명히 알고 있었다. 지금 미샤 아빠처럼 우는 성인 남자를 한 번도 본 적이 없는 것 같다. 긴 다리를 끌어당긴 채 그는 가게 바닥에 웅크리고 앉아 속수무책으로 몸부림치며 통곡했다. 나는 어디를 보아야 할지 몰랐다.

그러나 미샤는 미동도 없이 앉아서 아빠가 우는 모습을 바라보았다. 그러더니 퉁명스럽고 뻣뻣하게 말했다.

"아미한테 엄마 일을 말했어요."

"그럼 이제 편지는 정말 끝이로구나."

잠시 정적이 감돌았다. 우리 위에서 케밥만 지글지글 구워지고 있었다. 기가 막히게 맛있는 냄새가 나자 내가 얼마나 배가 고픈지 알게 됐다.

"그래서 빚이 얼마나 돼요?"

미샤가 다시 냉정을 되찾고 물었다. 미샤 아빠는 코를 훌쩍이고 어깨를 들썩였다.

"정확히 몰라. 놈들 말로는 1000유로래. 하지만 몇 가지 물건은 그렇게 값나가는 게 아닐 거야. 나도 많이 받지 못했고……."

그는 우물우물 대답하고 구겨진 손수건을 더듬어 꺼냈다. 그리고 눈물로 축축해진 뺨을 털 스웨터 소매로 닦았다.

"무슨 물건인데요?"

미샤가 물었다. 미샤 아빠는 손수건에 요란하게 코를 풀고 알아들을 수 없는 말을 중얼거렸다. '킥복싱'이라고 하는 것 같았다.

"뭐라고요?"

미샤가 아빠에게 바짝 다가가서 물었다. 미샤의 깨끗한 청바지 무릎과 지저분한 가죽 바지 무릎이 닿을락 말락 했다.

"전동 킥보드. 그리고 헬스 기구도 있어."

미샤 아빠가 중얼거렸다. 사실 이 모든 게 울어야 마땅한 일이었는데도 마음속에서는 방금 흔든 콜라병 속 거품처럼 사정없이 웃음이 터져 나왔다. 미샤 아빠는 마약을 숨긴 게 아니라 훔친 운동용품을 내다 판 것이다. 미샤와 나처럼! 그러니까 나와 미샤와 미샤 아빠는 본의 아니게 공범이었던 거다. 뭔가 정말 어처구니없었다.

하지만 웃음보를 터뜨릴 상황이 아니었다. 미샤 위쪽에서 쉬익 소리가 났기 때문이다. 몇 초 만에 가게 안쪽이 전부 연기로 가득 찼다. 케밥 꼬치를 돌리는 걸 잊은 것이다! 한쪽 면이 벌써 새카맸다.

"그레고르!"

내가 기침을 하며 소리를 질렀고 미샤 아빠는 욕을 하며 케밥 꼬치를 내리려고 했다. 자욱한 연기 속에서 문손잡이를 찾을 수 없어서 나는 가게 벽을 두드렸다. 마침내 문이 열리고 우리는 비틀거리며 밖으로 나왔다. 미샤는 문턱 위로 넘어져 무릎을 꿇고 주저앉았다.

"난리 났네!"

그레고르가 소리를 지르며 우리 옆을 지나 짙은 연기 속으로 뛰어 들어갔다. 기름이 탄 매캐한 연기에 눈이 따끔거렸다. 무슨 일이 벌어진 건지 깨닫기까지는 잠시 시간이 걸렸다. 미샤는 나처럼 인도에 무릎을 꿇고 앉아 기침을 했다. 바로 옆에 주황색 재킷을 입은 사람이 서 있었다. 얼굴에 우주진 같은 주근깨가 있는 그 사람은 상당히 당혹스러운 눈빛을 하고 있었다. 하이츠만 부인이었다.

"아일렌!"

그레고르가 눈물을 흘리며 가게에서 뛰어나왔다. 두 팔엔 연기가 나는 커다란 케밥 꼬치를 다 자란 아기처럼 안고 있었다. 대처에 나선 건 하이츠만 부인이 아니라 미샤였다. 미샤는 치직 소리가 나는 꼬치를 그레고르에게서 받아 든 후 조심스럽게 바닥에 내려놓았다. 미샤가 콘트라베이스 연주자처럼 구부정하게 케밥을 들고 서 있는 동안 미샤 아빠는 가게 벽에 기대어 열심히 허공을 바라보았다. 갑자기 아일렌이라고 불린 하이츠만 부인은 서서히 충격에서 벗어났다. 그리고 나, 니츠는 그 와중에 평소와 다르게 아무 말도 하지 않았다. 가게 지붕에서 까마귀가 깍깍 울었다. 악의적인 웃음소리 같았다. 하이츠만 부인은 헛기침을 했다.

"괴체 씨, 제가 열두 번이나 전화를 드렸어요."

하이츠만 부인이 침착하게 말하고 우리를 차례로 훑어보았다. 이름이 하이츠만이든 아일렌이든, 그녀가 목격한 광경은 청소년청 복지사의 마음에 들지 않을 게 뻔했다. 지저분하고 구겨지고 헝클어진 모습으로 미샤 아빠가 서 있었고, 그 옆에는 김이 나는 케밥 꼬치를 품에 안은 미샤가 있었다. 아미는 없었다.

미샤 아빠는 떡 진 머리를 손가락으로 머뭇머뭇 훑으며 스웨터에 묻은 양파를 떼어 내더니 물 밖에 나온 물고기처럼 입을 벌렸다 닫았다. 미샤 가족이 위급 사태, 즉 미샤가 말했듯이 구체적으로 표현하면 '아동 학대'와 얼마나 무관한지 나로서는 알 수 없었다. 하지만 지금은 내가 할 수 있는 일이 없었기에 이번만큼은 평소와 달리 입을 다물고 있었다. 나는 미샤를 힐끗 보았다. 얼굴이 그 어느 때보다 창백해 보였다. 마음속에서는 미샤가 했던 말이 들려왔다. "카멜레온은 몸 빛깔을 바꿔서 감정을 표현해. 카멜레온이 외부 세계의 색에만 적응한다는 건 틀린 생각이야." 내가 지난 며칠간의 혼란한 상황에서 배운 게 있다면 그건 바로 미샤의 얼굴을 읽게 된 걸 거다. 나는 숨을 들이마셨다. 지독한 탄내가 났다. 커피 냄새도 조금 났다.

"케밥 가게가 홀랑 타 버리지 않아서 다행이야! 커피 마실 사람?"

그레고르가 쾌활한 얼굴로 사람들을 둘러보며 조심스럽게 웃었다. 그리고 대답도 기다리지 않고 먼저 하이츠만 부인에게, 이어 미샤 아빠에게 김이 나는 커피 잔을 건넸다.

"고마워요! 케밥 동물 인형은요?"

하이츠만 부인이 잔을 받아 들고 갑자기 미소를 지으며 물었다. 그녀가 그레고르를 바라보는 모습이 왠지 각별했다.

"그것도 살아남았어요."

그레고르도 역시 각별한 눈빛으로 그녀를 바라보았다. 아일렌 하이츠만 부인이 케밥 동물 인형을 궁금해하는 이유를 알게 되기까지는 잠깐이지만 시간이 걸렸다. 그때서야 나는 잠시 모든 긴장을 잊고 그레고르처럼 웃었다.

잠시 후 미샤 아빠, 미샤, 나, 그레고르는 모두 홰에 앉은 닭처럼 가게 뒤 연석에 앉아 있었다. 맨 오른쪽에 앉은 하이츠만 부인은 갈수록 '아일렌'이 되어 갔다. 아일렌 씨는 거의 눈에 띄지 않게 그레고르의 어깨에 기대어 커피를 마셨다.

커피를 마시던 중 마침내 그녀가 길게 숨을 들이마시고 신중하게 제안했다.

"좋습니다. 그럼 처음부터 다시 시작할까요?"

미샤 아빠가 소심하게 말했다.

"그래요, 알았어요."

"왜 며칠 동안 전화를 받지 않으셨어요, 괴체 씨?"

미샤 아빠는 미샤를 잠시 의미심장하게 바라보다가 조용하면서도 아직 마법의 분위기가 실리지 않은 목소리로 말했다.

"새 일자리가 생겼어요. 시청에서요. 아, 그러다가 초과 근무를 했어요. 말하자면 시험 삼아 한 거죠. 미샤가 아미를 데리고 모든 걸 아주 잘 해냈어요."

미샤 아빠가 환하게 웃기 시작했다. 나는 그가 다시 매혹적인 이야기꾼 아빠로 변신해 이야기를 들려주는 모습에 넋이 나가 그를 정신없이 쳐다보았다. 미샤 아빠의 시선이 내게 와서 머물렀다.

"참, 니탸난다가 미샤를 도와주었죠."

미샤 아빠가 내 이름 전체를 온전히 다 부른 건 그때가 처음이었을 것이다.

여기까지만 해도 이야기는 그럭저럭 아무 문제가 없었다. 하지만 뭔가 묘한 느낌이 들었다. 어쩌면 미샤 아빠의 목소리가 다시 수상쩍게 떨려서 그랬는지 모른다. '도둑 이야기는 안 돼요. 제발 하지 마세요.' 나는 속으로 이렇게 생각했다. 하이츠만 부인은 아미가 아니지 않은가. 미샤의 걱정스러운 눈빛에서 미샤도 나와 똑같은 생각을 한다는 걸 알 수 있었다. 미샤 아빠가 눈을 반짝이며 말을 이었다.

"그리고 시에서 우리 집 전화번호를 새로 주었어요. 시청 직원들은 각자 자기 전화번호를 받거든요. 비밀 번호죠. 저는 그걸 몰랐어요."

하이츠만 부인의 이마 주근깨 사이로 깊은 주름이 파였다.

"저도 몰랐네요."

그녀는 무덤덤하게 말하고 그레고르의 어깨에서 몸을 떼며 냉랭하게 말을 이었다.

"계속 괴체 씨를 관리할 수 있게 제가 그 새 번호를 알 수 있을까요? 그리고 왜 괴체 씨 댁 문까지 안 열리는 건지 알고 싶군요. 혹시 시에서 직원들에게 초인종까지 새로 달아 주나요?"

미샤 아빠는 흔들리지 않았다. 거짓말에 도가 튼 사람이었다. 그가 웃으며 가르랑거리는 소리로 말했다.

"아뇨, 아뇨. 우리 집 초인종도 문제예요. 계속 합선이 되거든요. 전기 기사에게 수백 번 전화를 했는데 오지를 않아요. 저는 특별히 전기에는 재능이 없고요……."

"저희는 며칠 동안 집에 없었어요."

미샤가 갑자기 아빠의 목소리보다 더 쉬고 훨씬 조용한 소리로 아빠의 말을 끊었다가 곧 입을 다물었다. 나는 미샤가 정말 지금 거짓말을 그만두고 싶은 건지 궁금했다. 끊임없이 거짓말을 되풀이한 지금은 어쩌면 진실 쪽으로 갈아타기에 불리한 시점이었을 것이다. 그러나 미샤는 이제 진실을 숨기는 일에 진절머리가 났을지도 모른다. 그리고 하이츠만 부인이 자신과 아미를 보육원에 넣는 것 말고 다른 계획을 가지고 있을 수 있다고 생각했을지 모른다. 어쩌면 모든 것을 지금부터 영원히 바꿔 놓을 기발한 계획을. 말하자면 모든 것을 '0'으로 되돌리는 초기화 같은 것을.

"그럼 어디에 있었니?"

하이츠만 부인은 미샤 아빠에겐 조금도 관심을 두지 않고 미샤에게 물었다.

"아미와 저는 제 친구 니츠의 집에 있었어요. 아빠가 어디에 있었는지는 저도 몰라요."

미샤가 단호하게 말했다. 나는 거칠게 숨을 몰아쉬었다. 하이츠만 부인도 마찬가지였다. 미샤 아빠는 눈을 감았다.

"여기 가게에 있었어요. 말하자면 가게 피신이죠."

그레고르가 급하게 끼어들었다. 나는 조용히 끙 하고 신음을 냈다. 피신이 대체 왜 필요했는지 하이츠만 부인이 물어볼 게 분명했기 때문이다. 고장 난 초인종 때문에 자기 집에서 도망치는 사람은 없으니까.

그때 엄마가 아미 손을 잡고 머리를 휘날리며 모퉁이를 돌아 나타났다. 그 순간만큼 엄마를 보는 게 기뻤던 적이 있었는지 모르겠다. 엄마는 단박에 상황을 파악하고는 어깨를 쫙 펴고 하이츠만 부인 쪽으로 걸어왔다. 당연히 아미가 엄마보다 걸음이 빨랐다.

"아빠!"

아미가 소리를 지르며 혜성처럼 달려가 아빠 품에 안겼다. 그러곤 큰 소리로 가슴이 찢어질 듯 울기 시작했다. 그 모습에 하이츠만 부인도 감정이 북받친 미소를 숨기지 못했다.

"아얄라 렘베르크입니다."

엄마는 어느새 자신을 소개하고 하이츠만 부인에게 환한 미소를 보냈다. 그리고 곁눈으로 미샤 아빠를 보며 제안했다.

"다음 커피는 모두 저희 집으로 가서 마실까요? 길거리보다 좀 더 아늑해요."

잠시 후 하이츠만 부인은 우리 집 식탁에 앉아 아주 깔끔한 글씨로 우리가 이야기한 것을 기록했다. 나는 그녀가 놀라울 정도로 신중하다고 생각했다. 하이츠만 부인은 이상하다거나 충격적이라는 식으로 반응하지 않고 사무적인 표정으로 지난 며칠간의 세부 사항을 받아 적었다. 만일 그녀가 미샤 아빠의 절도 사건과 미샤가 위조한 진단서와 아미가 도난당한 읽기 교과서에 대해 알게 된다면 그게 미샤와 미샤의 가족에게 어떤 영향을 끼칠지 전혀 알 수 없었다. 반면에 미샤는 평소의 안색을 되찾고 지난 며칠간 벌어진 모든 일이 자신과 무관하다는 듯이 사실 그대로 대답했다. 엄마는 식탁 밑에서 초조하게 다리를 떨고 있는 나를 보고는 미샤, 아미와 함께 보드게임을 하라며 거실로 보냈다. 미샤와 나는 당연히 집중할 수가 없었으니 아미가 이겼다. 아미가 환호성을 지르기 시작하자 형이 거실에 고개를 들이밀었다.

"앗, 또 왔구나?"

형은 아미를 보고 환하게 웃으며 손을 내밀었다. 아미는 자랑스럽게 그 손을 잡았다. 형이 나를 보고 말했다.

"니츠, 혹시 내가 따로 내놓은 스쿼시 라켓이 어디 갔는지 알아?"

20

검은지빠귀가 아침에 노래하면
아침이 아름다워지고
검은지빠귀가 저녁에 노래하면
우리 마음이 환해진다
음정과 멜로디가
그렇게 다양한 새는 없어
검은지빠귀의 노래를 듣고
성가셔하는 건 오직 지렁이뿐

미샤의 얼굴이 사과처럼 빨개졌다. 미샤도 어쩔 수 없었다. 미샤는 원래 그런 아이다. 짜증이 난 형이 미샤의 화끈거리는 얼굴을 쳐다본 그 순간 나는 비로소 지난 몇 년 동안의 거짓말들이 미샤에게 무엇을 의미했는지 확실히 알 것 같았다. 미샤처럼 천성적으로 정직한 사람에겐 남들이 자신의 거짓말을 이해할 수 있느냐 없느냐는 중요하지 않다. 거짓말을 해야 한다는 사실 자체가 미샤에겐 일어날 수 있는 최악의 상황으로 느껴지는 것이다. 바로 이런 이유에서 나는 지금 미샤가 거짓말을 하지 않도록 도와주고 싶었고 그 때문에 솔직하게 말하기로 결심했다.

"응, 알아. 내가 팔았어."

내가 말했다. 그리고 어이없어하는 형에게 스쿼시 라켓과 고무 잠수복과 등산 장비가 왜 사라졌는지 설명했다. 가죽 재킷을 입은 두 명의 수상쩍은 남자, 도둑맞은 아미의 읽기 교과서, 사라진 미샤 아빠, 등산하는 바슬러 선생님에 대해서도 이야기했다. 미샤는 귀가 빨개지고 시선을 떨어뜨린 채 내 옆에 앉아 있었다. 형은 주의 깊게 듣더니 아무 말도 하지 않았다. 그리고 내가 이야기를 끝내자 그때서야 입을 열었다.

"잘했어, 내 동생!"

형이 웃으며 내 어깨를 두드렸다. 그리고 미샤에게 이렇게 물었다.

"혹시 다이빙 마스크도 필요해?"

그 후 이어진 정적 속에서 나는 숨을 참았다. 내가 용돈을 주겠다고 했던 일, 그리고 돈이나 동정을 받고 싶지 않다던 미샤의 말이 떠올랐기 때문이다. 그러나 미샤는 형을 바라본 뒤 결국 이렇게 말했다.

"그것도 좋죠."

하이츠만 부인은 수상한 사람들이 더는 미샤네 집에 나타나지 않게 신경 쓰겠다고 약속한 뒤 작별 인사를 하고 떠났다. 이어 미샤 아빠가 미샤와 아미를 데리고 갔다. 나는 세 사람이 며칠 만에 처음으로 함께 집으로 가는 모습을 내 방에서 지켜보았다. 미샤 아빠는 늘 그렇듯이 몸을 건들거렸고, 아미는 갈래머리가 헝클어진 채 옆에서 깡충깡충 뛰었으며, 미샤는 두 발짝 뒤에서 걸었다. 세 사람이 내 창문 앞을 지나갈 때 미샤가 걸음을 멈추면서 우리는 유리를 가운데 두고 바로 마주 보고 서게 되었다. 내가 엄지손가락을 치켜들었다.

"초기화?" 내가 입 모양만으로 이렇게 물었다. 처음에 아무 반응이 없던 미샤의 얼굴에 슬그머니 미소가 번졌다. 미샤는 손을 들어 보인 뒤 깡충깡충 식구들 뒤를 따라갔다.

"이제 어떻게 해요?"

식탁에 앉아 생각에 잠겨 코걸이를 잡아당기는 엄마에게 내가 물었다.

"어떻게 되겠지."

엄마는 식탁에 놓인 작은 스티커 메모지를 검지로 두드리며 말했다. 거기엔 하이츠만 부인의 뻘 듯이 날카로운 필체로 이렇게 적혀 있었다.

수요일 오전 10시. 미테 경찰서
청문회: K. 카우츠, A. 하이츠만, M. & M. 괴체, A. & N. 렘베르크

이튿날 아침 내 청문회는 짧게 끝났고 미샤도 오래 걸리지 않았다. 조사관은 미샤 아빠보다 우도의 안뜰 본부에 더 큰 관심을 보였다. 나는 그걸 좋은 징조로 해석했다. 미샤 아빠는 아무 장식이 없는 경찰서 조사

244

실에 더 오래 머물렀다. 밖으로 나왔을 때 그는 케밥 가게 피신을 끝냈을 때만큼이나 의기소침하고 죄책감을 느끼는 것 같았다. 마지막 차례는 엄마와 카우츠 부인과 하이츠만 부인이었다. 해명할 것이 많았는지 세 사람은 밖으로 나오지 않았다. 미샤 아빠는 축 늘어진 머리칼을 계속 손가락으로 쓰다듬으며 우리에 갇힌 여우원숭이처럼 어쩔 줄 모르고 경찰서 복도를 쉴 새 없이 걸어 다녔다. 미샤가 입을 열었다.

"아빠……. 저 사람들이 우리랑 아빠를 떼어 놓으면 어떻게 해요? 그게 아니고 혹시 아빠가 감옥에 가면……."

미샤 아빠가 미샤의 말을 끊었다.

"밖으로 나가자. 맑은 공기를 마시면 견디기 쉬워질 것 같아."

경찰서 건물 마당은 우도의 안뜰 본부와 비슷하게 생겼다. 벽도 똑같이 옅은 노란색이었고 죽 늘어선 황량한 쓰레기통도 똑같았다. 마당 중앙에는 콘크리트 바닥을 뚫고 굵은 뿌리를 내린 밤나무가 있었다. 나무도 탈출하고 싶은 모양이었다. 나무 바로 아래에는 고르지 못한 바닥에 좁은 벤치가 놓여 있었다. 안절부절못하고 기다리는, 갱단에 버금가는 우리를 위한 것이었다. 우리는 벤치에 비좁게 끼어 앉았다. 미샤 아빠와 나는 바깥쪽에 앉고 미샤가 가운데에 자리를 잡았다. 나는 세 명의 금고털이범 '비글 보이즈'의 멤버가 된 것 같았다. 우리를 한데 묶어 주는 수갑만 없을 뿐이었다. 여하튼 봄 햇살이 나뭇가지 사이로 내려와 빛과 그림자로 우리 모두의 얼굴에 섬세한 잎사귀 무늬를 그려 넣었다.

미샤 아빠는 이따금 한숨을 쉬었고 나는 한쪽 발을 쉴 새 없이 흔들며 리듬을 탔다. 오직 미샤만 꼼짝도 하지 않았다.

우리 머리 위 높은 곳에서 전깃줄이 마당을 가로질러 지나가고 있었고, 네모난 파란 하늘 한가운데에서는 검은지빠귀가 앉아 긴장된 오전의 정적 속에서 힘차게 노래를 불렀다.

"검은지빠귀가 저마다 고유한 선율을 가지고 있다는 거 알아요? 나이를 먹은 검은지빠귀는 최대 150가지의 음렬로 노래할 수 있어요."

갑자기 미샤가 물었다. 그리고 고개를 들어 검은지빠귀를 올려다보았다. 미샤의 말을 확인시켜 주려는 듯 검은지빠귀가 다른 선율로 노래했다.

"아니, 몰랐어."

미샤 아빠가 말했다. 미샤를 바라보는 그의 눈빛이 뭔가 독특했다. 미샤를 말할 수 없이 자랑스럽게 여기면서도 동시에 완전히 낯설어하는 것 같았다. 아닌 게 아니라 두 사람은 서로 낯선 사람들처럼 보였다. 믿기 어려울 정도로 모습이 완전히 달랐다. 한쪽에는 눈부시게 하얀 셔츠를 입은 미샤, 부드럽게 구불거리는 머리 모양의 미샤, 모든 것을 체계적으로 준비하고 싶어 하는 미샤가 있었다. 다른 쪽에는 먼지투성이 바지를 입고 머리는 기름져 지저분한 사람, 언제나 즉흥적으로 행동하는 그의 아빠가 있었다.

"네가 동물에 흥미가 있는 걸 알았다면…… 네 엄마가 좋아했을 거야."

미샤 아빠가 중얼거렸다. 검은지빠귀가 청아한 소리로 지저귀었다.

미샤가 조용히 물었다.

"엄마는 어떤 사람이었어요?"

아빠는 놀란 얼굴로 미샤를 바라보았다.

"전에는 네가 한 번도 물어본 적이 없었는데."

"늘 단단히 화가 나 있었으니까요. 엄마에게. 그리고 아빠에게도."

잠시 우리 머리 위로 내용 없는 말풍선이 띄워진 듯 정적이 감돌았다. 검은지빠귀가 몸을 일으켜 파란 하늘로 날아가자 전깃줄이 부드럽게 위아래로 출렁였다. 미샤 아빠가 조용히 대답했다.

"모든 나비의 이름을 알고 있었지. 동물도 실제 모습과 똑같이 그릴 줄 알았어."

아빠는 자신의 목에 그려진 뱀을 가리켰다.

"이것도 엄마 작품이야."

이제 그는 웃지 않고 곧 나비 떼가 우리 앞에 나타날 것처럼, 또는 몇 년 전 흔적도 없이 사라진 여자가 등장할 것처럼 먼 곳 어딘가를 바라보았다. 나는 미샤와 아미뿐만 아니라 그들의 아빠도 아내에게 버림받았다는 생각을 처음으로 했다.

"그 외에 또 어떤 걸 했어요?"

미샤가 물었다.

"어, 셀 수 없이 많았지. 늘 어딘가를 기어올랐어. 담장이나 다리 난간 같은 곳. 엄마는 현기증도 전혀 없었어. 15분 동안 한쪽 다리로 서 있으면서도 넘어지지 않았어. 그리고 맨발로 걷는 것을 가장 좋아했어."

'아미도 그런데. 아미랑 똑같네.' 내가 속으로 생각하고 웃었다.

"엄마는 뭐든지 할 줄 알았어. 탱고도 추었고, 세상에서 가장 맛있는 딸기 펀치도 만들었고, 노래도 부르고……. 전부 쓸모없는 것들이지. 나처럼."

미샤 아빠가 낮은 소리로 웃었다. 미샤는 반박하지 않았다. 대신 엄지손톱을 물어뜯으며 아빠가 하는 말을 전에 없이 주의 깊게 들었다. 미샤 아빠는 이제 웃지 않고 말을 계속했다.

"다만 너희를 잘 돌보지 못했어, 엄마가. 너희를 돌봐야 한다는 게 뭔가 두려웠겠지. 그걸 해낼 자신이 없었던 거야."

"우리를 아빠한테 맡기는 게 낫겠다고 생각했겠죠. 우리를 돌보는 건 아빠가 더 잘하니까요."

미샤는 조금도 빈정대는 기색 없이 말했다. 그런데도 미샤의 말에는 아프게 후벼 파는 데가 있었다. 거짓말과 두려움과 의문으로 가득한 나날을 보낸 끝에 우리가 와서 앉은 곳이 결국 경찰서 뒤쪽 벤치였기 때문이다.

"그래, 하필 나한테 맡겼지. 엄마의 생각이 그다지 좋은 건 아니었어. 그렇지?"

미샤 아빠가 툴툴거렸다. 나는 반박하고 싶었다. 그래서 이렇게 말하려 했다. '아니에요. 좋은 생각이었어요. 아저씨는 내가 본 아빠들 중에서 가장 재미있고 가장 지루하지 않은 아빠거든요. 서커스에서처럼 저글링도 하고 소름이 돋게 이야기를 할 줄 아는 유일한 사람이에요.'

그러나 내 수다스러운 입이 차츰 예의를 배운 모양이었다. 지금 여기에서 벌어지고 있는 건 내 일이 아니었다. 이건 미샤의 일이었다. 미샤와 아빠가 서로를 바라보고 있을 때 마음 같아서는 저녁 공기 속으로 사라지고 싶었다. 그 정도로 지금 이곳에서 진행되고 있는 것은 내 일이 아니었다. 미샤가 한숨을 내쉬었다.

"아, 아빠. 아니에요. 난 괜찮았어요."

나는 미샤가 "그런데 아빠, 제발 이제 거짓말 좀 그만둘 수 없어요?"라든가, "그냥 조금쯤 평범하게 살면 안 돼요?"라든가, 그 비슷한 말을 하기를 기다렸지만, 미샤는 아무 말도 하지 않고 머리에 앉은 파리 떼를 쫓으려는 듯이 고개만 흔들었다.

"그 후에 엄마 소식 또 들은 거 있어요?"

미샤가 조용히 물었다. 미샤 아빠는 미샤를 한참 바라보았다. 미샤에게 들려줄 괜찮은 이야기를 찾느라 머릿속을 뒤지는 것 같았다. 적절한 이야기, 거의 사실에 가까운 이야기거나, 아니면 완전히 거짓으로 지어낸 이야기일 수도 있었다. 미샤 아빠는 또 미샤를 안심시키기 위해 마법 같은 동화 속 목소리를 내려고 애쓰는 것 같았다. 나는 기분 좋게 그르렁거리는 소리로 "물론이지"라는 말이 나오기를 기다렸다. 그 외의 다른 대답은 상상할 수 없었다.

바로 그때 엄마가 육중한 나무문을 열고 밖으로 나와 미샤를 보고 쾌활하게 미소를 지었다. 뒤따라 나온 하이츠만 부인은 엄지손가락을 치켜들고 "토요일 4시에 렌 가에 있는 댁에서 봬요"라고 말한 뒤 불만스러워 보이는 카우츠 부인을 마당에서 데리고 나갔다. 그 순간 나는 여기에서 의외로 평범하게 진행되고 있는 바로 이것이 미샤가 그토록 간절히 원했던 초기화일 거라는 생각이 들었다. 그때 마침내 미샤 아빠가 고개를 젓고는 나지막하게 말했다.

"아니, 소식 듣지 못했어, 미샤. 이후로 한 번도."

21

바실리스크도마뱀은 강을 거슬러
헤엄치지 않아
대신 일직선으로 성큼성큼
바다를 향해 질주하지
그러다 물속에 가라앉으면
모습이 보이지 않아

엄마는 카우츠 부인과의 일을 어떻게 정리했는지 알려 주지 않았다. 이 세상 그 어떤 수를 쓰더라도 엄마의 입을 열게 할 수는 없었다.

"니츠, 모든 걸 알 필요는 없는 거야. 내 생각엔 경찰서에서 논의한 내용 전부를 미샤와 아미는 알지 않는 게 좋아. 그래서 너도 알면 안 돼."

엄마는 진지한 표정으로 유난히 뾰족하게 말했다. 내가 아는 건 미샤 아빠가 가짜 정글 편지를 쓰는 걸 그만두었다는 것이다. 나는 그가 시

청소 일을 금방 때려치우고 야외 수영장에서 관리인으로 일하기 시작했다는 것을 알고 있다. 우리로서는 신나는 일이었다. 이제 미샤에게 수영복과 다이빙 마스크가 생겼기 때문에 수영장 영업이 끝난 저녁에 수영하러 갈 수 있었으니까.

또 나는 아미가 학교에서 새 읽기 교과서를 받았고 미샤는 아빠에게서 지도책을 받았다는 걸 알고 있다. 그 지도책은 짙은 녹색도 아니고 낡은 것도 아니었다. 정반대였다. 그건 구할 수 있는 지도책 중에서 가장 최신판이어서 헤아릴 수 없이 많은 동물 삽화와 역시 수많은 전설적인 풍경의 항공 사진이 수록되어 있었다. 미샤는 곧 이 지도책을 옛날 것 못지않게 좋아했다.

하지만 이건 모두 나중에 알게 된 일이었다.

경찰서를 방문한 다음 토요일에 우리는, 즉 아빠와 엄마와 형과 나는, 렌 가에 있는 미샤의 집으로 초대를 받았다. 여태 그랬듯 집 안에는 가구도 살림도 없었지만 방은 모두 평소보다 깨끗해 보였다. 미샤 아빠가 청소기로 청소한 덕분이었다. 주방 수납장에는 기름기 묻은 지문 자국도 없었다. 레몬 향 세제와 갓 세탁한 빨래 냄새가 났다.

그런데도 미샤는 처음 15분 동안 우리 부모님을 걱정스럽게 바라보았다. 부모님은 누구도 부끄러워하지 않도록, 그 집에 가구와 살림이 없는 것에 노골적으로 주목하지 않으려 애썼다.

반면에 아미는 조금도 창피해하지 않았고 미샤 아빠는 어차피 당황

하는 사람이 아니었다. 그는 연달아 커피를 끓여 냈고, 진짜 집주인답게 커다란 파인애플을 거창한 몸짓으로 일곱 조각을 냈다. 의자가 충분하지 않아 우리는 즐겁게 식탁에 빙 둘러서서 과즙이 뚝뚝 떨어지는 파인애플을 열심히 먹었다. 식탁 중앙에는 막 대관식을 끝낸 여왕처럼 아미가 자리를 잡았다.

옆에서는 수도가 무시당했다는 듯이 당돌하게 물을 똑똑 떨어뜨렸다.

"제가 수도꼭지 좀 살펴볼까요?"

아빠가 파인애플을 들고 있던 손을 청바지에 닦고 조심스럽게 물었다. 미샤 아빠에게 도움을 주겠다고 했던 지난번의 제안은 오래전 일이었지만 아빠는 또 한 번 제안을 해 보고 싶었던 모양이다.

미샤 아빠는 바로 대답하지 않고 아미의 눈치부터 살폈다. 아미는 모스 부호를 사용해 물이 떨어지는 수도꼭지로 소식을 보내는 엄마가 없다는 걸 며칠 전 알게 됐다. 아미가 대답했다.

"네. 그동안 계속 그곳으로 이상한 모스 부호를 받았어요. 엄마가 보낸 게 아니었어요."

아미는 갈래머리를 뒤로 휙 넘기며 우리 아빠를 보고 정답게 웃었다.

"스패너 있나요?"

아빠가 물었다.

"그런 것도 할 줄 알아?"

엄마가 못 믿겠다는 듯이 물었다.

"인생에서 가장 큰 즐거움은 사람들이 내가 할 수 없을 거라고 말하는 것을 하는 거지."

미샤 아빠가 스패너 한 벌을 내밀자 아빠는 또 남의 말을 인용하며 다정하게 미소 지었다.

"나도 할래요!"

아미가 활짝 웃는 아빠의 손을 뒤로 잡아당겼다.

"등산 장비는 정확히 얼마 받았어?"

형이 정적 속에서 물었다.

"150."

나는 자랑스럽게 말하고 지금 산 어딘가에서 시간을 보내고 있을 바슬러 선생님을 상상했다. 토요일마다 산을 탄다고 했으니까.

"나쁘지 않네!"

형이 이 사이로 휘파람을 불었다.

"맞아. 운동용품으로 돈을 꽤 많이 벌 수 있어."

미샤 아빠가 저도 모르게 대꾸하자 미샤가 불꽃이 이는 눈으로 제 아빠를 쳐다보았다.

"아니, 내 말은 그냥……."

미샤 아빠가 미안한 듯 말하더니 뱀 머리가 그려진 곳에 입꼬리가 걸리도록 웃었다.

화장실에서 딸깍딸깍 소리와 아미가 까악 하고 웃는 소리가 들렸다. 아미와 아빠가 젖은 손으로 들어왔는데 무척 만족스러워하는 모습이었다. 우리는 명령이라도 받은 듯이 갑자기 모두 조용해졌다. 옆에서 모스 부호가 내던 소음도 모두 멈췄다.

"엄마가 다음엔 어떻게 연락할지 궁금해."

아미가 외쳤다. 사람들이 가끔 거짓말에 집착하는 이유는 거짓말이 없는 삶보다 거짓말이 있는 삶이 더 좋아서가 아닐까 하는 생각이 들었다.

하이츠만 부인은 예고한 대로 4시 정각에 왔다. 등에는 빨간 배낭을 메고 겨드랑이에는 아미에게 줄 건포도 빵 봉지를 끼우고 예의 바르게 현관문 앞에서 신발을 벗었다.

"오늘 다들 오셨군요?"

하이츠만 부인이 물었다.

"네."

우리 일곱 명이 한목소리로 외쳤다.

"이제 막 가려던 참이었어요."

엄마가 덧붙였다. 형은 아미에게 윙크를 하고 부모님 뒤를 따라나섰다. 나는 미샤네 집에 더 머무르겠다고 했고, 아무도 반대하지 않았다. 나중에 미샤, 아미, 미샤 아빠와 함께 공원에 갈 생각이었다.

"들어오세요! 맹세컨대 오늘 우리 멋진 집에는 절대 책잡힐 일이 없어요!"

미샤 아빠가 이야기꾼 목소리로 하이츠만 부인에게 외쳤다. 그가 뿌듯해하는 모습이 역력했다.

"아, 텔레비전을 없애셨군요."

하이츠만 부인이 거실에서 말했다. 미샤 아빠가 고개를 끄덕였다. 나는 바닥을 뚫어져라 바라보는 미샤를 쳐다보았다. 내가 얼른 물었다.

"그레고르 아저씨는 어떻게 지내요?"

"아주 잘 있어. 한번 케밥 먹으러 들러."

하이츠만 부인이 미샤와 내게 말했다. 얼굴의 보조개가 움직였다. 나는 그녀가 미샤를 옆에서 슬쩍 쳐다보는 것을 알아챘다. 그것은 업무적으로 확인하는 게 아니라 관심을 가지고 걱정하는 눈빛 같았다. 그저 미샤를 지키는 사람이 되고 싶어 하는 눈빛처럼 보였다.

하이츠만 부인은 내 시선을 눈치챘다. 왠지 내가 무슨 말을 하고 싶어 하는지 알고 있다는 느낌이 강하게 들었다. 말하자면 미샤를 지키는 또 한 사람이 있다는 것, 그게 바로 나라는 것, 미샤의 가장 친한 친구이며 인도인의 명예를 중시하는 니츠, 니탸난다라는 것 말이다.

그레고르는 새빨간 케밥 소스가 튀어 군데군데 얼룩이 진 밝은 노란색 셔츠를 입고 있었다. 케밥 꼬치는 다시 원래 자리로 돌아왔다. 세상에서 가장 맛있는 케밥을 먹으려고 길게 줄을 서서 기다리는 팬들의 머리 위로 햇살이 비추었다.

줄 맨 앞에는 검은색 옷을 입고 스케치북을 겨드랑이에 낀 별난 조피가 서서 우리에게 손을 흔들었다. 옆에는 타펠에서 보았던 젊은 근육질 남자가 서 있었다.

두 사람이 케밥을 들고 우리 옆을 지나갈 때 조피가 걸음을 멈추더니 우리를 소개했다.

"우리 반 니츠와 미샤야. 그리고 여기는 베노야. 우리 오빠."

"내가 아는 사람이다!"

아미가 활짝 웃으며 말했다. 베노도 환한 미소로 답했다. 미샤는 몸이 얼어붙고 나는 무슨 말을 해야 좋을지 생각하는 동안 아미가 벌써 쾌활하게 베노의 배를 주먹으로 쳤다.

"타펠에 있던 사람! 베노는 항상 우리가 먹을 바게트를 남겨 놔!"

아미가 즐겁게 꽥 소리를 질렀다. 미샤의 귓바퀴가 또 빨개졌지만, 나는 미샤가 자기 가족이 타펠에서 물건을 사는 걸 조피가 안다는 사실을 이젠 그리 심각하게 여기지 않는다는 느낌이 들었다.

얼마 후 우리는 미샤가 연못가에 펴 놓은 피크닉 담요 위에 올라가 몸을 편하게 쭉 폈다. 미샤 아빠가 말했다.

"캐비어도 넣었어."

"으윽!"

대답 대신 우리 세 명이 한목소리로 소리 질렀다. 우리 앞에는 거울처럼 매끈한 연못이 있었다. 오리 가족이 느긋하게 연못 가장자리를 첨벙거리며 다녔다. 아미가 느닷없이 물었다.

"정말 오리가 물 위를 걸을 수 있어? 예수가 했던 것처럼? 목사님이 얘기해 줬어."

미샤와 나는 둘 다 똑같이 뜀박질하는 오리와 짜증이 난 목사님을 상상하고 있던 터라 웃음이 터져 나왔다. 그리고 우리 둘은 아주 오래 전에 이 연못에 함께 있었다. 물 위를 달리는 오리 이야기는 초등학생 에겐 정말 매혹적인 이야기였다.

"그건 오리만 할 수 있어. 그리고 바실리스크도마뱀도. 사람은 너무 무거워서 물 위를 걷지 못해."

미샤는 걷어 올린 셔츠 소매가 바닥에 닿지 않도록 조심하며 몸을 뒤로 젖혔다.

"그건 모르는 소리야! 아주 빨리 걸으면 되지 않겠어? 해 본 적 있어?"

미샤 아빠가 제안했다.

"아뇨."

미샤가 대답했다.

"자, 와 봐! 불가능은 없어!"

미샤 아빠가 큰 소리로 말했다. 나는 잿빛 하늘에 작은 번개가 치듯, 미샤의 미간에 불편함을 드러내는 미세한 주름이 잡히는 걸 보았다.

"인간의 자유는 원하는 걸 할 수 있다는 데 있지 않고 원하지 않는 걸 할 필요가 없다는 데 있어요. 장 자크 루소가 그랬어요."

내가 잘난 체하며 말했다. 나는 먼저 미샤를 보고, 다음으로 그의 아빠를 보고 웃었다. 미샤가 내게 고개를 끄덕였다. 미샤의 머리가 부드럽게 흔들렸고 주름은 사라졌다.

"네가 직접 해 보면 어떨까?"

미샤 아빠가 아미에게 물었다.

"아빠도 같이 하면!"

아미가 킥킥 웃었다. 아미는 벌써 롤러스케이트 끈을 풀고 있었다.

"당연하지."

바실리스크도마뱀처럼 물 위를 달리는 게 세상에서 가장 평범한 일인 듯 미샤 아빠가 말했다.

"그리고 니츠도 같이."

아미의 눈이 기대에 부풀어 놀랍도록 반짝이는 바람에 하지 않겠다고 말할 수가 없었다. 나는 운동화를, 아미는 치마를 벗었다. 아미는 갈래머리를 꼼꼼하게 머리 위로 묶고 몸을 풀기 위해 뒤로 공중제비를 넘었다.

미샤 아빠는 아무것도 하지 않았다. 가죽 바지와 스웨터를 갖춰 입은 차림으로 기다리기만 했다. 그의 텁수룩한 머리털이 바람에 휘날렸고 일곱 개의 은 귀고리는 햇빛에 반짝였다. 뱀 한 마리가 귀 뒤에서 호기심 많은 표정으로 비죽 내다보았다. 상상력이 넘치는 나의 뇌는 아주 잠시 젊은 시절 미샤 아빠의 모습을 떠올렸다. 그는 긴 갈색 머리의 여자 앞에 무릎을 꿇고 앉아 있다. 맨발의 여자는 남자의 목에 뱀을 그려 주고 있다. 나는 티셔츠를 머리 위로 벗었다. 그렇다. 미샤 아빠와 아미와 나는 물 위를 달려 보기로 했다.

성공이었다. 아마 0.005초쯤 되었을 거다. 그런 뒤 우리 세 명은 모두 뿌연 연못물에 잠겼다. 아미는 허리께까지, 나는 허벅지까지, 그리고 미샤 아빠는 무릎까지 물이 올라왔다. 세 명 모두 미친 듯이 웃었다.

"정말이네, 오빠 말이 맞아!"

아미가 미샤에게 소리쳤다.

"조심해, 백조야! 어딘가에 알을 품고 있을 거야!"

미샤가 연못가에서 소리 질렀다. 언제나 그렇듯이 미샤만이 유일하게 전체 상황을 파악하고 있었다. 진흙 맨 오른쪽에서 몸집이 가장 큰 백조가 벌써 달려들 준비를 하고 있었다. 녀석은 공격적으로 날개를 퍼덕이고 꽥꽥거리며 물 위에서 쏜살같이 움직였다. 백조는 몸이 거대했는데 등에 있는 깃털은 흰색보다 노란색에 가까웠다. 백조는 나이를 먹을수록 털색이 흰색에서 점점 노란색으로 바뀐다고 했던 미샤의 설명이 생각났다. "오래된 책처럼 색이 누렇게 변해. 노란색은 경험을 의미해. 그러니까 노란 백조를 보면 조심해!"

우리 인간과 달리 백조는 물 위에서 상당한 거리를 달릴 수 있었다. 아미와 나는 뒤로 물러났다. 미샤 아빠만 조금도 움직이지 않았다.

"난 물 위를 달리지는 못하지만 백조는 겁줄 수 있어."

미샤 아빠는 이렇게 예고하더니 허수아비처럼 두 팔을 뻗고 앞으로 엎어졌다가 헐레벌떡 다시 물 밖으로 나왔다. "으악!" 그는 두 팔을 벌리고 포효했다. 스웨터 소매에서 물이 뚝뚝 떨어졌다. 물이 파도를 일으켰다. 10미터 앞에서 백조가 이 예상치 못한 괴물을 어떻게 처리해야 할지 몰라 망설이며 물 위에서 앞뒤로 몸을 흔들었다. 맞은편 연못가에서는 토요일 오후의 요가 수행자 네 명이 짜증이 난 듯 우리를 노려보았다.

미샤 아빠는 항복하고 다시 물 밖으로 나와 소리쳤다.

"나도 여기에 지켜야 할 젊은이들이 있어. 바로 내 아이들!"

울타리 맞은편의 요가 수행자들이 깜짝 놀라 앞으로 쓰러질 뻔했다. 백조는 방향을 틀었는데 몸을 돌릴 때 깃털이 곤두선 엉덩이를 보여 주었다. 그곳 깃털이 등 위의 깃털보다 훨씬 하얬다.

미샤는 교수처럼 연못가 풀밭에 앉아 있었다. 미샤의 셔츠는 백조 엉덩이와 똑같이 비현실적인 하얀색으로 빛났다. 미샤는 호기심 가득한 요가 수행자들을 바라보았다. 그리고 젖은 몸으로 이리저리 뛰면서 두 팔을 요란하게 흔드는 아미를 바라보았다. 또 우렁차게 웃으며 고집 센 야생마처럼 텁수룩한 검은 머리털을 흔드는 아빠도 바라보았다. 그리고 마지막으로 나를 바라보았다. 나는 평소와 달리 몸을 꼼짝도 하지 않고 물속에 서서 미샤를 보며 웃었다. 내가 외쳤다.

"초기화됐어. 전부 처음으로!"

미샤는 두 손으로 얼굴로 가렸다가 다시 손을 뗐다. 그리고 눈을 굴리며 고개를 끄덕인 뒤 내게 미소로 화답했다.

감사의 말

미샤와 니츠의 이야기는 독일에서 어린이와 청소년이 가정 환경과 사회적 출신 때문에 얼마나 다른 삶을 사는지에 대한 고민에서 시작되었다. 또 독일 같은 나라에서 빈곤이 무엇을 의미하고 이 나라에서 빈곤 문제를 어떻게 다루는지에 대한 생각에서도 출발했다.

이 문제에 관심이 있는 사람은 나뿐만이 아니다. 나는 내가 소중히 여기는 많은 사람과 오래전부터 다양한 맥락과 상황 속에서 계속 이 문제에 대해 대화하고 있다. 그 과정에서 얻은 통찰이 내게 영감이 되어 지속적으로 생각하고 글을 쓸 수 있게 했다.

아이디어와 관찰과 질문과 답변을 제공하고, 말씀과 비판을 해 준 바바라, 플로, 기슬리, 이지, 율리아, 카타, 레나, 마르티나, 지모네, 사라, 그리고 늘 변함없는 크리스토프에게 감사를 전한다.

별노린재는 거짓말하지 않아

초판 인쇄 2024년 3월 19일 **초판 발행** 2024년 3월 19일

지은이 슈테파니 회플러 **옮긴이** 이기숙

펴낸이 남영하 **편집** 전예슬 김주연 김가원 **디자인** 박규리 **마케팅** 김영호 변수현

펴낸곳 ㈜씨드북 **주소** 03149 서울시 종로구 인사동7길 33 남도빌딩 3F **전화** 02) 739-1666 **팩스** 0303) 0947-4884

홈페이지 www.seedbook.co.kr **전자우편** seedbook009@naver.com **인스타그램** instagram.com/seedbook_publisher

ISBN 979-11-6051-603-6(43850)

Feuerwanzen lügen nicht by Stefanie Höfler

ⓒ 2022 Beltz & Gelberg, in the publishing group Beltz- Weinheim Basel

Korean Translation ⓒ 2024 by SEEDBOOK Publishing

GOETHE INSTITUT

이 책은 괴테-인스티튜트의 번역 지원금을 받아 제작되었습니다.

KC

제조국명: 대한민국 | **사용연령:** 10세 이상

KC마크는 이 제품이 공통안전기준에 적합하였음을 의미합니다.

종이에 베이지 않게 주의하세요.

• 책값은 뒤표지에 있어요. • 잘못 만들어진 책은 구입하신 서점에서 바꾸어 드려요. • 씨드북은 독자들을 생각하며 책을 만들어요.